Tauche ein in die magischen Welten von »Der weite Weg zum Ararat« – einem Erzählband, der die Seele berührt. Begleite den Wanderer Robert durch die Wälder des Harzes, des Thüringer Waldes, der Sächsischen Schweiz und Landschaften, wo Vogelgesänge und Hexentänze die Luft erfüllen. In zehn Erzählungen, von der mystischen »Walpurgisnacht« bis zur epischen »Nacht auf dem kahlen Berg«, verwebt der Autor seine Naturverbundenheit mit einer inneren Reise. Eigene Gedanken wachsen zu monumentalen Bildern von Sehnsucht, Träumen und dem Tauziehen mit sich und der Natur. Eingebettete Gedichte bringen Poesie in die Prosa, während scharfe Gesellschaftskritik den Blick auf die Welt schärft. Ob bei Schneestürmen am Brocken oder in der Stille der Tropfsteinhöhlen – diese Erzählungen sind eine Einladung, den eigenen »Ararat« zu finden: einen inneren Gipfel des Friedens, der Reflexion und der Magie. Ein Buch, das in der Seele bleibt.

Roland Pöllnitz, ein Dichter mit der Seele eines Wanderers und der Stimme eines Rebellen, hat sein Leben der Kunst gewidmet, die Herzen öffnet und die Welt hinterfragt. Geboren in einem Land, das die Geschichte verschluckte und hineingeworfen in eine Zeit des Wandels, fand er inmitten von Lärm und Hektik der modernen Welt Zuflucht in der Stille der Natur – ein Ort, der seine Poesie und seine Prosa mit der Magie von Wäldern und dem Flüstern der Seele erfüllt. Seine Reise begann nicht mit Ruhm, sondern mit der Suche nach dem Sinn des Lebens. Ein Poet, der Traktorenlärm in Gedichte über Frieden verwandelt, der die Härte der Industrie mit der Weichheit der Selbstliebe kontrastiert. Inspiriert von der Liebe und seinen Reisen – nach außen in die Welt, nach innen zu Harmonie und Wahrheit – schuf er über 50 Meisterwerke. Pöllnitz ist ein außergewöhnlicher Dichter; er ist ein Chronist der Seele, ein Künstler, der aus Schmerz Schönheit webt und aus Stille Revolution entfacht. Sein neuestes Werk, *Der weite Weg zum Ararat*, ist ein Versprechen, dich mitzunehmen auf eine Reise, die dich verändert.

Der weite Weg zum Ararat

Die blaue Reihe Band 2

Roland Pöllnitz

1. Auflage 2025
© Roland Pöllnitz
© Umschlaggestaltung: Roland Pöllnitz
© Fotos Roland Pöllnitz
Verlag: BoD · Books on Demand GmbH, Überseering 33,
22297 Hamburg, bod@bod.de
Druck: Libri Plureos GmbH, Friedensallee 273, 22763 Hamburg
ISBN: 978-3-7693-2644-4

Vorwort

Willkommen in meinen Welten, in denen Worte wie Wanderpfade durch die wildesten Landschaften und die tiefsten Seelen führen. Der vorliegende Band, „Ararat", ist mehr als eine Sammlung von Erzählungen – er ist eine Einladung, innezuhalten, zu lauschen und die Schönheit der Natur sowie die Komplexität des Menschseins zu entdecken. Von der stürmischen „Walpurgisnacht" über die schneebedeckten Gipfel der „Brockenwanderung im Schnee" bis zur reflektierenden Ruhe von „Eine Nacht auf dem kahlen Berg" spannt sich ein Bogen, der den Leser durch äußere Abenteuer und innere Transformationen führt.

Diese Erzählungen sind geprägt von einer tiefen Liebe zur Natur, die in jeder Zeile pulsiert – sei es das Zwitschern der Vögel in „Dachs", die majestätischen Schrammsteine oder der blaue Glanz des Sees in seiner letzten Geschichte. Doch diese Landschaften sind mehr als Kulissen; sie sind Spiegel der Seele, Orte der Selbstfindung und des Friedens, wie es der „weite Weg zum Ararat" symbolisiert. Gleichzeitig zeigt es gesellschaftliche Abgründe, die Härte des Lebens, die Freude und die Frustrationen der „kleinen Leute" einfangen.

Was diesen Band auszeichnet, ist seine poetische Kraft, die jede Erzählung durchzieht. Eingebettete Gedichte wie „Der Palast der Erdengeister" oder „Der blaue See" verweben Märchen und Weisheit, Hexen und Zwerge mit menschlicher Sehnsucht. Die Sprache ist lebendig, bildhaft und poetisch. Jede Erzählung lädt dazu ein, die eigene innere Landschaft zu erkunden, sei es durch den Kampf gegen die Elemente oder die Suche nach Glück, wie es der Autor im Regen am Ahrendsberg reflektiert.

Dieses Werk ist ein Tribut an die Reise – nicht nur die physische, sondern die des Geistes und des Herzens. Es fordert uns auf, die Natur als Lehrerin zu ehren, die Vergangenheit zu respektieren und die Gegenwart bewusst zu leben. Mit der Fähigkeit, das Alltägliche in Magisches zu verwandeln, schenken uns diese Geschichten Meilensteine auf unserem eigenen Weg zum Ararat, einem symbolischen Berg, in dem wir uns selbst wiederfinden können.

Lassen Sie sich von diesen Seiten leiten, lauschen Sie den Winden des Harzes, spüren Sie die Stille der Höhen und lassen Sie sich von den Worten inspirieren, Ihren eigenen „Ararat" zu suchen. Dieses Buch ist ein Begleiter für alle, die bereit sind, die Schönheit der Welt und die Tiefe der Seele zu erforschen. Möge es Sie zu neuen Ufern führen – und vielleicht auch zu einem kühlen Bier am Gipfel.

Roland Pöllnitz

Fit wie ein Turnschuh

Am Fuße des Bärensteins liegt, von dichten Wäldern des mittleren Erzgebirges umgeben, das gleichnamige kleine Städtchen unweit der tschechischen Grenze. Das Ferienlager am Stadtrand bestand aus wenigen zweistöckigen Baracken und einem dreigeschossigem Neubau, einer Essensbaracke und einem kleinen Freizeitpark mit Sportplatz. Für Robert war es das letzte Mal, dass er in ein Ferienlager fahren durfte, denn einen Monat später würde er seinen 15. Geburtstag feiern.

So genoss er die Zeit mit seinen neun gewonnen Freunden und den Betreuerinnen Lara, Renate und Babsi, allesamt Lehrerstudentinnen und gefühlt kaum älter als er selbst. Während seines Aufenthaltes hatten sie schon so einiges unternommen. Sie waren ins kleine Erzgebirge nach Annaberg-Buchholz gefahren, um in der Adam Ries Stadt eine Miniaturwelt zu bestaunen. In Frohnau hatten sie das historische Schmiede Hammerwerk mit seinen kolossalen Hämmern besucht. Die Nachtwanderung mit den jungen Betreuerinnen war sensationell.

Im Ferienlager waren jedoch auch jede Menge Mädchen, und Robert neigte dazu, sich instant in mindestens eines zu verlieben. Wäre Margit nicht gewesen, hätte er auch Lara genommen, obwohl sie schon achtzehn war. Die Betreuerinnen waren meistens junge Studentinnen, die ziemlich cool waren und Musik hörten, die Robert auch mochte: The Sweet, Alice Cooper, Gary Glitter, Elton John.

Robert und Max waren die Ältesten Feriengäste, deshalb verbrachten die beiden Jungs einen der letzten Abende gemeinsam mit den Betreuerinnen auf deren Zimmer. Sie saßen zusammen, tranken Gin-Fizz und sprachen über so wichtige Themen wie Mädchen und Küssen. Die Jungen wollten nun in Erfahrung bringen, wie sie es wohl am besten anstellen sollten, ein Mädchen zu küssen. Niemand kann genau sagen, wie es passierte, dennoch kam urplötzlich jemand auf die Idee, das Küssen praktisch zu üben. Lara und Gabi testeten bei den zwei Jungs die Kussfähigkeiten und gaben praktische Hinweise bei der Vervollkommnung der Zungenspiele. Robert und Max fühlten sich im siebenten Himmel. Am liebsten hätten sie die ganze Nacht mit den dreien weitergeknutscht.

Jedoch hatten sie weitaus zarteres Gemüse in ihren Nüstern. Lara schlich mit ihnen die Treppe hinunter und lenkte den wachhabenden Betreuer ab. Lautlos wie die Katzen schlichen die beiden Jungen nun im Dunkel zum Haus der Mädchen, fanden einen Weg am Wächter vorbei, bis sie letztendlich im Zimmer ihrer Süßen ankamen.

Äußerst verhalten öffneten sie die Zimmertür der Mädchen. Robert schlich zu seiner Flamme Margit. Sie hatte langes, dunkelblondes Haar, meerblaue Augen und einen sinnliche Kussmund und war hellwach, als er auftauchte. Es war einfach magisch, wundervoll verboten und herzrasend gefährlich. Doch er musste sie ansehen, ihr Haar streicheln und liebe Worte flüstern.

Zum ersten Kuss gehörte viel Mut. Wie unsicher war er damals mit 15 und was für eine Überwindung hat es ihn gekostet, dem Mädchen, das vor ihm im Bett lag, immer näherzukommen. Vorerst kam dieser Moment des Zögerns. Sie hielten kurz inne, weil sie sich nicht sicher waren: War jetzt wirklich schon der richtige Zeitpunkt? Schließlich berührten sich ihre Lippen. Das Umfeld wurde plötzlich unscharf, und für einen kurzen Moment gab es nur noch sie beide.

Dieser Kuss gab ihnen einen Vorgeschmack auf alles, was in ihren Leben folgen sollte, und Antworten auf so viele Fragen, die sie niemals laut stellen würden. Und so rochen und schmeckten sie einander, fühlten nur den Moment dieses überspringenden Funkens eines jungen, keimenden Liebesgefühls. Dieser Augenblick war einmalig und unwiderruflich. Und genau das war das Magische daran. Es war der schönste Augenblick seinen bisherigen Lebens und er war sich sicher, dass er ihn niemals vergessen würde.

Ein Jahr ging ins Land. Regelmäßig reisten Briefe von Magdeburg nach Rostock und von Rostock nach Magdeburg mit Berichten über den Alltag zweier Jugendlicher. Nichtsdestotrotz landete im Sommer eine Einladung nach Rostock im Briefkasten, die Robert gern annahm.

In dieser Zeit war Robert fit wie ein Turnschuh. Jeden Tag fuhr er eine Stunde mit dem Rad und joggte zusätzlich mit seinem Freund eine Stunde. Damit stand fest, dass er die Strecke nach Rostock mit dem Rad zurücklegen würde. Selbstredend war es kein Elektrofahrrad. Es hatte noch nicht einmal eine Gangschaltung. Es war ein ganz normales 24" Rad in einem leuchtenden Blau.

Es war eine wunderbarere Sommernacht, in der er startete. Kurz nach Mitternacht war er aufgestanden, vollzog die Morgentoilette, frühstückte, packte seine Gepäck auf das Rad und fuhr um Zwei Uhr los.

Die Fahrt fing herrlich an. Alles war stockdunkel zu dieser Uhrzeit, über ihm leuchteten die Sterne, vor ihm der Lichtkegel des Dynamo betriebenen Scheinwerfers. In Heyrothsberge bog er nach Norden ab. Nebelschwaden krochen über die Straße, machten die Welt um ihn gespenstisch. Flüssig strampelte er sich vorwärts und erreicht nach einer Stunde bereits die Kleinstadt Burg.

In der Dunkelheit der Nacht konnte Robert den Weg nicht gleich finden. Ein nächtliche Spaziergängerin half ihm, die richtige Richtung einzuschlagen. Zügig ging es auf der Fernverkehrsstraße voran, auf der ihm um diese Uhrzeit äußerst selten jemand begegnete. Die Muskeln waren frisch und alles verlief in äußerster Leichtigkeit, als schwebte er wie ein Vogel über den Asphalt.

Der kleine Ort Güsen zog sich ein paar Hundert Meter am Elbe-Havel-Kanal entlang, an dessen Ende eine Brücke den Kanal überquerte. Felder und Wälder wechselten sich ab, während im Westen die Elbe gemütlich gen Hamburg strömte. Die laue Sommernacht wirkte wie ein Triebfeder auf den jungen Radler, der bisher ohne Pause durch die Sternennacht strampelte, so dass er bereits nach gut drei Stunden die Kleinstadt Jerichow durchfuhr. Noch hatte die Dämmerung nicht eingesetzt.

Fischbeck lag hinter ihm. Von der nahen Elbe her schwebte weiße Nebelschwaden über die Straße, während der Himmel im Nordosten nach und nach in einem leuchtenden Purpur erstrahlte. Wenig später erlebte Robert in Schönhausen an der Elbe einen fantastischen Sonnenaufgang. Weiter kurbelte er die Pedalen, als wäre er grad gestartet, über Orte mit Namen wie Hohengöhren, Klietz, Scharlibbe, Schönfeld, Sandau, bis er um halb acht in Havelberg an der Elbe anlangte. Zeit für ein Frühstück.

In Havelberg ging plötzlich gar nichts mehr, jeder Tritt wurde zur Qual und der Weg nach Rostock erschien Robert noch unendlich weit.

Solch einen Zustand beschreibt man im Radsport als Hungerast. Die Kohlenhydratspeicher waren fast leer und mussten aufgefüllt werden. Bäcker gab es genügend, doch diese hatten keine Getränke im Angebot. Zumindest konnte Robert ein paar Streuselschnecken verputzen,

Der Durst trieb ihn geradewegs nach Norden. Die Sonne lachte ihn von der Seite an. Nach sechs Stunden Fahrt legte Robert an einer einladenden Raststätte kurz vor Pritzwalk eine Pause ein, um seinen Elektrolythaushalt zu korrigieren. Er saß im Garten, genoss seine Cola und träumte ein wenig vor sich hin. Seit Havelberg hatte er das Elbtal verlassen und bewegte sich nun über Ebenen des Prignitzer Lands. Die Sommergerste war bereits geerntet und auch die Roggenernte ging ihrem Ende entgegen. Mähdrescher schleuderten auf den Feldern riesige Staubwolken auf. Zahlreiche Trabants und Wartburgs knatterten in Richtung Norden zur Seenplatte oder weiter zur Ostsee. Die nächtliche Stille war längst vorüber. Robert schloss die Augen. Selbstversunken, weggetreten, in einer anderen Welt, konzentrierte er sich auf die Stille des Sonnenspiels. Glitzerndes Glück huschte über sein Gesicht mit einem Anflug von Ekstase.

Bald schmetterte das Sonnenfeuer vom Zenit seine feierliche Hitze auf die Erde. In der Mittagsstunde radelte Robert gemütlich am Plauer See entlang. Das leicht hügelige Umland mit seinen farbenprächtigen Wiesen, bunten Feldern, ruhigen Wäldern und vielen kleinen und größeren Seen entpuppte sich als ein echtes Naturparadies. Kühlend wirkte der Stadtwald kurz vor Plau, der auch Heimat von Plaulina, der Hexe vom Kalüschenberg, war. Sie schien jedoch ausgeflogen zu sein.

Die abwechslungsreiche Landschaft mit sattgrünen Wiesen, bewaldeten Hügeln, Baumgruppen, Wäldern und idyllisch gelegenen Seen bot vielfältige Möglichkeiten zu schauen und zu genießen. Max Raabe sang später:»Manchmal ist das Leben ganz schön leicht, zwei Räder, und ein Lenker und das reicht.« Wie dieser Künstler empfand auch Robert das Rad als ein sehr angenehmes Fortbewegungsmittel. Er fuhr fast täglich auf seinem Rad ohne Gangschaltung und liebte es, sich zu bewegen, das eigene Tempo durch Muskelkraft zu bestimmen und seine Umgebung bewusst wahrzunehmen. Fahrradfahren war eine Art der Meditation, ein Weg tief in sein Inneres, und es machte ihn glücklich.

Inzwischen war es richtig heiß geworden. Robert ließ die Räder rotieren. Millionen Gedanken schossen durch seinen Kopf, und er erwischte sich, wie er mit offenen Augen meditierte. Die Mecklenburger Seenlandschaft flog an ihm vorüber, als wäre die Landschaft in Bewegung.

Eingebettet in eine typische Fluss- und Seenlandschaft lud Güstrow mit seinen vielen historischen Sehenswürdigkeiten Robert zu einer Pause ein. In einer der vielen urigen Kneipen in der Innenstadt mit ihren großartigen Bauten der Backsteingotik saß Robert und trank genüsslich eine Limonade. In dieser Stadt lebte einst Erst Barlach, der im Auftrag der Preußischen Regierung ein Ehrenmal erschaffen hatte, das im Magdeburger Dom seinen Platz finden sollte.

Ein betrunkener, weißhaariger Mann, der wohl aus der Steinzeit stammte, kam traurig vorbei gehumpelt, sein Gang war leicht schwankend und er hatte zwei Beutel voller Bierflaschen bei sich. Irgendwie schienen ihm seine Gliedmaßen und Sinne nicht so recht zu gehorchen. Da riss ihm der Henkel des einen Beutels.

»Scheiße!«, hörte Robert ihn fluchen.

»Kann ich Ihnen irgendwie helfen?«, fragte Robert voller Mitgefühl.

»Scheiße«, sagte er noch einmal, »Wie soll ich den Mist nun nach Hause bekommen?«, wiederholte er.

»Wir könnten die Beutel auf meinem Rad transportieren. Haben Sie es noch weit?«

»Du bist ein guter Junge. Gleich da vorn, eine Straße weiter wohne ich. Wie heißt du?« fragte der Mann.

»Ich bin Robert. Einen Moment, ich hole mein Rad«,

»Du kannst Walter zu mir sagen!«, hörte Robert im Weggehen.

Sie packten die Beutel auf den Gepäckständer und schoben gemeinsam das Rad bis zur nächsten Straße, wo Robert dem Alten seine Getränke bis in die Wohnung brachte.

»Ich danke dir, mein Junge. Wo kommst du her?«

»Heute früh bin ich in Magdeburg gestartet und am Abend werde ich in Rostock sein!«

»Du bist ganz schön verrückt«, sprach der alte Mann.

»Das sagen viele«, antwortete Robert und lachte.

»Dann gute Reise, Robert. Komm gut an!«

Inzwischen hatte der Wind gedreht und wehte ihm aus Norden entgegen. Der Radweg schlängelte sich abseits der Straßen auf alten Saumwegen unmittelbar an dem schmalen, von Bäumen und Büschen begrenzten Weg entlang, doch Robert hatte keinen Blick mehr für die zauberhafte Landschaft. Die Luft war raus. Er quälte sich von Pause zu Pause vorwärts durch die Hügellandschaft. Fast eineinhalb Stunden benötigte er für die knapp 20 Kilometer.

Ab Schwaan radelte er zunächst auf einem separaten Radweg durch Felder nach Norden. Der Weg war schön durch Büsche gefasst. Er passierte Penitz, Bölchow und Papendorf, überwand mehrere Hügel bis fünfzig Meter Höhe und kämpfte sich völlig erschöpft nach Rostock. Drei Stunden hatte er für die letzten vierzig Kilometer benötigt. Kurz vor Rostock legte Robert an einem Restaurant noch eine Pause ein, um eine Soljanka zu essen. Wenig später kam er in Rostock mehr tot als lebendig an. Robert telegrafierte nach Hause, damit die Familie Bescheid wusste, dass er es geschafft hatte.

Robert fühlte sich nun wie Weihnachten kurz vor der Bescherung. Er saß mit großem Herzklopfen auf einem Bank mitten Rostock und wartete auf Margit, die er vor einem Jahr so leidenschaftlich geküsst hatte. Wenig später sah Robert sie von weitem in einem sexy blauen Kleid herantänzeln. Ihr Haar war inzwischen auf Schulterlänge gekürzt. Ihr Lächeln verursachte bei ihm sofort gute Laune, doch die Begrüßung war eher unbefangen.

Gemeinsam fuhren die beiden zu ihr nach Hause. Margits Mutter empfing die zwei und bot Robert ein Bad an. Höchstwahrscheinlich hatte seine permanente Beinarbeit so viel Schweiß aus ihm herausgetrieben, dass er sieben Meilen gegen den Wind müffelte.

Dieses warmes Vollbad war eine wahre Wohltat. Die Wärme entspannte seine Muskeln und damit auch den gesamten Körper. Durch den Auftrieb im Wasser wurde das Eigengewicht seines Körpers aufgehoben. Die Badezusätze wirkten sowohl entspannend als auch belebend. Ein erfrischter, blumiger Robert kehrte lächelnd zu Tochter und Mutter zurück ins Wohnzimmer, um ein deftiges Abendbrot zu genießen.

Das Gespräch der drei rankte sich um Roberts abenteuerlich Fahrt nach Rostock, sein Zuhause und die Familie. Margits Mutter war besonders neugierig, wie Robert schien, was aber auch nicht verwunderlich war, denn ihre Tochter war fünfzehn und er stand kurz vor seinem sechzehnten Geburtstag. So war ihre mütterliche Achtsamkeit besonders groß.

Ein Stunde später brachten das Duo den Reisenden zu einem Lehrlingswohnheim, wo Margits Mutter ein Zimmer für Robert organisiert hatte. Kaum hatte er die Tür hinter sich geschlossen, fiel er aufs Bett uns schlief augenblicklich ein.

Ein lauter Knall riss Robert aus dem Tiefschlaf. »Was war das?«, fragte er erschrocken, obwohl er die einzige Person im Zimmer war. Schläfrig rieb er sich seine müden Augen. »Hat sich angehört wie Donner«, stellte Robert fest und setzte sich aufgeregt auf die Kante seines Bettes.

Robert hatte keine Angst vor Gewittern, doch das laute Poltern des Donners und die Helligkeit der Blitze boten ein faszinierenden Schauspiel. Langsam schritt Robert zum Fenster und zog die Vorhänge zur Seite und blickte in die drückende Dunkelheit der Nacht.

Schwere Tropfen fielen nieder, beugten Grashalme und Blätter, bis sie wie Stahlkugeln auf den Asphalt der Straße aufschlugen. Verschwommen schien die Szenerie vor dem Fenster, da leuchtete ein weiterer Blitz und rief mit zuckender Bewegung den lange nachhallenden Donner aus den Wolken. Bald folgte Blitz auf Blitz. Nun schien die ganze Natur in einem einzigen Feuermeere zu schwimmen. In immer kürzeren Abständen schien das dröhnende Getöse des geborstenen Weltenkörpers über Robert hinwegzurollen. Es schien, als kreiste das Gewitter mit himmlischen Zorn und rasenden Kräften durch die Nacht.

Entsetzen, wie flammte sich nun der Himmel! Zehn schreckliche Blitze zerflossen in ein furchtbares Feuer, so dass der furchtlose Erdensohn die Hand vor das geblendete Auge hielt und in heißer Faszination den nachfolgenden Donner erwartete, welcher mit grellem stechendem Schall das Weltall aus den Angeln zu werfen drohte. Regen peitschte hernieder als ein barbarisches Wasserspiel, als erneut ein grässlicher Blitz niederfuhr und seine staunende Seele aus ihrer Betäubung aufrüttelte. Mit einem entsetzlichen, das innerste Mark durchschneidenden Schlag raste der folgende Donner am schwarzen Himmel mit nachhallenden Schlägen umher, bis das Unwetter nach und nach in die Dunkelheit der Sommernacht davonschlich.

Die Tag dämmerte kühl und frisch herauf, als Robert gleichzeitig gedankenvoll und gedankenleer aus dem Fenster seines Zimmers blickte und die lauen Luft einatmete, die durch das offene Fenster drang. Fern waren die zuckenden Blitze der Nacht. Der Tag strahlte in einem seltsamen Glanz der aufgehenden Sonne. Robert blickte sehnsüchtig den vorüberfliehenden Wolken nach und freute sich kindisch, wenn er aus den unbestimmten Formen derselben einen Drachen oder einen Riesen herausgrübeln konnte. Erst in diesem Augenblick realisierte er, dass er in einer ihm fremden Stadt war und warum er hier weilte.

Dem Frühstück schloss sich ein Einkaufbummel an. Robert und Margit schlenderten durch die Innenstadt und kehrten in der Jugendmode ein. Hosenanzüge und Miniröcke waren in dieser Zeit der Renner.

Zwei Jahre zuvor wurde in der Hauptstadt Berlin das Theaterstück »Die neuen Leiden des jungen W.« von Ulrich Plenzdorf aufgeführt. Die Schauspieler trugen Jeans. Das Stück brachte den Hunger einer ganzen Generation nach diesem Kleidungsstück zum Ausdruck. Im Reisejahr wurden im Süden der DDR die ersten Jeans produziert. Allerdings waren sie aus braunem Cord. Ihr offizieller Name war »Doppelkappnahthose«. Es gab schon immer Menschen, die dazu neigten, aus wohlklingen Worten Monsterbegriffe zu kreieren.

Robert saß auf einem Stuhl, während Margit verschiedene Hosen anprobierte. Und irgendwie kam er sich vor wie beim Blusenkauf von Otto Reuter:»Wenn Frau'n was kaufen, geht das flink, ich weiß, wie's meinem Freund erging, der, jung vermählt, wollt in der Früh mal ins Büro, da sagte sie: "Lass mich ein Stückchen mit dir gehen" - dann blieb sie vor ´nem Laden stehn. "Komm, gib mir's Geld - bin gleich zurück, es dauert nur ´nen Augenblick. Bleib draußen", sprach Frau Suse, "ich kauf mir bloß ´ne Bluse."«

Robert war verschossen in Margit. Es machte ihm nichts aus zu warten. Als sie schließlich aus der Kabine heraustrat, lobte er ihre reizende Figur, die durch die chice Hose durchaus betont wurde. »Die Hose ist echt fetzig. Du solltest sie nehmen!«, brach es aus Robert heraus.

»Meinst du?«, Margit war nicht ganz sicher.

»Du siehst einfach kolossal aus, Margit! Das kannst du für bare Münze nehmen. Die oder keine!«

»Wenn du meine Meinung hören willst«, mischte sich eine Verkäuferin ein, »dein Freund hat recht. Du siehst sagenhaft aus!«

Zum Mittag saßen alle am Tisch vereint: Margits Mutter, ihr Vater, Margit und Robert. Aus einer Terrine dampfte Grüne Bohnensuppe. Der Vater blätterte im Neuen Deutschland. »Die sommerlichen Temperaturen der letzten Tage erreichten am gestrigen Freitag in der DDR einen Höhepunkt. Ein seit Jahren im Harz nicht gekanntes Maximum zeigte die Quecksilbersäule in Wernigerode über 30 Grad. Das hochsommerliches Erntewetter mit tropischen Temperaturen ermöglichte am Freitag in allen Teilen der Republik ein gutes Vorankommen bei der Bergung des Brotgetreides.«

»Da hast du eine großartige Leistung vollbracht, Robert«, eröffnete der Vater das Tischgespräch.

»Gut, dass ich so früh aufgebrochen bin. Am Ende war ich sichtlich erschöpft von der Anstrengung. Das Wetter selbst hat mir nicht so viel ausgemacht. Ich liebe die Sonne.«

Der Vater nickte lebenserfahren.

»Möchtest du noch etwas Suppe, Robert«, fragte Margits Mutter plötzlich, um die Stille zu überwinden.

»Ja, danke, ein klein wenig.«

Sie saßen schweigend und löffelten. Einmal war Robert, als hätte Margit ihm zugelächelt. Da er sich nicht ganz sicher war, lächelte er vorsichtshalber zurück.

»Was habt ihr beide denn heute noch vor?«, erkundigte sich der Vater, während er weiter im ND blätterte.

»Wir wollen heute Nachmittag ins Kino gehen, Papa. Dort zeigen sie einen neuen DEFA-Film«, antwortete Margit beherzt.

»Dann wünsche ich euch noch viel Vergnügen, ihr beiden!«, er stand auf, nahm seine Zeitung mit und legte sich auf die Couch.

Robert und Margit gingen in die Nachmittagsvorstellung. Dieser Kinobesuch hatte mit Sicherheit längerfristig positive Folgen, vor allem weil die beiden in vielerlei Hinsicht durch »Wie füttert man einen Esel« zum Lachen gebracht wurde. Die Bilder, die Geschichten, die Schauspieler und die Musik weckten Empfindungen in ihnen. Sie lösten Gefühle aus, brachten sie zum Lachen. Die Szenen wandelten die Gefühle, waren flüchtig oder intensiv. Die beiden fühlten sich derartig präsent, dass sie glaubten, dabei zu sein. In diesem dunklen öffentliche Raum war der Ort, an dem die Zuschauer, jeder für sich und doch gemeinsam im Raum, ihren Gefühlen freien Lauf lassen konnten. Als Fred Delmare bereits am Anfang des Films seine Mundharmonika verschluckte, ging ein flammendes Gelächter durch den Saal, obwohl der Protagonist ins Krankenhaus eingeliefert wurde. Der Hauptheld Fred, gespielt von Manfred Krug, bekam die Ersatzbeifahrerin Jana zugeteilt, mit der er als Fernfahrer nach Bulgarien fuhr. Der Macho, der in jedem Städtchen ein Mädchen hatte, verliebte sich letztendlich in seine Begleitung. Es war eine unterhaltsame Liebesgeschichte, überwiegend kurzweilig und heiter erzählt mit musikalischer Untermalung.

»So eine Tour nach Bulgarien wäre auch etwas für mich. Jeden Tag etwas Neues sehen. Am Morgen nicht wissen, wo man am Abend ist. Immer in Bewegung«, begeisterte sich Robert nach dem Kinobesuch.

»Und in jedem Städtchen ein Mädchen, das wäre es, nicht wahr?«, lachte Margit ihn an.

»Du kannst gern mitkommen, Margit. Prag, Budapest, Bukarest, das Schwarze Meer. Das könnte mich schon begeistern. Ich liebe es, wenn ich am Morgen noch nicht weiß, wo ich am Abend bin.«

»Ich weiß nicht. Zwei Wochen am Balaton würde mir auch gefallen. Aber immer unterwegs zu sein, ist nicht mein Ding!«, automatisch ließ Margit Rolands Hand los, »Ich möchte schon wissen, wo ich abends schlafe, mich waschen kann und esse.«

»Das Leben ist doch voller Überraschungen. Stell dir vor, unterwegs triffst du auf jemanden, der aufs Land zu einer Hochzeit fährt in die Karpaten und dich einlädt mitzukommen. Oder das Auto, mit dem du trampst, hat eine Panne, und man bietet dir ein Bett im Heu einer Scheune an? Oder du landest plötzlich ganz wo anders, weil der Fahrer einen besonderen Ort voller Magie kennt? Ich wäre sofort dabei!«

»Das wäre nichts für mich. Ich brauche einen gewissen Komfort: chice Sachen, einen Strand, an dem ich meinen Bikini ausführen kann, eine Eisdiele, eine Disco und eine Wiese, auf der ich mich wie ein Steak grillen kann. Vor allen möchte ich mich entspannen«, entgegnete Margit mit Nachdruck.

»Du kämst also nicht mit?«, hakte Robert zaghaft nach.

»Auf jeden Fall nicht jetzt. Da bin ich sowieso zu jung.«

»Aufgeschoben ist nicht aufgehoben«, triumphierte Robert.

»Mach dir mal keinen Kopf. So weit sind wir noch lange nicht! Bevor ich 16 bin, lassen mich meine Eltern in keinem Fall allein auf die Reise gehen, schon gar nicht mit einem Jungen. Es ist doch schön, dass wir gemeinsam ins Kino durften.«

Letztendlich saßen alle gemeinsam am Abendbrottisch, sprachen beim Schmieren der Brote über den Tag und die Erlebnisse im Kino. Der Vater trank ein Bier, alle anderen Limonade. Alle schmatzten und waren guter Laune.

Das Fernsehen zeigte am Abend die dänische Komödie »Die Olsenbande läuft Amok«. Zu Beginn des Films wollte die Olsenbande die Tageseinnahmen eines Kinos stehlen, was wie immer misslang. Wieder einmal schaffte es Egon nicht, rechtzeitig zu flüchten, wurde verhaftet und erst acht Monate später aus dem Gefängnis entlassen. Diesmal holte ihn niemand vom Gefängnis ab, denn seine Bandenmitglieder Kjeld und Benny hatten sich von ihm losgesagt. Nach einer Reihe abenteuerlicher Missverständnisse versöhnten sich die drei wieder. Egon konnte nun endlich beginnen, mit Benny und Kjeld seinen eigentlichen Plan vorzubereiten. Letztendlich ging es wieder um eine Millionensumme, die aus einem Tresor von Franz Jäger aus Berlin entwendet werden musste – und wie das das Pech in dieser Kriminalkomödie auch spielte, letztendlich in der Müllverbrennungsanlage verbrannt wurde. Tragikomisch wie immer. Immer wieder füllte Gelächter und Begeisterung das Wohnzimmer, Robert hatte sogar das Gefühl, als würde der gesamte Wohnblock vor

Lachen vibrieren. Diese drei Helden waren für eine heitere Stunde einfach prädestiniert.

Kennt ihr das, wenn die Eltern die Fotoalben herausholen, um sie Fremden zu präsentieren? Margits Mutter tat es. Margit versank fast im Boden, als ihre Mutter voller Stolz die Fotos der Jugendweihe zeigte. Die Mädchen im Minirock mit hoch gesteckten Frisuren, die Jungs in Anzügen mit Hemd und Krawatte oder Rollkragenpullover, die Haare bedeckten die Ohren. Robert kam es wie eine Ewigkeit vor.

»Du sahst sehr elegant aus, Margit«, platze Robert heraus.

»Siehst du, Robert sagt das auch!«, fühlte sich die Mutter bestätigt.

»Mama!«

»Was hat sie nur?«, dachte Robert für sich und entschied dann, sich in die Nacht zu verabschieden.

Robert schlug die Augen auf. Die Sonne kitzelte ihn an der Nase und seine Ohren vernahmen den lieblichen Gesang der Vögel. Frisch, fromm, frei und fröhlich begab er sich zu Margit, um mit ihr diesen heiteren Vormittag in sonniger Gelassenheit zu verbringen.

»Hast du Lust zu tanzen? Dann lass uns heute Nachmittag nach Warnemünde fahren. Die Diskothek *Daddeldu* im Keller vom Hotel NEPTUN ist die erste Diskothek in der DDR. Der Discjockey Käpten James macht wirklich fetzige Musik«, schlug Margit vor.

»Das klingt nach einem guten Plan. Was macht eigentlich dein Vater?«, wechselt Robert das Thema.

»Wahnsinnig interessantes Thema«, entgegnete sie etwas verdrießlich. Er ist Kapitänleutnant bei der Marine. Er fährt auf einem Küstenschutzschiff auf der Ostsee und bewacht die Grenze. Im Grunde scheint er recht harmlos. Doch manchmal, wenn er rotsieht, dann wird er zum Tier«, jetzt lachte sie, »er liest das Neue Deutschland, weiß, wohin der Hase läuft, plant, alles, was er tut, spart emsig und ist ein vorbildlicher Zeitgenosse. Er ist mit sich im Reinen und so herrlich normal, ordentlich und vernünftig. Also genau das Gegenteil von dir.«

Margit hatte sich mit dem Rücken auf die Couch gelegt und blickte lächelnd zur Decke und fragte fast so nebenbei.

»Und deiner?«

»Im Grunde weiß ich gar nicht viel. Er fährt morgens mit dem Fahrrad zur Arbeit und kommt abends wieder«, lachte Robert, »nein, im Ernst er ist für die Militärbeförderung auf Eisenbahnen im Bezirk Magdeburg mitverantwortlich. Etwas Aufregendes hat er mir noch nie berichtet. Wahrscheinlich ist es geheim. Ansonsten scheinen sich unsere Väter nicht sehr zu unterscheiden. Er ist sehr naturverbunden. Früher fuhren wir öfter mit dem Fahrrad in den Rote Horn Park und in den Herrenkrug. Jetzt bin ich lieber allein unterwegs. Er hat mir die Liebe zum Lesen vermittelt, ist aber eher streng und vorsichtig, eine Erlaubnis zu erteilen, und er hat seine Prinzipien. Doch so etwas wie meine Tour nach Rostock stimmte er zu.«

Margit dreht sich langsam zu Robert um: »Und deine Mutter?«

»Schwieriges Thema, Margit. Meine Mutti hat ihren Ehrgeiz auf mich ausgeweitet. Sie möchte stets, dass ich der Beste in der Schule bin, der bravste Sohn auf Erden, der kleine Mozart der Familie, der fleißige Helfer im Hause und das Kindermädchen für meine Brüder. Wenn ich beim Fahnenappell eine Urkunde bekomme, glaubt sie selbst, im Rampenlicht zu stehen. Entspreche ich nicht ihren Erwartungen, muss ich damit rechnen, gerecht bestraft zu werden. Schließlich bin ich ihr eigen Fleisch und Blut, und sie bestraft mich natürlich nur aus Liebe. Ständig macht sie mir ein schlechtes Gewissen. Geht sie zur Elternversammlung, fragt sie mich vorher, ob ich etwas zu beichten hätte, damit sie selbst nicht blöd dasteht, falls irgendwer irgendwas über mich sagen würde.«

Margit schaute ein wenig entsetzt. Anscheinend hatte sie mit Roberts Antwort nicht gerechnet. Stattdessen lachte sie unvermittelt auf und sagte: »Das reicht, du solltest dankbar sein, dass du heute hier bist. Ich bin ehrlich nett zu dir und freue mich, dass du da bist. Lass uns in die Küche gehen. Ich brate ein paar Schnitzel!«

»Gute Idee. Mir ist es wichtig, meine eigenen Erfahrungen zu machen und meine eigenen Grenzen auszutesten, ohne dass es jemanden gibt, der mir vorschreibt, was ich zu tun oder zu lassen habe. So wie auf meiner Tour hierher. Sechzehn Stunden Fahrt und nur ich selbst habe bestimmt, wo es langgeht. Ich selbst war meine Grenze.«

Wie ein großes, weißes Segel grüßte das Neptunhotel am Strand der Ostsee. Drei Jahre zuvor hatte das weiße Haus am Meer seine Türen für seine ersten Gäste geöffnet. Damals stand die gesamte Mannschaft, vom Pagen bis zum Hoteldirektor herausgeputzt, hochmotiviert und aufgeregt am roten Teppich.

Nur etwa 20 Minuten benötigt die S-Bahn vom Zentrum Rostocks nach Warnemünde. Margit und Robert spazierten vom Bahnhof über die Brücke am alten Strom zum Hotel. Die Sonne schien so prall, als wollte sie die beiden einladen, schwimmen zu gehen. Direkt auf der Strandpromenade, an der Mündung der Warnow in die Ostsee, reckte sich der alte Leuchtturm in den Himmel. Gleich nebenan hatte der *Teepott* seinen Platz, ein weiteres Wahrzeichen Warnemündes. Dieses Gebäude bestach mit dem geschwungenen Dach und einer Glasfassade, ähnlich der Hyparschale in Magdeburg. Beide Gebäude stammten vom König des Betonschalenbaus, Ulrich Müther, und beherbergten Geschäfte und Restaurants.

Plötzlich waren die beiden mitten im Geschehen. Sie standen zwischen jungen Leuten und nahmen alles in sich auf. Käpten James hatte die Puhdys aufgelegt. Die ersten Tänzer ließen ihre Hüften kreisen, warfen die Hände in die Lüfte und wackelten mit dem Po. Robert gefiel der kleines Saal mit den kleinen runden Tischen und den langen Tischen, die an Ketten von der Decke hingen, die Lichtorgel, die im Takt die Farben wechselte und die großartige Stimmung. Er ließ sich vom Rhythmus mitreißen, tänzelte mir Margit zur Bar und bestellte, als hätte er in seinem Leben nichts anderes getan, zwei Wodka-Cola. Was für ein Tag! Wie eine Ohrfeige verspürte er die Forderung der Bedienung, die 6,60 Mark verlangte.

»Sieh dir das Leben an!«, sprach er zu Margit, »Was für eine verdammt fetzige Musik, an einem fetzigen Ort – und wir beide mittendrin. Margit, wir müssen loslegen und nicht stillstehen. Das Leben ist ein Tanz!«

Margit schaute ihn mit großen Augen an:

»Mach mal langsam. Wir sind eben erst angekommen und sollten erst einmal austrinken.«

Doch da hatte der DJ bereits Nina Hagens *Du hast den Farbfilm vergessen* aufgelegt. Die Tanzfläche hatte sich sofort gefüllt. Im erhitzten Zweilicht wanden sich die jungen Leiber, zappelten die Arme, glühte die zügellose Leidenschaft in den Augen. Die Füße stampften dröhnend wie eine Armee Soldaten, bis alle grölend mitsangen: »Du hast den Farbfilm vergessen, mein Michael...«

»Los, komm!« Robert nahm Margit an die Hand, sprang mit ihr ins Gewühl und ließ sich von der hypnotisierenden Atmosphäre mitreißen. Fast geistesabwesend starrte er mit wilden, geweiteten Augen ins Leere und gab sich mit psychedelischen Zuckungen der selbstzufriedenen Ekstase hin. Weiter ging es mit den Puhdys und ihrem stampfenden Hit von *der Legende von Paul und Paula*. Robert spürte nur noch sich, das rhythmische Stampfen und eine unbändige Lebenslust. Es gab immer noch ein Mehr. Es gingt immer noch ein bisschen weiter – niemals zu Ende. Margit und Robert wanden sich, verrenkten sich, glühten vor Begeisterung, als würde die Musik die beiden und die ganzen Welt umarmen und ihre Seelen in großer Freude für sich vereinnahmen. Sie fanden sich, sie verloren sich, sie rangen mit sich, sie kreisten, sie wirbelten, sie lachten, sie schwitzten, sie stöhnten und feuerten sich gegenseitig an, weiterzumachen, weiter und weiter, als gäbe es kein Morgen, bis um sechs Uhr abends alle aus der Disco in das pralle Strandleben des Warnmünder Strandlebens hinausgespült wurden, um das Leben hinauszutragen ins Licht, bis erneut der wilder Tanz begänne.

»Mannomann, da hat der Ringelnatz aber ein gute Werk getan«, begeisterte sich Robert.

»Wie kommst du jetzt auf Ringelnatz?«, entgegnete Margit verblüfft.

»Er ist schließlich der Namensgeber der Disco«, entgegnete Robert triumphierend und fragte grinsend, »Und was machen wir nun mit dem angebrochenen Vormittag?«

»Da habe ich ein wirklich fetzige Idee. Ich sage nur Strand Eisdiele! Etwas Besseres gibt es in der ganzen Republik nicht!«, jubelte Margit.

»Da bin ich dabei. Du scheinst mich zu kennen. Mein Rekord liegt bei zehn Kugeln!«, lachte Robert.

»Du bist verrück!«

»Klaro und darauf bin ich stolz! Was haben Alexander der Große, Goethe und ich gemeinsam? Auf den ersten Blick nicht viel. Doch in kulinarischer Hinsicht teilen der Feldherr, der Dichter und ich etwas miteinander: die Vorliebe für Eis.«

»Die Hübeners von der Strand Eisdiele sind seit 1946 für ihr leckeres Eis in Warnemünde, ja in ganz Rostock und Umgebung bekannt. Die gut gehüteten Rezepte der Gründerin bilden auch heute noch die Grundlage der leckeren Eisvariationen«, erklärte Margit, als sie die Eisdiele in der Georginenstraße, Ecke Alexandrinenstraße erreichten. Robert war über die vielen Eissorten erstaunt. Neben Vanille, Schoko und Erdbeer gab es auch Nuss, Kirsch, Holunder und weitere Sorten.

»Komm, setzen wir uns. Ich gebe einen Eisbecher aus!«, verkündete Robert, »Was möchtest du?«

»Den Vanilleeisbecher mit heißen Himbeeren mag ich besonders gern«, erklärte Margit.

»Gut, dann nehme ich den leckeren Schokobecher mit besonders viel Sahne«, bestellte Robert, ohne lange zu überlegen.

»Psychologen sollen aus den Eisvorlieben eines Menschen auf seine Vorlieben in Sachen Liebe Rückschlüssen gezogen haben und daraus gefolgert, dass die Eisdiele sicher ein geeigneter Platz für das erste Rendezvous sein müsse. Vorsicht sei geboten bei sogenannten Eisbeißern geboten, sie seien sehr impulsiv, zielstrebig, kreativ, aber leider auch untreu«, lachte Robert.

»Und wie isst du dein Eis?«

»Das wirst du selbst beurteilen können, Margit, denn da kommt es bereits.«

»Weißt du, ich mag Eis in jeder Form – als Kugel oder am Stiel. Beides schmeckt herrlich. Ich schlecke gern mein Eis mit der Zunge oder mit dem Löffel, das ist situationsabhängig. Ich bringe sowohl Eis als auch Herzen zum Schmelzen. Ich mag aber auch Becher und Löffel. Den gebe ich nicht ab. Nein, nicht so schnell. Kommt gar nicht in die Tüte. Aber ein Eisbeißer bin ich nicht! Meins ist einfach köstlich«, Robert grinste

»Ich liebe diese heißen Himbeeren auf aromatischen Vanilleeis. Das schmeckt mir einwandfrei. Jedes Mal, wenn ich hier bin, genieße ich diese Delikatesse, Robert«, erwiderte Margit schlemmend.

Robert fühlte sich wie jemand, der intensiv lebte und in jedem Augenblick alles fühlen konnte, alles sehen und alles hören und so lebte wie zwei, drei Menschen gleichzeitig, als ob sich seine Augen, Ohren, seine Hände vermehrt hätten. Er war bereit, die Welt zu umarmen. Und am liebsten hätte er mit Margit angefangen, die ihm gegenübersaß und versonnen ihr Eis löffelte. Er spürte ein Kribbeln in sich aufsteigen fand sie aus der Nähe noch erstaunlicher, noch anziehender und noch geheimnisvoller als vor einem Jahr. Von Zeit zu Zeit blickte sie ihn aus ihren tiefblauen Augen zurück, und er meinte, Flammen zu verspüren. Am liebsten hätt er sie sofort geküsst, wagte sich jedoch nicht.

So fuhren sie schweigsam und kusslos zurück nach Haus. Es war, als schwebte zwischen ihnen eine stille Traurigkeit, die ihnen die Luft zum Reden und den Mut zum Küssen genommen hatte. Eigenartig still ging es auch beim Abendbrot zu, so dass Robert schweren Herzens beschloss, sein Internatszimmer aufzusuchen.

»Warte, ich bringe dich noch zur Tür«, rief Margit plötzlich heiter.

An der Hauseingangstür kamen die beiden auf den Unterschied zwischen Freundin und Freundin zu sprechen.

»Meinst du, dass zwischen uns ist eher eine lockere Freundschaft? Oder glaubst du, da ist etwas mehr?«, fragte Robert.

»Es ist ein schönes Gefühl, mit dir zusammen zu sein, ich spüre gern deine Nähe. Alles ist so eigenartig. Auf der einen Seite, möchte ich dich gern berühren, dann wieder traue ich mich nicht. Was meinst du?«

»Ich wäre dir am liebsten viel näher und mag dich wirklich sehr, Margit. Ich habe viel an unsere Küsse in Bärenstein gedacht. Und nun bist du noch viel hübscher.«

Sein Herz schlug schneller. Margit schaute ihn aus ihren tiefblauen Augen an. Sie trug einen helle Bluse, einen blauen Rock und ein zauberhaftes Lächeln. Und ihre Lippen riefen: Küss mich! Und er küsste sie – zum ersten Mal seit einem Jahr – und hielt sie ganz fest. Er spürte, wie die Hitze durch seinen Körper strömte. Seine Hände zitterten. Er sah nichts. Nur sie. Da war sie wieder, diese ganz besondere Magie.

»Gute Nacht und träume süß«, hauchte er und ging überglücklich nach Hause.

Der frühe Vogel fängt den Wurm, heißt es. In Roberts Fall war es eher so, dass er nach der Morgentoilette seinem Tagebuch die großartigen Erlebnisse der letzten Tage anvertraute. Wenig später kredenzte

Margit ihm zum Frühstück Ham and Eggs. Sicherlich wollte Margit, dass Robert sich wohl fühlte, sich gern an sie erinnerte oder gar irgendwann nach Rostock zurückkehrte. So wünschte sie sich einen kurzweilen Vormittag mit ihm, Zeit, Spiele und allerlei Unsinn, vielleicht sogar für einen Kuss. Es war ihr eine große Freude, Robert zu verwöhnen. Und er genoss es sichtlich.

Margit holte Zeichenblöcke und Stifte aus dem Schrank und sagte: »Lass uns gemeinsam kreativ sein, träumen, in uns gehen und die Magie der Farben verspüren. Der Fantasie werden keine Grenzen gesetzt. Machst du mit?«

»Ich liebe es, wenn meine Fantasie den Stift führt, Märchen erzählt oder eine bunte Welt erfindet. Alles wird möglich in der Fantasie, auch wenn meine Hand nicht alles umsetzen kann, was sie sich ausdenkt. Wenn ich könnte, würde ich dich zeichnen, deinen Glanz, deine Augen, dein Haar, vielleicht sogar deinen Stimme. Als ich auf dem Pioniertreffen in Cottbus war, schenkten mir meine Gastgeber ein Buch über Kunst. Nimm die Mona Lisa von Leonardo da Vinci. Er malte nicht nur ein Brustbild dieser schönen Frau, sondern bezog auch die Hände mit ein, weil er wusste, dass diese viel über das Wesen der Menschen aussagen. Derartige Fantastische Welten und spannende Geschichten haben mich schon immer angezogen«, wusste Robert zu berichten, während Margit fleißig ein Selbstportrait malte und daneben schrieb: »Kiss me, boy!«

Robert packte die Gelegenheit beim Schopfe und küsste Margit voller Leidenschaft. An eine Malstunde war bei so viel Vergnüglichem nicht mehr zu denken.

Da die beiden am Nachmittag noch ins Schwimmbad wollten, fuhren sie zuvor mit dem Fahrrad zum Bahnhof, um Fahrkarten für Roberts Rückreise zu kaufen. Das war vielleicht lustig. Robert ließ Margit auf der Querstange seines Rades Platz nehmen, und so strampelte er mit ihr zum Bahnhof. Selbstverständlich war das war für Margit nicht sehr bequem, denn das hat ganz schön gestuckert, doch der Wind wedelte ihr duftendes Haar direkt vor Roberts Nase und er spürte sie ganz nah. Am Ende hüpfte sie wehleidig von der Stange und beklagte ihren schmerzenden Po.

Alles kam anders, als es Robert geplant hatte. Deshalb entschied er sich, die kurze Strecke von Rostock nach Schwerin zu radeln, um dann den Rest des Weges mit der Bahn zu fahren.

Sommerzeit heißt Freibadzeit. Sobald die Temperaturen warm genug sind, strömen alle Kinder und Jugendlichen im Land in die Sommer- und Freibäder.

Je näher sie dem Schwimmbad kamen, umso größer wurde die Zahl der Radfahrer, die mit Sommerlaune kreuz und quer nebeneinander und sowieso überall auf der Straße herumschlingerten, die Sonnenbrillen auf den Nasen und tonnenweise Zeug im Körbchen, Man hätte glauben können, sie wäre aus ihren Häusern vertrieben und auf dem Weg in die Fremde.

Die beiden suchten ein nettes Plätzchen auf der Wiese, legten dort die mitgebrachte Decke hin und freuten sich über den schönen Tag. Die Vöglein sangen, die Kinder tobten und lachten und die Jugendlichen nebenan erfreuten ihr Umfeld mit dem lieblichen Getöse, das aus einem Kofferradio tönte. So tobte im Freibad das Leben. Zeit für einen Sprung ins kühle Nass! Nachdem sie die Jugendlichen mit der Kofferheule gebeten hatten, einen Moment auf ihre Sachen zu achten, schlenderten sie zum Becken.

Hier war es toll! Viele Ferienkinder liefen herum. Eins rannte, stolperte, fiel hin und fing an zu heulen. Die Mutter schrie laut auf und eilte zu ihm hin. Endlich waren die beiden im Wasser. Sie tauchten unter und genossen das recht kühle Wasser und beobachteten die Wagemutigen, die sich vom 3-Meter-Brett in Wasser stürzten.

»Das würde ich nie tun«, entschied Margit für sich.

»Das sieht schlimmer aus, als es ist. Viele Anfänger haben Angst davor. Springst du mit den Füßen zuerst, dann weißt du, wie es sich anfühlt, aus einer bestimmten Höhe ins Wasser zu springen. Manche fürchten, dass das Wasser hart sein könnte, doch es ist ganz weich, wenn man mit einer kleinen Oberfläche aufkommt. Zuhause gehe ich oft unser Stadion Neue Welt. Dort gibt es einen Zehn-Meter-Turm. Ich fing bei drei Metern und kletterte immer höher. Als ich ganz oben stand, war mir echt mulmig im Bauch. Dann sprang ich und spürte ein riesiges Glücksgefühl in mir. Das war so fetzig, dass ich es sofort wiederholte.«

»Dann zeig mal, was du kannst!«, forderte Margit Robert auf, »ich schaue von unten zu.«

Wenig später stand Robert am Rande des Brettes und stieß sich mutig von dort ab. Wie ein Kunstspringer legte er einen perfekten Kopfsprung hin. Als er eintauchte schmiegte sich das Wasser an seine Haut. Er riss die Augen auf und freute sich, wie alles so grünblau vorbeiglitt. Noch einmal stieg er auf das Brett und schnellte wie ein Pfeil durch die Lüfte und tauchte ohne überflüssigen Spritzer ins Wasser. Margit nickte anerkennend. Beim dritten Versuch sprang er ab, winkelte Beine an, faltete die Hände über die Knie und legte eine perfekte Arschbombe hin, so dass Margit lachen musste.

»Jetzt noch eine Katze«, rief Robert zu ihr hinüber.

Er kletterte noch einmal aufs Brett, stieß sich ab, riss Arme und Beine auseinander, als wollte er einen perfekten Bauchklatscher hinlegen, und erst kurz vor dem Aufprall zog er Beine, Bauch und Arme zusammen und tauchte quasi als Kugel ins Wasser ein. Sobald er mit dem Kopf und den Beinen im Wasser war, streckte er sich wieder auseinander, sodass sein Bauch eine extra Druckwelle erzeugte. Sehr spektakulär, aber voll fetzig. Als er aus dem Wasser kletterte, sprach ihn ein fremde Junge an:

»Deine Schwester ist ein echt steiler Zahn. Du kannst ihr mal einen schönen Gruß bestellen.«

»Klaro, das mach ich doch glatt!«, lachte Robert.

»Hast du Lust, noch ein wenig Federball zu spielen?«, empfing ihn Margit voller Freude.

»Da bin ich dabei!«

Federball spielen macht Spaß und das Gute daran ist, dass man nur zwei Schläger, eine Federball und eine freie Fläche benötigt. Am besten spielt es sich bei Windstille auf einer Wiese. Das Schöne daran ist, man versucht den Federball ohne festes Regelwerk möglichst oft hin und her zu spielen, wobei man durchaus Körpereinsatz zeigen darf. Das Spiel bereitete den beiden Freude, brachte sie näher aneinander und zum Lachen, so verging die Zeit schneller, als sie dachten.

»Ist dir schon einmal aufgefallen, dass hier im Freibad alle gleich sind?«, fragte Robert Margit, als sie sich wieder auf die Decke legten.
»Nicht alle – Jungs tragen Badehosen und Mädchen Badeanzüge oder Bikinis«, lachte Margit.
»Das ist wahr. Aber außer, dass es Männlein und Weiblein gibt, erkennst du keine Unterschiede zwischen Schlauen und Dummen, zwischen Arbeitern und Direktoren, zwischen Fahrradfahrern und Autofahrer oder zwischen Rostockern und Magdeburgern. Sie sind sie alle hier, um sich zu erholen, Spaß zu haben und die Sonnen zu genießen. Hier herrscht die friedliche Koexistenz, die wir uns gern für alle Länder dieser Erde wünschen.«
»Da du nun morgen wieder nach Hause fährst, möchte ich dir noch eine letzte Widmung mit auf den Weg geben. Ich hoffe, dass es dir bei uns in Rostock gefallen hat, besonders die Stadt. Diese letzten Ferientage waren sehr unterhaltsam für uns beide. Schön, dass du hier bist.«
»Ich habe jeden dieser wunderbaren Ferientage hier ausgekostet. Das können wir gern wiederholen. Vielleicht besuchst du mich bald einmal in Magdeburg. Ich lade dich zu meinem Geburtstag ein!«
»Wann ist der denn?«
»In noch nicht einmal drei Wochen!«
»Ich komme gern, doch muss ich dazu meine Eltern befragen. Sie werden es entscheiden.«
Dieser wunderbare Tag im Freibad endete, als die Sonne hinter den Bäumen verschwand - nach diversen Stunden im Wasser mit dem Glück, mit komplett schrumpeligen Händen und Füßen und blauen Lippen und Margits zauberhaften Lächeln.
Ehe Robert sich versah, färbte Aurora den östlichen Himmel in eine purpurne Glut. Er war sofort wach, sprang wie eine Feder aus dem Bett, erledigte die Morgentoilette, packte seine sieben Sachen und zog das Bett ab. Dann stieg er auf sein Fahrrad und fuhr los.
Robert kam gerade noch rechtzeitig, um sich von Margits Eltern zu verabschieden und für die Gastfreundschaft zu bedanken. Margit hatte den Frühstückstisch gedeckt und ihre Stimme klang in der Frische des Morgens besonders aufgekratzt.
»Komm, setz dich, iss etwas!«, forderte sie Robert auf.

»Guten Morgen. Ich bin mit den Vögeln aufgestanden. Ich bin so voller Tatendrang und könnte Bäume ausreißen«, antwortete Robert enthusiastisch.

»Heute gibt es frisches Schwarzbrot, leckeren Käse und ein gekochtes Ei und einen Banane, damit du nicht vom Fleisch fällst«, lachte Margit.

»Du hast an alles gedacht. Du bist so lieb, vielen lieben Dank.«
Margit lächelte verlegen.

»Das ist das beste Frühstück auf meiner Fahrradreise. So liebe ich es. Ich bin frisch geduscht, habe alle Sachen verstaut und sitze mit dir allein am gedeckten Tisch in eurer Küche. Alles, was das Herz begehrt ist da: Du, Schwarzbrot, Butter, Käse, Marmelade, dazu eine Banane und ein Tee. Aus dem Radio tönt Musik. Ich bin zugleich glücklich und auch traurig.«

»Warum das denn?«, hakte Margit nach.

»Glücklich, weil es wieder in Richtung Heimat geht, traurig, weil sich unsere Wege erneut trennen.«

»Sie nicht traurig, zum Abschied bekommst du noch einen Kuss!«

»Das setzt dem Ei die Krone auf!«, lachte Robert und freute sich insgeheim auf ihr gegebenes Versprechen.

Nach dem Frühstück fuhren sie gemeinsam los. Margit begleitete Robert bis zum Ortsausgang. Dort verabschiedeten sie sich.

»Ja…, also dann«, sagte Margit.

»Alles Gute«, sagte Robert und war sich in diesem Augenblick nicht sicher, ob er es war, der diesen Schwachsinn von sich gegeben hatte. Er ärgerte sich und lächelte verlegen und schwieg.

Da näherten sich Margits Lippen zu einem süßen Abschiedskuss.

»Pass auf dich auf!« sprach sie mit einer Träne im Auge.

»Mach's gut«, Robert musste schlucken.

Dann drehte Margit sich um und fuhr.

Robert sieg auf Rad, drehte sich noch einmal kurz um, überquerte die kleine Brücke am Bach, fuhr an einer Weise mit Kühen vorbei und befand sich auf dem Weg nach Hause.

Die Sonne strahlte vom ewigblauen Himmel. Es ging weiter und Robert war froh darüber, denn jetzt am frühen Vormittag sah die Straße einladend aus. Der Kirchturm von Stäbelow zeigte am

Horizont ein vorläufiges Ende. Die Felder waren vom Goldstaub der Garben bedeckt, auf den Wiesen weideten schwarzbunte Kühe, Käfer krabbelten am Wegesrand, und eine leichte Brise strich in flimmernden Tänzen über den heißen Asphalt.

Das kleine Bauerndörfchen Stäbelow wurde von einer kleinen gotischen Dorfkirche geschmückt. Weiter ging es über den Weiler Clausdorf, von wo aus in kurzer Entfernung das Schlossgut Gorow in Sicht kam. Einen halben Kilometer weiter leuchtete der gelbe Backsteinbau des Gutshauses in Anna Luisenhof herüber, mit seinem dreiachsigen, Säulen geschmückten Eingangsportal. Wenig später folgte Heiligenhagen, das einst Wildeshusen genannt wurde, und im Mittelalter dem Heiligen-Geist-Hospital in Riga unterstellt war. Es bestach im Wesentlichen durch die aus Feldsteinen errichtete Kirche aus dem 13. Jahrhundert.

Man möchte kaum glauben, dass das Dorf Satow, das Robert in malerischer Landschaft eingebettet antraf, einstmals, als *locus horroris et vastae solitudinis*, also als ein Ort des Schreckens und der unheimlichen Einöde bezeichnet wurde, wie es in einer Urkunde aus Mittelalter geschrieben steht. Die wegen ihres Fleißes und Könnens bekannten Zisterzienser Mönche ließen sich dadurch nicht schrecken und begannen gleich nach der Schenkung mit dem Bau einer Kirche. Wahrscheinlich wurde sie auf der Stätte des alten Heiligtums errichtet, das dem wendischen Gott Radigost, dem Freund der Fremden und Gäste, geweiht war. Darauf weist noch heute der Name des benachbarten Ortes Radegast hin, welchen Robert wenige Kilometer später durchfuhr.

Eine halbe Stunde später verspürte Robert einen kleinen Hunger, als er ein Schild sah: Kaffee, 200 Meter. In einem Vorgarten voller Blumen, Windrädchen, und Gartenfiguren servierte ihm eine kleine ältere Dame ein Stück Apfelkuchen mit Sahne auf geblümtem Porzellangeschirr und einen Milchkaffee. Sie zeigte auf die Bäume im Garten und sagte: »Selbstgebacken«.

Weiter ging der Weg zwischen Feldern und Wäldern bis zum Dörfchen Züsow. Ein besonders ausgedehntes Waldgebiet umschloss den Ort von Westen über die südliche Gemeindegrenze bis hin zum Norden mit kleinen Seen, Teichen, Mooren und Erlenbrüchen.

Wenig später erschien im Süden die Backsteinsilhouette des Schlosses Gamehl. Wald und Felder wechselten sich ab. Routiniert strampelte Robert kraftvoll weiter, bis er zwei Stunden nach Abfahrt die alte Hansestadt Wismar erreicht hatte.

Auf einer kaum befahrenen, Kopfstein bepflasterten Straße folgte Robert dem Weg von Wismar über Dorf Mecklenburg nach Moidentin mit seinem Wallensteingraben und der alten Wassermühle. Am Feldrain blühten blaue Lupinen, rote Mohnblumen und leuchtende Kornblumen. Die Zauberlandschaft rauschte an ihm vorbei wie im Film, dass er bereits nach kurzer Zeit Bad Kleinen erreichte, dieses Kleinod am Nordufer des Schweriner Sees.

Vor dort aus startete die Fahrt ins Blaue. Schon nach wenigen Metern glitzerte der Schweriner See. Herrliche Laubwälder reichten bis an das Ufer. Lauschige Buchten luden zum Sprung in das kühlende Nass – wenn nicht da sein Zug wäre, den er pünktlich erreichen wollte.

Wie jede Bewegung kurbelte auch das Radfahren die Durchblutung seines Gehirns an. Fragen kamen auf wie: Was ist der Sinn der Leere? Er stellte für sich fest, dass er sein Leben durch das Radeln einer gesunden Einsamkeit aussetzte, einer Situation, wo er ganz auf sich selbst angewiesen war und dadurch seine wahre und verborgene Stärke kennenlernen durfte. Also durchfuhr er diesen zauberhaften Wald mit seinen vielen Bäumen, die voller Worte waren. Und ihm wurde klar, dass alles – ob er nun hier zwischen Bäumen oder draußen zwischen den Sternen war – das alles in seinem Inneren bereits vorhanden war. Und er liebte das Leben, wie es ihm begegnete, er liebte diesen Rausch des Fahrens, der ihn in die Freiheit führte.

Hoch über dem Steilufer des Schweriner Außensees thronte Schloss Wiligrad, eine Perle der mecklenburgischen Schlösserlandschaft, ein faszinierende Bau der Neorenaissance, den Herzog Johann am markanten Steilufer des Schweriner Außensees errichten ließ.

Die Fahrt durch den Wald tat Robert gut. Er fühlte sich wohl, denn er liebte die Natur. Er ließ die Natur auf sich wirken, ohne sie zu bewerten oder innerlich zu kommentieren, fuhr schweigend, innerlich völlig ruhig mit seinem klaren Geist durch die wunderbare

Landschaft. Mit allen Sinnen nahm er die Farben, Formen, Geräusche und Gerüche des Waldes wahr. So strampelte er munter durch Lübstorf, Seedorf und Seehof – den See immer in Sichtweite, bis Schwerin vor seinen Augen auftauchte.

Das letzte Stück führte ihn am Ziegelsee und am Ziegelinnensee vorbei zum Pfaffenteich, in dessen Nachbarschaft der Schweriner Hauptbahnhof residierte. Robert war zufrieden mit sich. Er hatte für die knapp 80 Kilometer nur dreieinhalb Stunden gebraucht und war mit seiner Leistung zufrieden.

Am Bahnhof angekommen, gab Robert als erstes sein Fahrrad als Gepäck auf. Danach wechselte er seine Kleidung und flanierte durch die Stadt in Richtung Schloss. Das Schweriner Schloss faszinierte den Neuankömmling ganz besonders. Von überallher drängte sich der Prachtbau auf verführerische Weise ins Blickfeld und in die Sichtschneisen. Sein vieltürmiges Auf und Ab, seine warme Farbigkeit, seine märchenhafte Kulisse ließen das Schweriner Schloss zu einem verblüffenden Erlebnis für ihn werden.

Um halb eins kündigte sich der Hunger bei Robert lautstark an. Der Magen knurrte und knurrte, gab unmissverständlich seinen Wunsch nach Nahrung Ausdruck. Robert suchte eine kleine Gaststätte auf und bestellte eine Soljanka. Diese einzigartige kulinarische Tradition mit dem genialen Geschmack übte von jeher einen großen Reiz auf ihn aus. Die Soljanka ist eine herzhaft würzige Suppe, die eine breite Palette von Geschmackserlebnissen bietet, eine Mischung aus Fleisch, Wurst, Tomaten, Paprika und sauren Gurken, gut gewürzt und gekrönt von einem Klecks saurer Sahne. So liebte Robert seine Soljanka.

Pünktlich erreichte Robert seinen Zug, fand einen Platz und schaute aus dem Fenster. Noch ehe sich der Zug in Bewegung setzte, erinnerte er sich, dass Bahnfahrten ein Verkürzung von Raum und Zeit bedeuteten. Wiesen und Wälder beweideten als riesige Schafe die Landschaft. Hinter dunklen Wäldern folgten gelbe Stoppelfelder. Eine Kolonne Mähdrescher arbeitete sich dem Horizont entgegen, eine riesige Wolker voller Goldstaub hinter sich her wirbelnd, Kilometer um Kilometer.

Ein halbe Stunde später quietschten das erste Mal die Bremsen, und der Zug fuhr in Ludwigslust ein, einer Stadt die als Nachgeburt eines barocken Schlosses entstanden war. Es mochte drei Uhr nachmittags sein. Die Fahrgäste hatten die Fenster geöffnet, um ein wenig Frischluft ins Abteil zu lassen. Die Hitze des Tages ließe die Luft über den Feldern flimmern. Sie durchquerten die brandenburgischen Elbauen, die von unzähligen Bewässerungsgräben durchzogen war. Störche wateten über die Wiesen. Milane und Bussarde kreisten über den abgeernteten Feldern, hielten nach Mäusen und Hamstern Ausschau. Den Äckern folgten bald die Häuser Wittenberges.

Kurz darauf folgte die Querung der Elbe über die ein Kilometer lange Eisenbahnbrücke, der längsten der DDR. Als der Zug sie befuhr, hatte Robert das Gefühl, sie nähme kein Ende. Die Reise durch die Altmark hatte die Landschaft kaum verändert. Der Blick aus dem Fenster ließ in ihm die Kindheit erwachen. Stillschweigend floss die Landschaft vorüber. Durch das Rattern des Zuges hörte er, wie der Sommer mit seinen singenden Lerchen seine heiteren Schwingen ausbreitete. Es gab eine Verbindung zwischen ihm hinter der Scheibe und der Welt außerhalb des Zuges. Stendal begrüßte die Transitreisenden.

Nun fühlte sich Robert endgültig Zuhause. In kurzen Abständen durchfuhr der Zug Tangerhütte, Zielitz, Wolmirstedt, ließ den Barleber See aufblitzen, unterquerte die Autobahn und reiste bald darauf in den Hauptbahnhof in Magdeburg ein. Sein Abenteuer fand ein Ende.

Helden der Landstraße

Erst die Arbeit, dann das Vergnügen. Zwei Wochen hatten die beiden Freunde Robert und Udo bei der Deutschen Reichsbahn geschuftet. Nun hatten sie ihr Geld im Sack. Das Abenteuer konnte beginnen. Die Rucksäcke und die Satteltaschen waren gepackt, zweitausend abenteuerliche Kilometer lagen vor ihnen. Gleichmäßig strampelten sie auf ihren Rädern auf der ersten Etappe in Richtung Potsdam. Plötzlich überholte sie ein weißer Trabbi, aus dem ihnen eine Braut ausgelassen zuwinkte. Diese nette Braut entpuppte sich als Roberts Mutti, die einfach einmal schauen wollte, wie es den beiden auf ihrer Tour erging. Sicherlich hatte sie auch ein bisschen Wehmut gepackt, da ihr Ältester nun für einige Wochen entschwinden wollte. Nach einer kurzen Rast und einem zweiten Abschied ging es für die beiden weiter.

Kurz nach Mittag schlugen sie ihr Zelt auf einer Wiese direkt an der Havel auf. Auf dem Zeltplatz herrschte eine ausgelassene Stimmung. Viele junge Leute aus der ganzen Republik hatten hier ihren Spaß. Am Abend war Disco angesagt. Die Stimmung war großartig.

Die Nacht dagegen war entsetzlich kalt. Robert fror unter seiner Decke und wartete ungeduldig auf den Sonnenaufgang. Als er in der Dämmerung aufstand, lagen dicke Nebelschwaden wie Bettdecken auf der Havel. Die Enten schnatterten ihr Frühkonzert. Die Sonne schien wie durch eine Milchglasscheibe. Nur das Zwitschern der Vögel war zu vernehmen. Die Natur berührte ihn mit ihren samtenen Handschuhen.

Nach dem Frühstück bauten die beiden ihr Zelt zusammen und fuhren in Richtung Frankfurt an der Oder. Sie strampelten durch die von Wiesen, Feldern und Bäumen begrenzten Straßen der Märkischen Heide. Kleine blaue Seen spiegelten das Licht der Sonne. Lerchen tirilierten hoch am azurnen, mit Federn versehenen Himmel. Sie genossen die Landschaft, die unmittelbare Nähe zur Natur, den Duft des Waldes und der Felder. Sie bemitleideten die stressgeplagten Autofahrer, die blind durch diese wunderbare Welt rasten.

Frankfurt entpuppte sich als ein Provinznest mit Tor nach Osten. Die beiden Freunde fuhren bis zur Brücke des Friedens, um einen Blick auf das polnische Nachbarstädtchen Słubice am anderen Ufer der Oder zur werfen. Danach fuhren sie von dort zum Bahnhof. Hier wollten sie von Muskelkraft auf Dieselkraft umsteigen. Auf der Toilette machten sie sich ein wenig frisch und zogen sich zivilisierte Kleidung an. Sie wurden vom ein- und ausgehenden Publikum sehr misstrauisch betrachtet. Dann lösten sie die Fahrkarten bis Toruń für sich und ihre Räder.

Zweifellos war es aufregend für sie, das eigene Land zum ersten Mal zu verlassen. Schon auf dem Frankfurter Bahnhof kamen der Zoll und die Grenzkontrolle durch den Zug gelaufen. Danach folgte die Fahrt über die Oder, der Grenzfluss der Freundschaft. Fremde Sprachlaute mischten sich zu den deutschen und nahmen nach und nach überhand. Manches konnte Robert verstehen, weil es dem Russischen ähnlich war. Vieles war ihm aber fremd.

Im Zug lernten die beiden Sven kennen, einen blonden blauäugigen Riesen. Robert vermutete, er sei Holländer. Er stellte sich als waschechter – aber nicht unbedingt als alter - Schwede vor, der auf dem Weg nach Hause war. Im Zug schlossen Robert und Udo auch die erste schmackhafte Bekanntschaft mit der polnischen Küche. Sie probierten eine Art Krautgulasch mit Weißbrot. Da es ihnen so gut im Zug gefiel, entschlossen sie sich kurzer Hand, bis Gdansk nachzulösen.

Gdansk, die alte Festungsstadt Danzig, erwartete die beiden in strahlendem Sonnenschein. Etwas weiter nördlich, in der Nähe von Sopot, befand sich der internationale Campingplatz, auf dem die beiden ihr Zelt aufschlugen. Neben vielen Schweden, Dänen, Norwegern sahen sie Holländer, Schweizer, Franzosen, einen Ami und natürlich Deutsche und Polen. Ihr Zelt war so auffällig wie ein Maulwurfshügel in Manhattan. Es war so lang wie sie selbst, so breit, dass Udo und Robert gerade so nebeneinander passten und so hoch wie ein Campingtisch.

Ihr erster Weg führte sie ans Meer. Feiner weißer Sand rieselte zwischen ihren Zehen hindurch. Kinder tobten, sammelten Muscheln und Bernsteine. Das weite Meer, flach ausgestreckt wie ein Brett, lag vor ihnen. Ozeanriesen tönten in der Ferne. Jung und Alt lagen faul in der Sonne wie Hähnchen auf dem Grill. Badebekleidung war keine Pflicht. Ältere, beleibte Damen saßen breitbeinig in Büstenhalter und Slip auf den Bänken der Dünen. Junge Mädchen in lustig bunten Bikinis spielten mit ebenso bunten Bällen. Muttis riefen lauthals ihre Kinder und ihren verstreuten Männern im Wasser zu den auf Decken ausgebreiteten Picknicks.

Das Wasser war angenehm kühl und ohne Algen. Die beiden Freunde prusteten und tobten im feuchten Element wie junge Hunde. Dann schwammen sie ein paar hundert Meter hinaus, um das Treiben am Strand wie eine Stummfilmszene zu beobachten.

Ab und an liefen junge Männer mit weißen Schürzen laut »Lodi Calypso« rufend durch die nach Sonnenöl duftende Masse. Die Jungen bekamen schnell heraus, dass sie Sahneeis verkauften und ließen sich auch eine dieser Leckereien schmecken.

So wie der erste Tag dem Körper gewidmet wurde, diente der zweite der Seele. Die Schlacht um Danzig ist in die Geschichte eingegangen. Trümmer, Not, Elend und die Vertreibung der Deutschen waren das Ergebnis. Es war erstaunlich, was in den vergangenen dreißig Jahren aus den Ruinen entstanden war.

Danzig ist eine Hafenstadt mit einem maritimen, ja einem hanseatischen Flair. Backsteingebäude mit Zinnen, eng aneinandergereiht, wiesen den Weg zur Speicherstadt. Hier herrschte geschäftiges Treiben nahe dem berühmten Stockturm. Händler jeden Alters boten auf dem Langen Markt frisches Obst, Gemüse, Fisch, Stereoanlagen, Musikinstrumente, Bernsteinketten, Stahlhelme und rostige Nägel feil. In den kleinen Läden der Erdgeschosse und Keller gab es Kleidung, Schmuck und Antiquitäten. Musiker spielten alte Volksweisen und Rockmusik.

Nicht wegzudenken war das Gold der Ostsee. Bernstein in allen Variationen gab es dort zu kaufen – weißgelbe, goldgelbe, geschliffene oder naturbelassene, mit eingeschlossenen Insekten der Urzeit, fingernagelkleine und faustgroße. Pünktlich um zwölf Uhr waren dann Posaunenklänge von der Turmspitze zu hören. Ehrfurchtsvoll betraten die beiden die große, in Backsteingotik errichtete Marienkirche. Robert fiel sofort ein Song der Rockgruppe Elektra ein:»Tritt ein in den Dom«. Innen gewaltige, mit Gold geschmückte Fresken, filigrane Schnitzereien, ein imposanter Altar, überall andächtig betende Menschen, manche beichtend. Nicht nur wegen der plötzlich eintretenden Kühle liefen ihm kalte Schauer den Rücken hinunter.

Ist es nicht gewaltig, welch imposante Bauwerke die Menschen errichten können? Ist es nicht bewundernswert, zu welchen außergewöhnlichen Malereien und Schnitzereien Menschen fähig sind? Ist es nicht brillant, dies alles in einem einmaligen Ensemble, in einer Symbiose zusammenzufügen? Wenn dann noch Bach'sche Orgelklänge wie aus der Himmelsburg erschallen, ist man gewillt, an Gott zu glauben.

Zwei Tage blieben sie in dieser zauberhaften Stadt. Dann beschlossen sie, die nächsten beiden Etappen bis Koszalin in einem Ritt zu fahren. Fast zweihundert Kilometer lagen somit vor ihnen.

Nachdem sie ihre Sachen auf die Räder geschnallt hatten, traten sie am frühen Abend in die Pedale. Kaum lag die Stadt hinter ihnen, die untergehende Sonne schickte ihnen ihr Rot entgegen, vernahm Robert ein lautes Knirschen. Es hörte sich an, als ob jemand beim Schalten die Kupplung vergessen hatte. Die Begutachtung des Schadens ergab: der hintere Zahnkranz an Udos Fahrrad war gebrochen.

Was nun? Es war Freitagabend. Heute war sowieso nichts mehr zu machen. Nach dem Motto»Der Morgen ist klüger als der Abend« beschlossen sie, sich ein Quartier zu besorgen. Kurz entschlossen sprachen sie die nächste Person an, die ihnen begegnete. Der Bauer verwies sie auf ein nahes Gehöft. Dort bekamen sie einen Platz in der Scheune zugewiesen.

Durch die lose Bretterwand fielen die ersten Sonnenstrahlen und ließen den Staub tanzen wie einen Schwarm Mücken. Das Stroh piekte sie wach. Die Morgenwäsche erledigten sie an der

Wasserpumpe auf dem Hof. Eine weißhaarige Alte brachte den beiden Handtücher und sprach sie auf Deutsch an. Sie bedauerte, dass sie gestern nicht wach gewesen sei. Sie hätte den beiden Deutschen ein Bett angeboten.

Sie wurden zu einem zünftigen Bauernfrühstück mit selbst gebackenem Brot, Rührei, Heidelbeerkonfitüre und Kaffee eingeladen. Die Alte freute sich, einmal wieder mit jemanden in ihrer Muttersprache sprechen zu können.

Es war ein Samstag. Die Lage der beiden Freunde war unverändert. Eine Entscheidung wurde fällig. Sie wollten das Wochenende nutzen, um durch Trampen wieder auf deutsches Gebiet zu gelangen. Wer sollte sie mitnehmen? Es kamen nur Lkws und Kleintransporter infrage.

Um nicht stundenlang auf einer Stelle zu stehen, schoben sie ihre Räder vorwärts, immer darauf bedacht, den herannahenden Fahrzeugen ihre Mitfahrwilligkeit aufzuzeigen. Als Erstes stoppte ein Lkw. Sie kamen auf der Ladefläche etwa vierzig Kilometer westwärts. Die nächste Rast nutzten sie, um sich den Bauch mit Blaubeeren vollzuschlagen. Diese wuchsen so dicht, dass sie Ernte mit einem Kamm hätten einbringen können.

Weiter wandernd hatte Robert sich seiner Schuhe entledigt. Udo, der hinter ihm ging, fragte ihn auf einmal, was Robert für komische Dinger an den Fersen hätte. Die komischen Dinger entpuppten sich als daumennagelgroße Blasen, verursacht durch den heißen Asphalt. Der Kilometerzähler zeigte an, dass die beiden an diesem Tag vierzig Kilometer gelaufen waren. Etwa einhundert Kilometer kamen per Fahrzeug hinzu. Erneut waren sie in einem kleinen Dorf gestrandet. Nochmals fragten sie den Erstbesten nach einem Schlafplatz. Abermals wurden sie an ein anderes Gehöft verwiesen.

Als den beiden Freunden dort die Tür geöffnet wurde, blickten sie auf ein blondes, blauäugiges Mädchen und eine Boxenanlage für eine Diskothek. Die Jungen deuteten durch die auf die Wange gehaltenen Hände an, dass sie ein Nachtlager suchten. Elżbieta rief nach ihrer Mutter. Diese bat die beiden erst einmal ins Haus. Der Bruder

Elżbietas hatte Geburtstag. Der Kaffeetisch war noch gedeckt. Robert und Udo wurden eingeladen.

Das Quartier war gesichert, nur, ob sie im Stroh oder im Bett schlafen würden, stand noch nicht fest. Mit Händen und Füßen, ein paar Brocken Russisch oder Deutsch konnten sie sich unterhalten. Bis in die Nacht wurde ausgiebig gespeist und getrunken. Auf einer Couch fanden sie ein Nachtlager.

Das Frühstück erwies sich genauso ergiebig wie das Abendessen. Die Freundschaft war geschlossen, die Adressen wurden ausgetauscht. Robert und Udo bedankten sich herzlich und begaben sich frisch gestärkt auf die Wanderschaft. Trotz des Sonntages kamen sie gut voran.

Gegen Abend erreichten sie Szczecin. Auf einer Bank sitzend und ein Eis genießend wurden sie von zwei süßen Mädchen angesprochen. Die Jungs wollten noch am gleichen Tag auf deutschem Boden übernachten und verzichteten deshalb auf ihre Bekanntschaft.

Frohen Mutes, die deutsche Sprache in sich aufnehmend, passierten sie die Grenze. An der Oder, nicht weit von der Grenze, schlugen sie am späten Abend ihr Zelt auf.

Das schöne Wetter blieb ihnen erhalten. Strahlender Sonnenschein brannte auf ihre nackten Oberkörper. Die nächste größere Stadt versprach die notwendige Reparatur. Fluchend auf die sturen deutschen Autofahrer wünschten sie die polnische Hilfsbereitschaft herbei. Gegen Mittag gelangten sie nach Prenzlau. Sie fragten nach einem Fahrradgeschäft und fanden eines in einer Seitenstraße. Sie durften sich in der Werkstatt etwas frisch machen, gingen dann zum Essen, während der Meister Udos Rad herrichtete.

Froh gelaunt traten sie am Nachmittag in die Pedale. Schon winkte ihnen ein älteres Ehepaar zu sich. Sie freuten sich, solch unternehmungslustige junge Leute zu treffen, da sie ja auch in ihren Jugendjahren mit dem Rad unterwegs gewesen waren. Aus ihrem Schrebergarten kommend gaben sie den beiden noch ein paar Augustäpfel mit auf den Weg. Das war eine willkommene Gabe. Dankend verabschiedeten sich die beiden von dem netten Paar.

Die weitere Fahrt durch die Uckermark mit ihren Obstbaumalleen und den vielen Seen war fantastisch. Felder, Wiesen, Auen, leuchtendes Ährengold rauschten an ihnen vorüber auf ihrem Weg zum Fährsee bei Templin. Dieser zauberhafte Tag brachte sie der Heimat näher.

Tief und fest hatten sie geschlafen. Die aufkommende Wärme weckte sie schon früh. »Baden am Morgen vertreibt Kummer und Sorgen«, so sagten sie sich und frischten sich im kühlen Nass des Sees auf. Die Entscheidung war gefallen. Den Weg nach Magdeburg wollten sie in einem Stück zurücklegen, immerhin eine Strecke von etwa einhundertsiebzig Kilometern.

Sie kamen auch gut voran. Ihre inzwischen muskulösen Beine bewegten sich im Gleichtakt. Kurz vor Mittag erreichten sie Neustadt an der Dosse. »Habt ihr euch schon den Ritter Kahlbutz angesehen?«, fragte eine nette alte Bäuerin. Das hatten sie noch nicht.

Neugierig betraten sie eine kleine Kapelle. Da lag er nun in einem, mit einem Glasdeckel verschlossenen Sarg, dieser Ritter, ein Wunder der Natur. Es ranken sich Mythen um die mehr als 300 Jahre alte Mumie vom Ritter Kahlbutz. Staunend vernahmen sie, dass die Amis zur Zeit der Olympischen Spiele in Berlin einhunderttausend Dollar für ihn geboten hatten. Doch die Neustädter gaben ihren Ritter nicht heraus. Er ist ihr Nationalheiligtum.

Der Weg der beiden Freunde führte sie weiter über Rhinow und Rathenow nach Tangermünde, dem netten kleinen Städtchen an der Elbe. Kleine Bürgerhäuser, erbaut vor vielen Jahren, säumten die bucklige Straße zum Stadttor hin. Linker Hand fand Robert die ihm bekannte Eisdiele wieder. Eine Kugel für zehn Pfennig gab es sonst nirgendwo. Zehn bunt gemischte Eiskugeln fanden ihren Platz in seinem Bauch.

Der Abend nahte, es dämmerte schon langsam. Sie hatten Lüderitz erreicht. Nun quälte sie der Hunger. Da kam ein knuspriger Broiler gerade recht. Gesättigt und ermattet hatten sie keine Lust, die restlichen vierzig Kilometer zu fahren. Sie nahmen das freundliche Angebot an, in einem leeren Möbelwagen mitzufahren. Die Überraschung und Freude war groß, als Roberts Mutti die Tür öffnete. Völlig erschöpft schlief er beim Erzählen seiner Erlebnisse im Sessel ein.

Zwei Tage ruhten sich die beiden zuhause aus. Dann begann der zweite Abschnitt ihrer Reise. Wieder führte sie die erste Etappe nach Potsdam. Der Weg war ihnen vertraut. Diesmal übernachteten sie bei Udos Verwandten und nahmen sich die Zeit, die ehemalige Residenzstadt Friedrich des Großen etwas näher kennenzulernen. Potsdam mit seinem Dom, dem Holländerviertel ist eine Stadt, die Historisches und gleichsam Modernes zu bieten hat, eine Stadt, deren Bewohner die Parkanlagen und die Ufer der Havel in Besitz genommen haben.

Schon der nächste Tag führte sie durch den Hohen Fläming und die Dübener Heide nach Bad Düben, einem kleinen Kurstädtchen. Fast wie an der Schnur gezogen führte ihr Weg durch diese mit wenigen Hügeln versehene Landschaft. Die brennende Augustsonne ließ die Luft über dem Asphalt flimmern. Linden und Kastanien spendeten ihnen bereitwillig Schatten. Buntgefleckte, neugierig dreinschauende Rindviecher schauten sie wiederkäuend von ihren mit Fladen versehenen Weideflächen nach. Dicke Brummis vermischten die saubere Landluft mit ihren stinkenden schwarzen Abgasen.

Die beiden nutzten die Gelegenheit, sich in Wittenberg den Marktplatz und die Kirche anzusehen, wo der große deutsche Reformator Martin Luther seine Thesen veröffentlicht hatte. Im Schwarzen Adler stärkten sie sich mit Bratkartoffeln und Spiegeleiern. Wenig später querten sie wieder einmal die Elbe. Am späten Nachmittag erreichten sie die Jugendherberge. Die Unterbringung war einfach und zweckmäßig. Nach dem Abendessen und einem kleinen Verdauungsspaziergang durch den Kurpark schliefen sie bald ein.

Die nächste Etappe war zweigeteilt. Ursprünglich wollten Robert und Udo mit ihren Rädern bis nach Erfurt radeln. Die Anstrengungen der letzten beiden Tage steckten ihnen aber noch mächtig in den Waden. Sie pedalten über Delitzsch und Halle nach Merseburg. Diese Strecke durch die Leipzig–Hallenser Industrielandschaft war weniger erbaulich. Die Luft war staubgeschwängert. Rauchende Schornsteine verdunkelten das Licht der Sonne.

In Merseburg dinierten sie im *Goldenen Schwan*. Zum ersten Mal im Leben probierte Robert eine Schildkrötensuppe. Doch seine Enttäuschung war groß, als er bemerkte, dass sie, in einer Mokkatasse serviert, nur nach Brühwürfel schmeckte. Der anschließende Hirschbraten war dagegen eine Delikatesse. Letztendlich gab ihnen auch Fürst Pückler noch die Ehre.

Ihre Berechnung ergab, dass sie die restlichen einhundertzwanzig Kilometer bis Erfurt wohl nicht oder nur unter großen Mühen schaffen würden. Sie beschlossen, auf die Schiene umzusteigen. Gegen Abend erreichten sie die mittelalterliche Handelsstadt Erfurt und fuhren gleich zu Roberts Onkel Max, der sie schon erwartete. Auch eine Überraschung wartete auf sie: Roberts Eltern waren ebenfalls da.

Ein Besuch bei Onkel Max und Tante Katherina war immer ein Erlebnis. Der alte Handwerksmeister war immer zu Späßen aufgelegt. Nie hatte Robert ihn schlecht gelaunt gesehen. Seine Schleifwerkstatt war ein Museum mit alten Maschinen, die über Flachriemen angetrieben wurden, ausgestopften Tieren und massenhaften Krimskrams. Im Grunde war dieser lustige Kauz ein Teil des mittelalterlich wirkenden Inventars und passte hervorragend zu dem historischen Viertel nahe des Domplatzes.

Der nächste Tag war ein Ruhetag. Onkel Max und Tante Katherina nahmen dies zum Anlass, Stadtführer zu spielen. Sie zeigten den beiden Jungs die aus dem dreizehnten Jahrhundert stammende, mit Fachwerkhäusern bebaute Krämerbrücke; die vielen liebevoll restaurierten Bürgerhäuser des Mittelalters, die romantisch engen Gassen, den Domplatz mit seinem imposanten gotischen Dom, mit der noch imposanteren Gloriosa, einer der größten Glocken Deutschlands. Zu jedem mittelalterlichen Haus, zu jeder winkligen Gasse, zu jedem glanzvollen Platz wussten sie eine interessante oder lustige Anekdote zu erzählen.

Wenn man mit den beiden Erfurt erkundete, gehörte die Internationale Gartenbauausstellung zum Pflichtprogramm. Es war Mitte August, die Blüten der verschiedensten Blumen hatten ihre volle Pracht entfaltet. Berauschende Düfte strömten aus den weißen, gelben, roten, blauen, violetten und nahezu schwarzen Knospen, die vielfältig geformt waren, oft sogar bizarr. Formationen von Bienen, Wespen, Hummeln und Schmetterlingen labten sich am süßen Nektar. Weiße und schwarze Schwäne glitten hoch erhobenen Hauptes wie stolze Ritter durch die künstlich angelegten Kanäle und Teiche. Kurzbehoste kleine Jungen und Minirock tragende blonde Mädchen tobten auf dem Spielplatz, während die Muttis und Vatis schweißüberströmt am Rande ausharrten. Die ältere Generation saß sonnenbeschirmt im Café und ließ sich ein Stückchen Torte schmecken oder ruhte auf Bänken im kühlen Schatten der Bäume. Diese Pracht, dieses Fluidum, diese ausgelassene Freude musste einfach gelebt werden. Was für ein buntes Gewimmel. Dazu konnte einem nur Goethe einfallen.

Der Höhepunkt des Abends war das obligatorische Essen von echten Thüringer Rostbratwürsten. Die besten bekam man auf dem historischen Domplatz. Einen wahrhaftigen Wurstbräter zu beobachten, war ein Erlebnis der besonderen Art. Erst wurden die weichen weißen Würste mit der Hand geknetet, dann in Reih und Glied auf den überdimensional großen Grill gelegt. Rauchschwaden stiegen empor. Man spürte die Hitze förmlich aufsteigen. Vor dem Wenden der fettspritzenden, dünnen Gedärme wurden sie mit Bier begossen. Weißer Dampf stieg auf. Geschickt wie ein Fließbandarbeiter drehte der Wurstbräter mit flinken Händen die schlanken, langsam braun werdenden Würste, immer einen Scherz auf den Lippen in seiner Thüringer Mundart. Schließlich und endlich kam das Wunderbarste an diesem Ritual: Der Geschmack dieser Delikatesse. Dieser hält jedem internationalen Spitzengericht stand. Da läuft einem das Wasser im Mund zusammen, nur wenn man daran denkt.

Da die nächste Etappe von der Entfernung keine großen Ansprüche an die beiden stellte, wohl aber vom Profil her, brachen sie am nächsten Morgen etwas später auf. Langsam, aber sicher näherten sie sich dem Kyffhäuser. Seit ihrer gemeinsamen Fahrt nach

Burgstädt hatten sie keine großartigen Steigungen zu bewältigen. Deshalb fielen ihnen die ersten Hügel recht schwer. Als sie Erfurt verließen begleiteten sie nur die mit reifen Ähren versehenen Felder. Nach und nach warfen Wälder ihre kühlenden Schatten auf sie. Das wellige Land verlangte von beiden abwechselnd kräftiges Treten oder lockeres Kurbeln. Bad Frankenhausen, ihr Tagesziel, war in wenigen Stunden erreicht.

In der Jugendherberge war mächtiger Trubel. Junge Menschen spielten Tischtennis, Fußball und Volleyball. Sie hörten das Singen der Thüringer und Sachsen, das »Icke« der Berliner und ihr »jutes Deutsch aus de Machdeborjer Börde«.

Nachdem sie ihre Anmeldeformalitäten erledigt und ihre Zimmer bezogen hatten, mischten sie sich unter das Volk. Die letzten wärmenden Strahlen des großen Planeten kosteten sie auf einer Bank gegenüber dem Hauptgebäude aus. Dabei fielen Robert zwei Mädchen auf, die sich anscheinend über die beiden Jungs unterhielten. Robert und Udo forderten die beiden auf, doch zu ihnen zu kommen.

Dieses kleine, zierliche weibliche Wesen gefiel Robert augenblicklich. Britta setzte sich mit ihrer Freundin zu ihnen auf die Bank. Sie sprudelte sofort wie ein Wasserfall und wollte alles über die Fahrt der beiden erfahren. Robert ließ Udo erzählen, denn er musste dieses Mädchen fast zwanghaft beobachten. Mimik und Gestik, Handbewegungen und Augenrollen verliehen ihrer Lebensfreude einen Ausdruck, der ihn faszinierte.

Der autoritäre Hinweis eines Erziehers zur beginnenden Nachtruhe ließ die Begegnung jäh enden. Bereits im Nachthemd gekleidet, warf Britta einen Zettel mit ihrer Adresse aus dem Fenster, mit dem Versprechen, Robert bald zu schreiben.

Am nächsten Morgen konnte Robert dem netten Mädchen noch einmal beim Frühstück zuzwinkern, dann brachen sie beide in entgegengesetzten Richtungen auf. Lange konnten Robert und Udo nicht auf ihren Drahteseln fahren, die Steigung zum Kyffhäuser wurde einfach zu steil. Die letzten Windungen der Serpentinen, den Wald hoch zum alten Barbarossa, quälten sie sich schiebend. Der langbärtige, in Stein gehauene Kaiser gab ihnen eine Audienz. Stolz saß der steinerne Riese auf seinem Thron, dem Harz im Nacken. Ein Führer erzählte ihnen Geschichten über das Leben und die Vergangenheit des alten Kaisers und dieser ehrwürdigen germanischen Kultstätte.

Nur wenige Schritte trennten sie noch vom Scheitel des Berges. Wie der legendäre Täve saßen sie, über den Lenker gebeugt, im Sattel. Mit affenartiger Geschwindigkeit, und die Kurven schneidend, rollten sie die Serpentinen nach Kelbra hinab. Nie wieder erreichten sie mit einem Fahrrad derartige Geschwindigkeiten.

Die Weiterfahrt durch den Unterharz vollzog sich wie das Auf und Ab einer Sinuslinie, anspruchsvolle Anstiege folgten fahrtwindkühlende Abfahrten. Dichte, dunkle Fichtenwälder säumten die schmalen Straßen. Lustig geschnitzte Wegweiser halfen den berucksackten, ihnen zuwinkenden Wanderern, wieder zu ihren Pensionen zu finden.

Das Tagesziel war nicht mehr fern. Der blaue See lud die beiden zu einer Rast ein. Das himmelblaue Klar des Wassers spiegelte das Azurblau des klaren Himmels. Eine friedhöfische Ruhe umgab sie. Nur die Lerchen zwitscherten in luftiger Höhe. Ein weißer Streifen eines hoch oben gleitenden Flugzeuges teilte das wolkenlose Firmament. Bienen summten von Blüte zu Blüte. Stundenlang hätte Robert, auf dem Rücken liegend, in den Himmel schauen können.

Udos Onkel empfing die beiden in Blankenburg mit einem prächtigen Abendessen. Sie fielen über das Brot und die Wurst her wie eine ausgehungerte Meute Wölfe. Selbstverständlich schilderten sie im Verlauf des Abends ihre Erlebnisse der letzten Wochen.

Blankenburg, Halberstadt, Egeln, Magdeburg. Die letzten Kilometer fuhren sie, wie von einem Magneten namens Heimat angezogen, in knapp drei Stunden. Die Landschaft war ihnen gleichgültig. Der Fahrtwind ließ Schweiß und den Staub zusammenschmelzen. Als sie den Dom sahen, traten wir noch geschwinder in die Pedale.

Ihre Einfahrt in die heimatlichen Gefilde glich dem triumphalen Einzug eines Siegers der Tour de France durch das menschenjubelnde Paris. Sie fühlten den Beifall tausender begeisterter Menschen. Ihr Innerstes rief: »Seht her, hier kommen die Helden der Landstraße!«

Dachs

Wohin fahren zwei Flachlandtiroler an einem Wochenende, an dem Millionen andere in Berlin die Love Parade zelebrieren? Mit einer Einladung ins Bielatal im Elbsandsteingebirge hatte sich diese Frage erübrigt. Aber wo findet man denn diese Bielatal? Statt ausgiebig Atlanten zu wälzen, überließ Robert dem Computer die Wahl des Weges.

»Berg heil, Christian!« Vater und Sohn strebten dem suchend um sich blickenden Bruder und Onkel entgegen.

»Da seid ihr ja! Ich grüße dich, Robbi, und dich, hochgewachsener Neffe, spät kommt ihr, aber nun seid ihr endlich da«, Christian umarmte die beiden Entgegenkommenden herzlich.

An der Raststätte kurz vor Dresden herrschte ein emsiges Treiben wie in einem Ameisenhaufen. Junge Menschen mit zitronengelben, scharlachroten oder giftgrünen Haaren und fantasievollen Tattoos lärmten bei dröhnender Technomusik in überschwänglicher Vorfreude auf die gigantische Party in Berlin.

»Lasst uns noch einen Kaffee zusammen trinken! Dann sollten wir losfahren, damit wir vor Anbruch der Dunkelheit mit den anderen Bergkameraden zusammentreffen können«, lud Schmittchen die beiden ein.

Rollt ein Fahrzeug erst einmal durch das Elbflorenz August des Starken, sind es nur wenige Kilometer in südöstlicher Richtung. Dann wird man von der Sächsischen Schweiz mit seinen tiefen Wäldern, weiten Fluren, eingeschnittenen Tälern, jähen Wandabstürzen und abenteuerlich anzuschauenden Felsgestalten erwartet. Hier und da hatten die Menschen mit ihren Ansiedlungen bunte Tupfen in das Grau und Grün der wundervollen Landschaft gesetzt.

Als wollte es die Natur nicht zulassen, dass man in ihr Reich eindringt, griffen die blaugrünen Fichtenzweige nach den Fahrzeugen, die sich auf den letzten Kilometern durch das Bielatal auf einer schmalen Straße entlang tasteten. Die bleifarbene, lastende Wolkendecke färbte den düsteren Weg in gespenstisches Dunkel.

Kaum waren die Motoren abgestellt, kreuzten fast zeitgleich die Bergkameraden auf: Gerald, der muskelbepackte Student, alias der

Athlet, der lange Gerd, der auf im wahrsten Sinne des Wortes auf großem Fuß lebt, der Lange gerufen, Ingo, genannt Inge, auch Student und der kleine ruhige Zeitsoldat Harry. Die Stimmung war ausgelassen fröhlich.

»Hast du wieder deine Kameltreiberweste an?«, tönte der lange Gerald und lachte gleich los.

»Na, dann lasst uns mal die Sachen auspacken!«, Christian ging nicht auf diese Frotzelei ein.

Kaum hatten sie die Kofferräume geöffnet, stand wie aus dem Nichts ein Typ bei den Freunden und machte sich wichtig: »Hier im Naturschutzgebiet herrscht absolutes Parkverbot. Ich möchte Sie bitten, schleunigst von hier zu verschwinden!«

Die Neuankömmlinge versprachen, die Autos auf den Parkplatz zu fahren, sobald sie alles ausgeladen hätten.

»Meine Güte, wie lange wollt ihr denn hierbleiben? Eurer Ausrüstung und Verpflegung reicht ja für eine Himalaja Expedition«, spottete Robert.

»Warte mal ab«, entgegnete der athletische Gerd, »wie schnell die wenigen Biere in unseren Kehlen verdunstet und das Fleisch durch unsere Mägen geschrotet sein werden.«

»Vergesst nicht die Sicherungsausrüstung: Seile, Gurte, Schnüre und Karabiner«, mahnte Christian.

»Wo ist denn nun die Pofe?«, fragte Inge in die geschäftige Packerei hinein.

»Ein paar hundert Meter den Hügel nach oben befindet sich eine Lichtung, dort müssen wir hin«, gab Christian bekannt.

»Okay, dann schlage ich vor, das ein Teil der Mannschaft, die Sachen nach oben trägt, während die anderen die Autos auf den Parkplatz bringen«, empfahl der athletische Gerald.

»Na dann los!«, trieb Benjamin die anderen an.

In den letzen Tagen hatte es häufig geregnet. Die Freunde mussten sich beeilen, um vor Sonnenuntergang ihre Ausrüstung zum Lagerplatz den Berg hinaufzutragen. Diffuse Dämmerung breitete sich aus, als sie ihr Lager auf einer Waldlichtung errichteten. Schnell war die Arbeit getan. Während die einen die Zelte aufbauten, machten sich die nächsten unter großem Getue ans Holzsammeln.

Als die Zelte standen, die Sachen alle verstaut waren, genug Holz für das Feuer bereit lag, war die Dunkelheit hereingebrochen, und alle verspürten eine große Genugtuung: die Lichtung war kolonisiert.
»Hat jemand ein bisschen Papier, damit wir das Feuer in Gang bringen können?«, fragte Christian in die Runde.
»Ich habe ein wenig Klopapier übrig.« Als Soldat hatte sich Harry für alle Eventualitäten gerüstet.
Zaghaft leckte das junge Flämmchen an den grauen, zerknüllten Blättern, fand daran Geschmack und begann gierig an den dargereichten Zweigen zu fressen. Schwefelgelb tanzten verspielt die Flammen wie unruhige Geister auf und ab. Die Freunde saßen da und fühlten den Geist von Winnetou in sich aufleben. Die Geräusche der im Feuer knisternden Zweige vermischten sich mit dem Zischen des in der Glut verdampfenden Wurstfettes und dem typischen Knacken, das beim Öffnen einer Bierdose entsteht. Schmatzend breitete sich die Abenteuerlust aus.
»Ich habe Bilder mitgebracht. Wollt ihr sie einmal sehen?«, erkundigte sich Robert. Und ohne die Antwort abzuwarten, reichte er seine Fotos von den schönsten Himalaja Gipfeln herum.
»Grandios, märchenhaft, fantastisch!«, schwärmten die Freunde.
»Wenn man da nur auch einmal hinfahren könnte«, fing Inge an zu träumen.
»Was hindert dich daran?«, entgegnete ihm Robert.
»Na du bist gut. Ohne Moos nichts los. Das weißt du so gut wie wir alle«, konterte Inge.
»Weißt du, Inge, ich kenne da einen Typen, der vor vierzig Jahren mit dem Fahrrad um die Welt gefahren war. Sein Startkapital betrug ganze 48 Mark. Er hat alles überlebt und darüber ein Buch geschrieben. Sonst wüsste ich nicht von ihm. Ich will damit sagen, wo ein Wille ist, ist auch ein Gebüsch!«
»Nutzt die Zeit, solange euch nicht Weib und Kind am Halse hängen«, ergänzte Christian, »ich erinnere euch daran, wie ich als Student die Wanderung durch Island unternahm und später am Kilimandscharo nur knapp gescheitert bin. Zu der Zeit war ich auch Student.«
»Hör auf in der Vergangenheit zu schwelgen, Christian, auch später kann man Expeditionen unternehmen. Ich sehe mich, die Boom-

Schlucht emporkraxeln, höre den wilden Gebirgsfluss Tschu brüllen. Dann endlich erreiche ich die Siedlung Rybatschje am Issyk-Kul. Dieser bemerkenswerte See liegt, von Fünftausendern umringt, in der Mitte des kirgisischen Tien Shan. Ich freue mich schon jetzt auf sein alles überstrahlendes Blau«, fing Robert an zu träumen.

Die Freunde wurden neugierig. Sie hatten noch nie vom Tian Shan gehört. Und so musste Robert all das erzählen, was er aus Büchern und von Freunden darüber erfahren hatte.

»Aber auch in Deutschland könnt ihr noch tolle Sachen erleben. Am Neujahrstag bin ich mit meiner Frau auf dem Heinrich-Heine-Weg zum Vater Brocken gestiegen. Es war einfach toll. Selbst erfahrene Brockenspezialisten erzählten uns, dass sie eine solche atemberaubende Klarheit der Luft und eine derartige Fernsicht nur ganz selten erlebt hatten«, schilderte Robert seine Erlebnisse, »automatisch kam ich auf den Gedanken, mir noch einmal die Harzreise von Heine zu Gemüte zu führen. Ich sage euch, ich war begeistert von der Harmonie der Worte, das nenne ich deutsche Sprache«, des Erzählers Augen funkelten vor Glückseligkeit im Schein des flackernden Holzlichtes.

»Die Verballhornung unserer Sprache nimmt immer groteskere Formen an. Neulich hörte ich den Begriff Leuchtturming«, fing Christian an.

»Denkt mal an die vielen *ings* wie in Canyoning, Ballooning, Paraglighting, Heliskiing und ... «, der Athlet suchte nach noch weiteren Begriffen.

Er wurde durch Harry unterbrochen: »Ich muss mal pissing.«

In der Runde brach in ein schallendes Gelächter aus.

Noch manche Geschichte von längst vergangenen Heldentaten an schroffen Felswänden und von heimlichen Sehnsüchten nach fernen Gebirgen widerhallten in der dunklen, sternenlosen Unwirklichkeit.

»Ich jogge jetzt zum Pofing«, Robert erhob sich und wandelte in die Dunkelheit. Todmüde und unter Begleitung einer Horde blutrünstiger Plagegeister stolperte er in sein Zelt. Kurze Zeit später herrschte Totenstille auf der pechschwarzen Waldlichtung.

Der Weckdienst funktionierte ausgezeichnet. Als sei ein Sängerkrieg ausgebrochen, versuchten sich die Vögel des Waldes in einer Vielfalt von Melodien und Lautstärken zu überbieten. Leichte Nebelfahnen hatten sich auf den taubenetzten Kräutern ausgestreckt. Ein kräftiges Frühstück und starker Kaffees weckte die Lebensgeister der Freunde, derweil leckte die aufsteigende Sonne an den Resten der Nachtfeuchte.

Der dichte Fichtenwald überdachte mit seinen tiefgrünen Zweigen den Weg der Freunde bergan. Brombeergestrüpp breitete sich links und rechts am Wegesrand aus. Große Farnwedel schlugen ihre grünen Wogen hinter den Wanderern erneut zusammen. Das helle Morgenlicht lenkte die Blicke der Freunde auf die graugelben, zerklüfteten Felszinnen. Rechts stand der Kleine Mühlentalwächter, links dagegen schoss vereinzelt im grünen Wald wie ein riesenhaftes Kastell von ovaler Form und platten Dach die trotzige Gestalt des Großen Mühlentalwächters turmhoch über die Baumkronen hinauf. Genau wie bei größeren Alpentouren galt: Klettern ist wie Autofahren. Hält man sich an die gültigen Regeln und beachtet die Sicherungsvorschriften, kann im Grunde nichts passieren. Deshalb legten alle als erstes ihre Sicherungsgurte an, pressten ihre Füße in zwei Nummern kleinere Kletterschuhe und verknoteten das Sicherungsseil mit einer Art Seemannsknoten am Gurt. Besonders im Elbsandsteingebirge gilt eine kompromisslose Kletterethik. Um den Fels nicht zu verletzen sind nur Schlingen als Zwischensicherung gestattet.

»Sag mal, Robbi, hat es eine besondere Bewandtnis, dass du deine Mallorca Klamotten ausgerechnet hier angezogen hast?«, lästerte Christian über die pinkfarbenen Shorts und das gleichfarbige T-Shirt.

»Im Gletscherschnee der Alpen ergab die Haute Couture einen hervorragenden Kontrast«, konterte Robert.

»Deine alberne Sonnenbrille macht dich endgültig zum Lagerfeld«, scherzte sein Sohn.

»Das nehme ich mal als Kompliment, mein Sohn. Wie auch immer, meine aktuelle Frühjahrskollektion aus dem Jahr 1999 bedeckt zumindest meinen knackigen Hintern, während deine fashionablen Hosen die Arschkimme erkennen lässt.«

»Los jetzt, zieh dir endlich die Schuhe an! Wir wollen heute noch aufsteigen«, unterbrach Christian die alberne Stichelei, »Harry, du und Inge nehmt den alten Weg am kleinen Mühlentalwächter. Du übernimmst den Vorstieg. Der Athlet und der Lange steigen hinterher. Hinter dem ersten Vorsprung baut ihr die erste Sicherung ein, alles klar?«, und ohne eine Antwort abzuwarten, ergänzte er: »Dann los! Und nun zu uns«, wandte er sich an Robert, „ich steige vor, der Sportschüler hinterher und du, Robbi, bist der letzte Mann und baust die Sicherungen aus. Wirst du das schaffen?« Robert nickte.

Christian wählte den alten Weg zum Gipfel. Es war der einfachste und für die Neulinge genau der richtige Weg. Auf dem Vorstieg legte er die Zwischensicherungen und gab den beiden Untengebliebenen vom Gipfel her Aufstiegstipps. Nun waren sie trotz der Seilsicherung auf ihre eigene persönliche Gewandtheit und Kraft angewiesen. Immer darauf achtend, dass zwei Füße und eine Hand oder beide Hände und ein Fuß sich sicher am Felsen befanden, zogen und traten sie sich langsam nach oben: Treten, Greifen, Stabilisieren. Nur nicht nach unten schauen! Dann war es endlich so weit. Vorsichtig schoben sie sich auf das Gipfelplateau. Mit etwas zitternden Händen erfolgte die Sicherung.

Robert stieß einen Urschrei hervor, der Siegesfreude, Stolz, Freiheit über die Berge erschallen ließ. Im hohem Grade wunderbar erschien ihm die Welt beim ersten Hinabschauen vom Gipfel, und die Daseinsformen von Körper und Seele schienen sich in einem neuen, unerklärbaren Gefühl zu vereinen. Die weite Rundsicht überraschte, denn obwohl der überwundene Höhenunterschied nicht mehr als fünfzehn oder zwanzig Meter an der Bergseite betrug, schweifte der Blick doch weit über das Bielatal, bald über die goldgelben Felder, bald über die Wäldermeere mit ihren grauen Klippen, bald über die roten Dächer des Dorfes.

Geduldig steht bei Tag und Nacht
der Felsenturm auf seiner Wacht,
drei Freunde gaben ihm Gestalt
durch Sanftheit und auch mit Gewalt.

Der Wind zerzauste ihm sein Haar,
verformte ihn zum Dromedar,
das Wasser tat ihm manchmal weh
in Form von Regen oder Schnee.

Auch durch die holden Sonnenschein
verformte sich der alte Stein,
es rieselte der feine Sand
vom Sandstein in das Felsenland.

Voll Falten ist die Kletterwand,
der Bergfreund streichelt sie galant,
vom Gipfel ist der Blick sehr weit,
da strahlt der Berg voll Heiterkeit.

Erst vom Gipfel wurde deutlich, wie nah die anderen Felsen beieinanderstanden. Die Gipfelstürmer beobachteten grauhaarige alte Kletterhasen mit ihren Enkeln, blutige Amateure, wie sie selbst an den einfachen Routen und routinierte Kletterfüchse an den schwierigsten Passagen. Welch ein heiteres, farbenfrohes und doch menschliches Ameisengewimmel!

Die Eintragung in das Gipfelbuch beendete den ersten Aufstieg. Rücklings am Seil hängend, mit dem Blick gegen den azurnen Himmel, seilten sie sich wie Spinnen an ihren Sicherungsfaden in die Tiefe ab. Nun wartete der etwas kleinere Ottofelsen auf sie.

Christian, der Bergführer, gab sogleich seine Anweisungen: »Der Lange, Inge und Benjamin klettern den alten Weg. Gerald steigt vor. Harry und der Athlet nehmen die östliche Route als erste Seilschaft. Das ist eine drei. Ich klettere mit Robbi als zweite Seilschaft hinterher. Schaffst du das, Brüderchen?«

»Ich werde es versuche. Wenn ich nicht mehr kann, ziehst du mich hoch!« Robert blickte noch etwas zweifelnd auf die Wand.

Die Engländer bezeichnen diese Schwierigkeit als »very difficult«, die Sachsen dagegen kennzeichneten sie mit einer schlichten 3 (Es gibt im Elbsandsteingebirge 10 Schwierigkeitsgrade).

Der nordöstliche Weg erschien Robert als feuchte, glatte und griffarme Wand. Christian meisterte sie in wenigen Augenblicken. Sorgfältig griff Robert in die wabenartigen Löcher und versuchte sich hinaufzuziehen. Zentimeter um Zentimeter schob er sich nach oben. Plötzlich fanden die Finger am glatten Fels keinen Halt mehr. Trotz Sicherung landete er wieder auf dem Boden. Das ungeschickte Fleisch an den Fingerkuppen war geopfert. Und der deutscheste aller deutschen Flüche brach aus ihm heraus. Den zweiten Versuch ging er noch konzentrierter und achtsamer an: Greifen, Treten, Sichern. In wenigen Augenblicken war die schwierigste Stelle des Aufstiegs überwunden. Kurz vor dem Felsengipfel musste er einen Überhang umgehen. Doch dann wurde sein enormer Kraftaufwand mit einem sonnenüberfluteten Rundblick von der Felskuppe belohnt.

Von dort aus bewunderten die beiden Brüder zwei elegante Kletterer am Dachs, am sogenannten Klavierband, einem Kletterweg des Schwierigkeitsgrades 7. Robert hatte den Eindruck, als hätten sich ihre Extremitäten am Fels festgesaugt. Gleich einer Schnecke krochen sie mit ihren muskulösen Körpern die nahezu glatte Felswand nach oben. Die Brüder spürten die Anstrengen der fremden Kletterer beinahe körperlich. Die Muskeln der beiden spannten sich gleichzeitig mit denen der Kletterer. Es war nicht nur die Sonne, die auch den beiden den Schweiß aus allen Poren treten ließ.

Der athletische Gerald wollte noch eine schwierigere Route angehen. Lauthals verkündete er, wie elegant er sich nach oben schwingen würde.»Ich schaffe das, kündigte er an – wenn nicht, dürft ihr mich fortan Lusche rufen.«

Christian feuerte ihn an:»Na los! Harry wird dich sichern.«

Gebannt schauten die Freunde zu, wie der muskelbepackte Körper Geralds sich nach oben schraubte. Nach ein paar Metern war Schluss, Ende, Aus. Er kam keinen Millimeter mehr vorwärts, so sehr er sich auch mühte. Der Fels wies ihn in seine Grenzen. Kleinlaut ließ er sich am Seil herunter:»Nun könnt ihr Luschen-Gerald zu mir sagen.«

Niemand lachte, wussten sie doch alle, wieviel Übung und Erfahrung notwendig ist, um auch die komplizierteren Wege am Berg gehen zu können.

Nur Christian mahnte zur Bescheidenheit: »Sieh dir die Alten an, die machen uns immer noch etwas vor am Fels. Doch nie hörte ich einen darüber prahlen.«

Die Gruppe hatte sich gerade zur Lagebesprechung am Dachs eingefunden, da wurde sie von einem Hilferuf unterbrochen.

»Hat jemand von euch ein Handy parat?«, fragte ein Bergkamerad sehr aufgeregt vom Felsen herunter.

»Wieso, ist etwas passiert? Ist jemand abgestürzt?«, antwortete Christian fieberhaft mit einer Gegenfrage.

»Ja, es sieht übel aus.«

Sofort hasteten Christian und ein Teil der Gruppe zum Ort des Geschehens. Harry und Inge benachrichtigten umgehend den Notarzt und die Bergwacht. Christian und zwei weitere Bergkameraden leiteten alle notwendigen Maßnahmen der erste Hilfe ein. Glücklicherweise befand sich unter den vielen anwesenden Kletterern auch eine Kinderärztin, so dass die Erstversorgung des Verletzten von Anfang an unter qualifizierter Anleitung erfolgte.

Ein flaues Gefühl in der Magengegend hatte den Freunden nach diesem Vorfall die Lust aufs Klettern erst einmal genommen. Wieder einmal hatte der Berg gezeigt, dass er auch nicht die kleinste Unachtsamkeit und Schwäche durchgehen lässt. Auch die Kumpel wussten um ein gewisses Nervenflattern im senkrechten Spiel. In diesem Fall hatte das Kräfteversagen des unbekannten Kameraden die fatale Folgen einer Schienbeinfraktur.

»Schaut, da kommt die Kinderärztin«, Christians Gesicht verwandelte sich in eine Saatbolle.

Eine junge Frau mit der zierlicher Gestalt einer Gazelle und einer unwahrscheinlich sympathischen Ausstrahlung ging an den Freunden vorüber, mit einem Lächeln so schön wie das der Mona Lisa.

»Kind müsste man sein und ein klein wenig krank. Ich glaub, ich täte mich den ganzen Tag von ihr untersuchen lassen«, phantasierte Robert mit schmachtendem Blick. Die anderen waren gleicher Meinung. Mit hechelnden Zungen und auslaufendem Geifer glichen sie einer Meute läufiger Hunde. Und somit hatte die Männerrunde ihr Thema gefunden. Nur Benjamin, der Sportschüler, lächelte in sich hinein, als stände er in seinen jungen Jahren über den Dingen.

Die beiden Geralds, Inge und Harry beschlossen, nach Hause zu fahren. Sie wollten sich noch auf die Prüfungen in den nächsten Wochen vorbereiten. Christian, Robert und Benjamin schnappten sich ihre Handtücher und schlenderten an der heiter hüpfenden Biela entlang. Zauberhaft schoss das schillernde Sonnenlicht durch den dunklen Fichtenwald. An den Baumwurzeln und Steinen hatten sich hellgrüne Moosbänke wie Samtpolster ausgebreitet. Angenehme Kühle begleitete das träumerische Gemurmel der Biela. Dort, wo der Bach eine seichte Badewanne gebildet hatte, wälzten die drei sich laut prustend im seichten Wasser wie Elefantenbabys, spürten sie in jeder Faser die angenehm umfließenden Wirbel des jungen, wilden Wassers.

Der Rauch des sterbenden Feuers biss in ihre Augen. Er war es auch, der die Invasionsarmee der Mücken und Zecken zurückhielt. Nur einzelne Späher wagten sich vor und kosteten schon einmal genüsslich.

»Willst du wirklich noch in diesem Jahr nach Kyrgyzstan?«, wandte sich Christian leise an seinen Bruder.

»Ja, ich glaube, ohne dieses Abenteuer hätte mein Leben wenig Sinn. Nach meinem seelischen Absturz ist es das einzige, woran ich Tag und Nacht denke. Ich bin ein Suchender, so wie einst Siddhartha, und ich habe meinen Weg noch nicht gefunden. Damals, als ich meine Reisen unternommen hatte, als ich die Menschen in fremden Ländern kennengelernt hatte, als ich auf den Gipfeln der Berge stand, empfand ich schon einmal dieses Glück. Nun fühle ich mich wie ein Stück Treibholz, das auf dem langsamen, trägen, schmutzigen Unterlauf des Flusses Leben dahintreibt. Ein inneres, mächtiges, nicht aufzuhaltendes Verlangen ist es, das mich, gleich einem Alaska Seelachs, zu den Quellen des Glücks in die Berge ruft. Vielleicht brauche ich für eine Weile die seltsame liebliche Einsamkeit der Berge, das Einssein mit der Natur, das Leben nach deren Gesetzen, den sternenklaren Himmel, um zu begreifen, dass Sterne Worte sind, um zu erkennen, dass Gott Alles ist, dass ich alles lieben muss und sei es noch so schlimm. Eine Art Schauspiel der Belehrung, um meine verborgene Stärke kennenzulernen. Wo ich zum Beispiel lerne zu essen, wenn ich Hunger habe und zu schlafen, wenn ich müde bin.

Ich liege nur da, auf der Bergwiese im Mondschein, den Kopf im Gras, und höre die stumme Anerkennung meines vorübergehenden Kummers. Es geht um den Versuch, Nirwana zu erreichen, der Natur so nah wie möglich zu sein. Freude über jeden Halm finden, der sich im Wind biegt, jeden Vogel, der in den Lüften zwitschert, jeden Menschen, der mir in meiner Einsamkeit begegnet, über die rote Abenddämmerung mit Bergen wie Sinfonien aus rotem Schnee und Wolken gekräuselt wie uralte ferne Städte im Glanz des Buddha-Landes und über das unablässige Wehen des Windes – uuisch, uuisch – wie er braust und manchmal an meiner einsamen Berghütte rüttelt. Und dann erscheint ein Regenbogen, grün und rosa direkt auf meinem Berg und ringsum dampfende Wolken und eine orange Sonne im Aufruhr und ich geh hinaus, und plötzlich ist mein Schatten vom Regenbogen umringt, ein wunderschönes mit einem Lichtschein umgebenes Mysterium, das den Wunsch in mir weckt zu beten und mir den Glauben an Liebe, Freiheit und Leben zurückgibt. Und du, empfindest du das Glück in deinem Leben, das, verzeih mir bitte, sich etwas zur Spießigkeit gewandelt hat?«

»Ich bin mir nicht sicher. Nun, ich habe die finanzielle Sicherheit des Beamten, habe eine Frau und zwei süße Mädchen, die ich liebe. Und doch empfinde ich bisweilen eine gewisse Leere. Mir ist, als fehlte noch etwas in meinem Leben, und ich weiß nicht was oder warum. Du weißt, dass ich nun täglich die lange Strecke zur Arbeit und zurück auf mich genommen habe, um meiner Familie näher zu sein. Doch kaum schließe ich die Tür zu Hause auf, habe ich von Zeit zu Zeit das Gefühl, als wäre ich gefangen in mir selbst. Dann sehne ich mich nach den Abenteuern der Vergangenheit, nach Island, nach Tansania und ganz schrecklich nach dem Himalaja.«

»Hast du mit deiner Familie über deine Gefühle gesprochen?«

»Das habe ich schon so oft versucht. Aber immer, wenn mir danach ist, geht es mir so, als ob man einen Wasserhahn aufdreht und nichts kommt aus der Leitung. Ich habe die Befürchtung, mit meinen Sehnsüchten jemanden zu verletzen, verstehst du? In solchen Momenten verabscheue ich mein Ängste. Sie könnten glauben, dass ich sie verlassen wolle, dabei liebe ich meine Mädchen alle wie verrückt. Vielleicht erstarre ich nur in den alten Vorstellungen von

Angepasstheit, und meine Natur wehrt sich dagegen, dass zu tun, was mein Herz sich wirklich wünscht. Weißt du noch, als ich Karikaturist werden wollte und mit meiner Freundin zu euch in die Braunschweiger gezogen bin? Man, was war ich verrückt! Ich hätte die Welt aus den Angeln heben können vor Leidenschaft und Unternehmergeist. Ich hatte keine Ängste, so dass mir alles möglich erschien, denn ich liebte wie ein Wahnsinniger. Und heute? Ich fühle mich innerlich verkümmert, obwohl bei mir alles geregelt ist. Doch manchmal geht kaum noch etwas: aufstehen, rausgehen, geschweige denn arbeiten. Es ist, als fehlte mir etwas absolut Wichtiges in meinem Leben. Nachts liege ich dann und wann wach und kann nicht schlafen, alle Nerven und Atome in mir sind in flimmernder Aufruhr und mein Herz stampft wie eine Dampflok. Dann habe ich das Bedürfnis, etwas Glücksbringendes zu tun. Doch ich weiß nicht, was? Ich fühle die bittere Kälte der Einsamkeit.«

Robert hörte mit großer Aufmerksamkeit zu. Alles nahm er lauschend in sich auf, all das Suchen, all das Verlangen, all die Sehnsucht. Ohne dass er ein Wort gesprochen hätte, empfand Christian, wie sein großer Bruder, dem selbst so viele Zweifel plagten, seine Worte in sich einließ, still, offen, wartend, wie er keines verlor, keines mit Ungeduld erwartete, nur zuhörte. Und die Brüder empfanden, welch ein Glück es ist, einen solchen Zuhörer zu finden, in ein vertrautes Herz das eigene Leben zu versenken, das eigene Suchen, das eigene Leiden. Eine stille Freude kam in ihnen auf, einen Gesprächspartner gefunden zu haben, dem eine Seelenverwandtschaft zu ihrer Gedankenwelt innewohnte. Lange saßen sie noch auf ihrem Baumstamm am sterbenden Feuer, schwiegen und lauschten der Stille des Waldes, dieser unvernehmbaren Stimme des Lebens, der Stimme der Vergangenheit, des Gegenwärtigen und der des ewig Werdenden. Und eine Aura von trauriger Glückseligkeit und grenzenloser Vertrautheit ummantelte die beiden Brüder.

»Hörst du das auch?«, Christian schaute auf dem scheinbar im gleichen Augenblick wach gewordenen Bruder.

Angestrengt lauschten sie durch die Zeltwand nach draußen und vernahmen seltsam zupfende Geräusche.

»Sieh nur!«, flüsterte Robert und deutete nach draußen.

Nur wenige Meter vor ihrem Gazefenster graste im schummrigen Nebellicht friedlich ein Rudel Rehe auf der Lichtung. Kann man Natur noch näher erleben?

Als sie erneut erwachten, kitzelten schon die Sonnenstrahlen frivol an ihren Fußsohlen. Auf, auf, der Berg ruft! Diesmal wollten sie nun doch den Dachs bezwingen. Ganz besonders akribisch legten sie die Kletterausrüstung an und erkundeten den Weg an einer Art zerklüfteten Grotte entlang. Der nachfolgende gewundene Kamin bereitete ihnen einige Schwierigkeiten, bevor sie auf einem Plateau eine Kletterrast einlegen konnten. Ein paar Meter arbeiteten sie sich mühsam an einigen Felsbrocken hinauf, dann war nur eine letzte Felsplatte zu überwinden. Am Ende löste der Blick entlang der steil abfallenden Schlucht ein leichtes Kribbeln in den Zehen aus. Ächzend drehte sich die eiserne Wetterfahne im erbaulichen Lüftchen, zeigte erstaunt auf die Himmelsstürmer, als meinte sie:»Siehe da, sie haben es geschafft.« Noch einmal überwältigte sie dieses imposante Gefühl. Es gab keine Worte, die die Größe und Schönheit dieses Gefühls beschreiben konnten. Sie waren sich der Größe des Augenblick kaum bewusst und gaben gern ihren Anspruch an die Unendlichkeit auf, da sie nicht einmal mit dem Endlichen im Schauen und Denken fertig wurden.

> Fels, du hast uns angelockt,
> reagiertest leicht verstockt,
> hast geziert dich und gewehrt,
> doch wir haben dich begehrt,
> hast jungfräulich dich gewunden,
> doch wir konnten dich erkunden.

Endlich waren sie auf dem Gipfel ihrer kurzen und doch so intensiven Reise glücklich angelangt. Dieses Glücksgefühl war so alles durchdringend, dass die Bezwinger es mit geschlossenen Augen und mit sämtlichen Kräften durch alle Poren ihrer Körper tief und gierig in sich hineinschlürften. Ihre Herzen flatterten frei wie die Schmetterlinge auf einer bunten Sommerwiese. Hell strahlte ihr Lächeln, so hell und freudig wie die am azurnen Himmel strahlende

Sonne. Und alles zusammen, alle Klänge, alle Farben, alle Düfte, alles Sehnen, alles Hoffen, alles Leiden, alle Lust floss ineinander zu einer seltsam lieblichen Melodie – der Musik des Lebens.

Brockenwanderung im Schnee

Christian hatte die Sitze aus seinem Van ausgebaut. Nun saß er mit Robert im Auto auf den mollig warmen Fahrersitzen. Sie aßen Brote und tranken ein wenig Bier. Ausführlich konnte Robert über seine Reise nach Kyrgyzstan berichten. Sie schauten gemeinsam die Fotos und Geschichten im Album an. Robert war vollkommen begeistert. Es tat so gut, mit Christian zu sprechen, so gut seine einfühlsamen Worte zu hören, so gut seine brüderliche Zuneigung zu spüren, während an den Autoscheiben fröhliche Schneeflocken gemächlich vorbei tanzten.

»Wie hast du geschlafen?«, fragte, die Augen reibend, Christian.

»Grauenhaft, ich habe gefroren«, antwortete Robert.

»Lass uns einen Kaffee brauen, der wird uns auf die Beine helfen«, erwiderte der Bruder. Schon begann Christian in seiner Kiste zu graben, um die notwendigen Utensilien zusammen zu klauben. Er kramte den Kocher hervor und zündete die Flamme mitten im Auto an.

»Scheiße, das habe ich mir bald gedacht, dass der Gaskocher bei diesen Temperaturen nicht richtig funktioniert«, fluchte Christian.

»Wieso, was ist los? «

»Bei niedriger Temperatur sinkt der Gasdruck. Sieh, die Flamme blubbert nur so vor sich hin!«, belehrte Christian Robert.

»Dann lass uns etwas Wasser erwärmen und die Gaspatrone im warmen Wasser zu Druck kommen lassen!«, schlug Robert vor.

Nach einigen Minuten brodelte das Wasser in dem verbeulten Kochtopf. Der heiße Kaffee rann die Kehlen hinab und erweckte die Lebensgeister der beiden Brüder.

Wenig später stapften sie, eine Flasche heißen Tee im Gepäck, durch den jungfräulichen, knöcheltiefen Schnee, auf dem Heinrich-Heine-Weg entlang, dem Brocken zu. Tief hingen die Zweige unter der Last der weißen Kristalle. Jede Berührung, und war sie auch noch so unabsichtlich, löste ein kleines Rieseln aus. Wie in einer winzigen Lawine purzelten kleine weiße Körnchen in die Tiefe. Dumpf durchbrachen die Schritte das Schweigen des Waldes. Es schien, als ob alles Getier, alle Vögel, alle Rehe, alle Hasen noch schliefen. Doch zeigten ihre frischen Spuren, dass sie schon frühzeitig nach etwas Essbarem unterwegs gewesen sein mussten. Fröhlich plätscherte die Ilse den beiden Brüdern entgegen, begrüßte sie in ihrer gewohnt anmutigen Art. Ihr Wasser schäumte an den mit Schneehäubchen geschmückten Felsbrocken geschickt vorüber. Seichte Uferstellen hatten sich mit einem dünnen Eisfilm überzogen. Der Ilsenstein thronte, in einen Nebelmantel gehüllt, majestätisch gleich einer Burg hoch über den Wanderern. In seiner Güte sprach er den beiden Stapfenden Mut zu. Erstaunt blickte Robert nach oben. Respektvoll betrachtete er den eindrucksvollen Felsen.

»Schau dir diesen Felsen an! Auf diesem Grat zu klettern, das wäre etwas«, schwärmte Christian und zeigte auf die nach oben flüchtende Felskante.

»Von dort oben hat man bei sonnigem Wetter bestimmt ein tolle Aussicht auf den Vater Brocken«, entgegnete ihm Robert, Gänsehaut bildete sich auf seinem Rücken bei dem Gedanken, dort in der Höhe zu stehen.

Die weiße Stille atmete friedfertige Seligkeit aus, die sich klammheimlich von hinten durch die Brust der Wanderer bohrte. Wie in Trance und doch hellwach schritten sie schweigend vorwärts durch die Tiefe des verschneiten Ilsetales, eskortiert von haushohen Buchen, bis zu einer Holzbrücke.

Von nun ab ging es bergauf. Christian und Robert waren glücklich, dass vor ihnen unbekannte Wanderer den Berg emporgestiegen waren. So konnten sie die getretenen Fußspuren nutzen. Trotz allem bildeten sich nach einiger Zeit kleine Schweißperlen unter den Mützen der Wandervögel. Beide hatten die Harzreise von Heinrich Heine im Kopf und bewunderten, mit welch einer Treffsicherheit und welch einem Einfühlungsvermögen der großartige Dichter diese Landschaft und die Beschwerlichkeit des Aufstiegs beschrieben hatte.

Durch den dämmrigen Wald hüpfte die Ilse über vereiste Felsen, lief hakenschlagend wie ein Hase mal hierhin mal dorthin, doch stets den beiden Brüdern entgegen. Eiszapfen tropften stetig von Baumstämmen, die sich brückenschlagend über die Prinzessin gelegt hatten, in den Gebirgsbach. Der wild-romantische Urwald umgab die

Freunde mit diffusem Licht, das durch das kahle Geäst mannigfaltige Schatten warf. Es war, als wunderten sich die Baumgroßväter leise knarrend über die verwegenen Burschen, als raunten sie sich gegenseitig zu:»Seht euch diese Brüder an!«

Mit der Zeit wurde der Steg steiler und verließ die Prinzessin Ilse in Richtung kleinwüchsiger Fichten, die, mit Sahnehäubchen versehen, am Hang den Sonnenstrahlen des Sommers nachtrauerten. Noch konnten die Wanderer die Fußstapfen der Vorgänger nutzen, noch stiefelten sie gleichmäßigen Schrittes frohgemut den Berg hinauf, noch waren sie angriffsbereit, sich selbst besiegend, dem Vater des Harzes in seiner winterlichen Einöde einen Besuch abzustatten.

Plötzlich hörten sie Stimmen. Hatten sie die beiden unbekannten Wanderer etwa schon eingeholt? Aus dem feuchtkalten Nebel traten ihnen zwei in weiße Laken gehüllte Gestalten entgegen.

»Grüßt euch. Kommt ihr bereits vom Gipfel?«, empfing Christian das entgegenkommende Paar.

»Nein«, keuchte der junge Mann, während das Mädchen, halb vom Nebel verdeckt, etwas verdrossen dreinschaute, »wir sind gerade umgekehrt. Meine Freundin wäre beinahe in eine Felsspalte getreten. Da wir nicht die richtige Ausrüstung dabeihaben, wollen wir keine weiteren Risiken eingehen.«

»Schade, dann müssen wir wieder selbst spuren. Guten Heimweg.«

Die Brüder ließen das Paar aus Hannover passieren, sahen ihm noch kurz nach, bevor es als dunkel wankender Schatten im Nebel verschwand.

Christian schritt vorweg mit schwerem Tritt durch die unbefleckte weiße Flur. Schwer beladene Fichtenzweige griffen nach den Ausflüglern, einsam piepste eine aufgeplusterte Meisin nach ihrem Meiser im schützenden Busch, an dem noch vereinzelt ein paar gefrorene rote Beeren hingen. Bestimmt sehnte sie sich nach einer wärmenden Umarmung, wollte schnäbeln oder kuscheln oder beides. Wer weiß? Robert kannte diese Einsamkeit und diese Kälte, doch war er in diesem Moment zu sehr damit beschäftigt, das in seine Augen rinnende Salz des Schweißes auszuwischen, als dass er sich darüber weitere Gedanken machen konnte. Schon kam ein Schutzhütte in Sicht.

Kleines Haus am Wald, warte, wir kommen bald. Die Schritte der Brüder wurden schneller und größer. Zeit zur Rast. Während der kochend heiße Tee in den chromglänzenden Tassen die Hände wärmte, kamen Christian und Robert ins Gespräch.

»Wie geht es dir nun wirklich? Konntest du nach deiner märchenhaften Reise zu einem normalen Leben zurückkehren?«, erkundigte sich Christian bei Robert.

»Weißt du, ich kann kein Nein mehr ertragen. Nein, nein, nein, nein! Immer nur höre ich dieses brutale, schmerzende Wort. Mein Herz rast, entlässt mich nur mit Unwillen in den Schlaf. Wache ich nach kurzer Zeit wieder auf, fühle ich mich zerschlagen. Kein Mumm, kein Mut, kein Nichts lässt mich genügend Energie aufbringen, um dem Nein Widerstand zu leisten. Nein – das sind die *Wir werden uns bei Ihnen melden* Worte nach den Vorstellungsgesprächen. Nein - das sind die vielen unbeantwortet gebliebenen Briefe, die ich an Freunde und Bekannte, auch an dich versandt habe. Nein - das ist die zunehmende Kälte, die mich von innen her zu vereisen droht. Nein - das ist die stetig wachsende Vereinsamung und Isolierung. Nein - das sind die berechtigten Vorwürfe Ellas, das ist das drohende Ende meiner Ehe. Nein - das ist die Kraftlosigkeit, nach Hilfe zu schreien, da ich weiß, dass in dieser Gesellschaft der Gefühlskälte und des Egoismus nur weitere Schläge in den Magen folgen werden. Nein - das ist die gesamte Sinnlosigkeit meines Tuns, meine zunehmende Unfähigkeit noch ein einziges Nein zu ertragen«, würgend stolperten die Worte wie Erbrochenes aus Roberts Mund. Seine Augen starrten ins Nichts, und, als spräche er zu sich selbst, fuhr er fort: »Meine Hände zittern. Meine Augen werden in den einsamen Zeiten von Tränen getrübt. Mein Herz schlägt wie wild, als wolle es mir die Brust zerreißen. Mein Gehirn blockiert sich selbst, ist unfähig, klare Gedanken zu fassen. Es ist ein Gefühl, als läge ich lebendigen Leibes in einen Sarg und höre, wie über mir nach und nach eine Schippe Erde nach der anderen auf das Eichenholz poltert. Ich bin in eine lethargische Bewusstlosigkeit verfallen, unfähig mich zu bewegen. So sehr ich mich auch bemühe, ich bin nicht in der Lage, auch nur einen Laut von mir zu geben. Allein an der trägen, ungleichmäßigen und schwankenden Lungentätigkeit, bemerke ich, dass ich noch lebe.

Dieser Trancezustand hält nun schon seit Wochen an. Ich weiß nicht einmal, ob die Beerdigung schon stattgefunden hat oder ob sie mir noch bevorsteht. Zuweilen versinke ich, ohne dass es für den Außenstehenden ersichtliche Gründe dafür gibt, in einen Zustand von Halbkoma, einer Art Bewusstlosigkeit. Ich verharre darin ohne Schmerzen, ohne mich rühren zu können, doch mit einer dumpfen apathischen Empfindung meines Daseins und der Anwesenden, die mich umgeben. Ich werde schwächer und schwächer. Kaum regt sich noch Widerstand in mir. Ich empfinde Kälteschauer und Schwindelgefühle. Lange Zeit spüre ich nur nun schon Leere, Schwärze, Stille. Das Nichts wurde meine Welt. Völliges Ausgeloschensein kann nicht vollständiger sein. Ich finde vor dem Aufschrei dieser unendlichen Qualen keine Ruhe. Stumpfes Unbehagen, apathisches Hinnehmen eines dumpfen Schmerzes, klammernde Sorgen, kein Hoffen, kein Wollen. Was ich sehe und fühle, ist mehr, als ich ertragen kann.«

Christians Gesicht überzog sich bei jedem Wort mit einer ersterbenden Blässe, bis es die Farbe des ihn umgebenen Schnees erreicht hatte. Fassungslosigkeit, Betroffenheit und Bestürzung breiteten sich auf seinem Gesicht aus.

»Wie wirst du damit nur fertig?«, teilnahmsvoll quoll die Frage über die trockenen Lippen des Bruders.

»Gar nicht. Die Qual bereitenden nächtlichen Alpträume wirken weiter und schrecklicher in meinen wachen Stunden nach. Mein Nervensystem ist völlig zerrüttet, und andauernde Angstzustände beherrschen mich. Ich habe Bedenken, mich aus dem Haus zu begeben, den Hörer des Telefons abzunehmen oder sonst etwas zu unternehmen. Ich wage mich nicht einmal in die unmittelbare Nähe von Menschen, um nicht Gefahr zu laufen, dass meine Neigung zu Katalepsie erkannt wird. Ich zweifele die Treue, die Zuverlässigkeit meiner Liebsten an. Mein Argwohn geht sogar so weit, dass ich ihnen zutraue, sie könnten, da ich ihnen so viele Umstände bereite, einen besonders ausgedehnten Anfall der Lethargie als willkommene Gelegenheit und Entschuldigung betrachten, mich für immer und ein für alle Mal loszuwerden. Die zweite Seite meines Ichs hofft das sogar. Die zu erduldenden Qualen entsprechen zweifellos voll und ganz denen, die man im Angesicht des grausam lachenden Todes erleiden möge. Sie sind so fürchterlich und so unausdenkbar grauenhaft. O ja, aus dem Schlimmen erwächst noch weitaus Schlimmeres. Die Seele schrumpft zusammen wie ein Luftballon, aus dem die Luft entweicht. Es gibt ernüchternde Augenblicke, in denen ich mein trauriges Dasein nur der Ähnlichkeit mit dem Ort der Verdammnis, dem Versammlungsort der grässlichsten Dämonen gleichzusetzen vermag. Doch so wie alles einen Anfang hat, hat auch alles ein Ende, alles ist im Wandel. Bleibt nur die Frage: wie gestaltet sich das Finale? Ist es ein unendlich langsames Sterben, ein alles Schlechte dieser Welt einsaugendes schwarzes Loch. Oder sammeln sich diese gewaltigen negativen Energien nur, um in einer imposanten Supernova zu explodieren und in einem neuen Licht, in einem neuen Dasein, in einem neuen Leben, um mich Erleichterung, Fröhlichkeit und Heiterkeit spüren zu lassen. Werde ich dann endlich meine Qualen überwunden haben? Wird meine Seele jemals mit neuer Spannkraft die Schönheit des einfachen und sorgenfreien Lebens erfahren? Werde ich jemals wieder die Freiheit und die klare Himmelsluft der schneebedeckten Berge des Tian Shan atmen? Kurz, werde ich jemals wieder ein neuer Mensch und ein normales Menschenleben führen? Nur diese winzige Hoffnung auf ein neues Leben lässt mich das alte überhaupt noch ertragen. Noch ist es stockdunkle Nacht, noch ist kein leiser Schimmer des beginnenden Tages zu erkennen. Hoffnung, dass dieser Zustand bald ein Ende hat, so wie jeder Winter einmal zu Ende ist und der Frühling seine wärmenden Strahlen aussendet, um die Natur zu neuem Leben zu erwecken, so wird mein langer Winter auch einmal zu Ende gehen. Dann werde ich mir in meinem neuen Leben die Sonne auf den Pelz brennen lassen. Von dem Augenblick an, wo ich am Ufer des Issyk-Kul stehe, wird mich ein wunderbares Glücksgefühl überkommen, so wie ich es schon einmal dort erlebt habe.«

Christian schwieg sprachlos. Noch nie hatte er seinen Bruder so erlebt. Die schlimmsten aller Erwartungen wurden von der ausgesprochenen Offenbarung der Gefühle übertroffen. Liebevoll nahm er Robert in den Arm, ließ ihn die Wärme des Bruderherzes spüren.

»Wie soll es für dich weitergehen?«, fragte er, selbst von Ratlosigkeit ergriffen.

»In Deutschland sehe ich für mich keine Zukunft. Diese Kaltherzigkeit, diese Lieblosigkeit, diese Lethargie, dieses erbarmungslose Wolfsgesetz des Spätkapitalismus lassen mich unter der grimmigsten Kälte leiden. Die auferlegten Zwänge der Finanzhyänen, die Unersättlichkeit der Staatsgewalt mit ihren triebhaften Forderungen, die Versklavung zum Leistungsmenschen auf der Galeere der Geldsäcke schnüren mir die Kehle zu, verdunkeln durch ihre unermesslichen Macht und ihre gigantische Gefräßigkeit das Licht der Sonne. Ich werde diesem Land den Rücken kehren, werde all die Zentnerlasten abwerfen – ja, ich werde vor der Verantwortung fliehen, um freie Luft zu atmen, neu zu beginnen, die zweite Hälfte des Lebens mit Sinn erfüllen, werde Erzählungen schreiben und Romane verfassen, werde neue Freunde finden, werde Herzenswärme spüren in den Bergen des Tian Shan.«

Roberts stumpfe Augen begannen eigentümlich zu leuchten. Sie glommen wie das seltsam schimmernde Polarlicht in der Eiseskälte der Arktis.

»Irgendwie kann ich dich verstehen, Robert. Aber was wird aus deinem geliebten Sohn?«, fragte besorgt der mitfühlende Bruder.

»Immer werde ich für meinen Sohn da sein, auch aus der Ferne. Er wird mich nicht vergessen, so wie ich ihn nie vergessen werde. Deshalb schreibe ich auch alles auf, meine Gedanken, meine Gefühle. Du weißt, dass ich nicht so gut über diese Dinge reden kann, nicht immer. Was ich kann, ist es aufzuschreiben. In dieser schnelllebigen Zeit geraten derlei Dinge bald in Vergessenheit. Materielle Reichtümer werde ich meinem liebsten Sohn nicht vererben können. Doch sollen mein Kind und seine Kindeskinder von dieser Zeit und den Geschehnissen in ihr durch meine Geschichten erfahren, sollen sie etwas daraus lernen, sollen sie Kenntnis darüber erlangen, worüber unsere Generation gelacht hat, weswegen wir geweint haben, welche Schwierigkeiten wir überwinden mussten, welche Siege wir errungen haben, worüber wir uns Gedanken gemacht haben, welche Werte für uns wichtig waren. Und immer wird etwas Herzblut durch meine Finger über die Buchstaben auf das Papier rinnen, etwas was unvergesslich bleibt, was mich meinem Sohn und den künftigen Generationen näherbringt. Und glaub mir, das ist mehr wert als Gut und Geld. Was gäbe ich dafür, in dem Gedankengut unseres Vaters oder unserer Großväter lesen zu dürfen!«

Nun erhellten sich Roberts Augen, und ein Lächeln umspielte seine Lippen, wie immer, wenn er an seinen fast erwachsenen Sohn dachte, der für ihn mehr als nur sein Kind war, der für ihn Freund und Vertrauter war. Ja, er liebte ihn über alle Maßen, seinen großen Sohn. In Gedanken hörte er, wie sein Sohn ihn Vater oder Papa rief, und Robert vernahm am Farbton der Stimme, wen der Sohn meinte, den Vater, den Freund oder den Vertrauten.

»Und deine Beziehung zu Ella, was wird daraus?«, hakte Christian nach.

»Die ist an den Unbilden der Ereignisse zerbrochen, an unserer Unfähigkeit zu kommunizieren, an unserem Unvermögen zu streiten. Vieles haben wir in uns hineingefressen. Die Talsperre ist voll, und nun droht sie überzulaufen. Ich habe Ella sehr geliebt, mehr als alles andere auf der Welt. Kein Mensch kann in wenigen Worten ausdrücken, was Liebe ist. Gedichte wurden verfasst, Romane geschrieben, doch können diese doch nur einen Bruchteil über die Liebe sagen. Unsere Liebe war mehr eine stille Liebe, eine die durch wenig leidenschaftliche Ausbrüche gekennzeichnet war, ein stilles Einvernehmen aller wesentlichen Werte, wie Treue, Vertrauen, Kameradschaft, Zärtlichkeit und in gewissen Maßen Toleranz. Ella kann so liebevoll sein, so warmherzig, so voller Güte. Sie hat viele angenehme Charakterzüge, die sie hervorbringt, wenn sie einen Menschen gernhat. Doch fühlt sie sich in Gefahr, von einem Menschen hintergangen oder eine Störung ihrer Familienidylle, dann wird sie zur Wölfin, dann wird aus einem lieben Freund ein unerbittlicher Feind. Erinnerst du dich an das Gespräch zwischen mir und dem kirgisischen Mädchen in meiner Erzählung Die Perle vom Tian Shan, wie wichtig es doch ist, dass sich die Familien zweier Liebender verstehen? Der Start unserer Beziehung war gleichzeitig das Ende des Friedens zwischen zwei Königreichen. Immer war es wichtig, darauf zu achten, dass der eine oder andere Elternteil nicht vernachlässigt wurde, dass man es sich nicht mit ihm verdarb. Viele

Jahre habe ich darunter gelitten, dass es keine Möglichkeit zu geben schien, das zu ändern. Eher hatte ich das Gefühl, dass Ella jede Art der Annäherung der Familien boykottierte. Allein unsere Hochzeit war ein Trauerspiel, mutterseelenallein, ohne die Eltern, ohne die Geschwister, ohne die Freunde. In der Absicht keinen zu verletzen, habe ich dazu beigetragen, alle unsere Lieben zu demütigen. Eine Kränkung, die unser Vater nie überwunden hatte, wie ich es erst nach seinem Tod aus einem seiner Briefe erfahren habe. Und wären unsere Krisen nicht anders verlaufen, wenn alle gemeinsam darüber beraten hätten, wie man sie hätte überwinden können? Mit Erstaunen stellte ich fest, dass ich lange Zeit nicht wusste, wer ich bin. Ich wusste nicht das geringste. Immer habe ich das getan, was andere von mir verlangt hatten, die Eltern, die Lehrer, die Frau, der Chef. Soweit ich mich erinnern kann, war ich gehorsam, gut angepasst, beinahe unterwürfig gewesen. Wenn ich darüber nachdachte, und das kam oft vor, als ich meine Tagebücher und Briefe digitalisierte, hatte ich nur wenige Ausbrüche von Selbstbehauptung. Derlei Abweichungen von den gelebten Gewohnheiten, nenn es auch bürgerliche Moralvorstellungen, wurden stets streng geahndet. Unsere gesamte Erziehung lief darauf hinaus, in Harmonie zu leben. Ich selbst würde mich sogar als einen Harmoniesüchtigen bezeichnen. Allmählich entdeckte ich, dass, wenn ich verheimlichte, was ich wirklich dachte, und statt dessen nachgiebig und tolerant alles hinnehmen würde, dass dieses Verhalten sich auszahlte. Die wirklich große Verfälschung meiner selbst kam aber wesentlich später. Ehrlichkeit hat etwas mit Konfliktbereitschaft zu tun. Da ich die letztere nicht erlernt hatte, entwickelten sich das Lügen, das Verheimlichen, die Entfremdung vom eigenen Ich sozusagen von selbst. Daraus entstand der verzweifelte Versuch, es allen recht machen zu wollen, allen ihrem Willen zu dienen. Ich habe nie gedacht: Was will ich denn eigentlich? Sondern immer: Was wollen *sie*, was erwarten *sie* von mir? Das sollte ich wollen. Das hat nichts mit Toleranz zu tun, sondern ist reine Feigheit vor dem Feind. Das Ergebnis war die totale Ignoranz und Deformation der eigenen Persönlichkeit. Ich empfinde es höchst spannend herauszufinden, was ich wirklich will, wie mein Leben von jetzt an verlaufen soll, was ich aus mir machen möchte. Die geborgene und abgeschirmte Welt, in der ich lange Zeit gelebt habe, implizierte eine Grausamkeit und Brutalität, die mich umso mehr erschreckt, je öfter ich daran zurückdenke. Will man sich die umfassende Harmonie erkaufen, muss man einen hohen Preis dafür zahlen, nämlich eine progressive, nicht aufzuhaltende Persönlichkeitszerstörung. Und weißt du, welches heimtückische Gift diese chronische Seuche verursacht? Es ist das schlechte Gewissen gegenüber den Eltern, gegenüber der Ehefrau, gegenüber den lieben Mitmenschen. Als ich mich entschlossen hatte, meine Reise in den Tian Shan zu realisieren, konnte ich ahnen, was ich für ein Mensch einmal war, und wie ich vielleicht geworden wäre, hätte ich nicht zugelassen, dass man mir systematisch das Gehirn wäscht. Und nun weiß ich, dass ich nicht rettungslos verloren bin, dass all die ungeahnten Möglichkeiten zur Freude für mich und andere, die ursprünglich die Natur in meine Wiege gelegt hatte, nicht tot sind, sie nur schlafen, und dass ich sie zum Leben erwecken muss. Jetzt weiß ich, dass ich fort muss zu meinem Vater, dem Issyk-Kul, um von ihm zu lernen, was Freiheit ist, was Friede bedeutet, was es heißt zu leben. Glaubte ich an einen Gott, so würde ich meinen, er zeigte mir die letzte Chance zu meinem Glück.«

Betroffenes Schweigen herrschte in der Hütte. Noch niemals hatte sich Robert einem Menschen in dieser Offenheit anvertraut. Er war bestürzt und erstaunt über sich selbst. Es war wie ein Befreiungsschlag. Endlich war alles gesagt, was er schon lange in sich verborgen gehalten hatte. Inzwischen war der Tee kalt.

Christian nahm Robert noch einmal in den Arm, tief in seinem Herzen fühlte er die hoffnungslose Verzweiflung seines Gegenüber. Mit bebenden Lippen sprach er zu seinem geliebten Bruder:

»Dann musst du dorthin gehen!«

Schweigend setzten die Brüder die Rucksäcke auf, stapften durch den tiefen Schnee, einer hinter dem anderen. Der Glanz der Schneelandschaft war so schwach, als müsste er sich durch viele Schichten eines erstickenden Stoffes hindurchkämpfen, oder als wären die Sonnenstrahlen, die der Wald, der Weg vor langer Zeit aufgenommen und so lange in sich getragen hatte, bis alle Kraft dahingeschwunden war, darin erstickt. Es war vollkommen still, nur das leise Geräusch von durch Schuhe bewegtem Schnee war zu vernehmen. Ab und an blieben die beiden Brüder stehen, die Oberkörper über die Stöcke gebeugt, und die Kälte konnte wieder in die Körperteile zurückweichen, deren Adern vom dauernden Bergangehen durchpulst waren. Unmerklich hatten sich Roberts Füße zu Eisklumpen verwandelt. Schritt für Schritt hatte sich die Kälte in seinen Zehen festgebissen. Und, obwohl es nur wenige Grad unter Null waren, fühlten die beiden das Gefühl der Einsamkeit und die Verbissenheit von Scott und Amundsen in sich aufkommen, kämpften sie sich vorwärts, als wollten sie den Südpol erreichen. Gott weiß, wie lange sie auf einer der verschneiten Felsgruppen standen und in die Tiefe starrten, die nichts an sich hatte als ein milchiges Weiß. Als sie allmählich weiterliefen, hatte niemand von ihnen ein Wort gesagt.

Immer noch war die Landschaft vor ihnen unendlich weiß, und nur die beiden Wanderer hinterließen eine Narbenspur auf der milchigen Haut des Berges. Stumpfes Ersteigen, um den Blick schärfen können, um das bleiche Licht wahrzunehmen, dies hatte ein großes Tor geöffnet und den Gedanken erlaubt, hinaus- und hineinzuwandern, losgelöst von der menschenleeren Landschaft. Roberts Gedanken hatten sich im Verhältnis zu seinen eigenen Bewegungen entlang des vorgezeichneten Aufstiegs frei bewegen können, sie spielten im Schnee wie tobende Kinder. Es war wie der Traum, den er schon oft geträumt hatte, der immer wiederkehrte, der Traum von einem Haus am Issyk-Kul, wo er von einem Schaukelstuhl aus über den See sah, und weit, weit am anderen Ufer die schneebedeckten Berge in der Sonne blinkten, wo am Ufer die Pferde standen, lautlos stampfend, sie wendeten die Köpfe, sahen sich wachsam um und schnaubten Wolken dampfenden Atems, die wie weiße Insektenschwärme über dem Wasser schwebten.

»Dort kommt eine Weggabelung«, unterbrach Christian Roberts Tagträume. Und als wären sie verabredet gewesen, kam den beiden Wanderern eine Gruppe von drei jungen Burschen vom zweiten Talweg her entgegen.

»Gott sei Dank, wir sind nicht die einzigen, die heute auf den Gipfel steigen. Seid gegrüßt«, empfing Christian die Ankömmlinge, und er ergänzte, in dem er einen Schritt vom Weg abwich, um dadurch Platz zu schaffen, »Jugend geht vor Schönheit.«

»Nun beginnt der wahre Aufstieg, bei diesen Bedingungen fast ein alpiner«, stellte der erfahrene Christian fest.

Der Wald war zurückgewichen, und es öffneten sich weite, weiße Flächen, als der Blick sich schärfte, entpuppten sich die verschwommenen, nebelhaften Umrisse als bizarre, von Schneekristallen und Frost modellierte knorrige Bäume, eigenwillige Felsformationen und windgeplagte Büsche. Nichts sah so aus, wie Robert es sich in seinen Erinnerungen eingeprägt hatte, aber er wusste, dass sich seit seinem letzten Aufstieg nichts Wesentliches verändert hatte. Und doch gab es dauernde Veränderungen am Berg, jedes Mal ein wenig und immer nur in Einzelheiten, die sich wie Züge eines Gesichts unmerklich wandelten. Aber auch die Jahreszeiten, das Wetter lösten diese Veränderungen aus. Schnee, Nebel, Regen, gleißender Sonnenschein und Frühlingswind, als das führte zu Veränderungen, zu Wandlungen am Berg, so wie die Kleidung einen Menschen verändern kann, ihn aussehen lässt wie einen mittellosen Landstreicher oder einen Träger von Haute Couture, sei es das fröhliches Partykleid oder das weiße Gewand des Todes. Vater Brocken hatte sich auf dem Kostümball der Jahreszeiten in einen riesigen weißen Schneemann verwandelt, und die beiden Wanderer versuchten, wie spielende Kinder, die Nasenspitze des ehrwürdigen Alten zu erklimmen, um ihm daran aus Übermut zu zupfen.

Der gutmütige Alte machte es den beiden Brüdern wahrlich nicht leicht. Knietief hatte sich der Schnee auf die eigenwillig gestalteten Oberfläche des Berges niedergelassen. Absonderliche Baumgestalten standen wie eine Herde Gespenstererscheinungen am Wegesrand. Keuchend kämpften sie sich Schritt für Schritt nach oben, Bäche von salzigem Schweiß rannen die Stirne und die Rücken hinunter, die Zungen klebten am Gaumen fest, der Atem wurde flach, hechelnd, das Herz raste, der Bart hatte sich durch das Zusammenspiel von heißem Atem und klirrender Kälte mit kristallinem Eis überzogen. Immer noch war es still in diesem nebulösen Raum. Selbst wenn etwas zu hören gewesen wäre, hätte ihnen die Anstrengung die Ohren verschlossen. Es schien, als kämpften die beiden Brüder gegen einen Strom weißer Materie. Einzig der kleiner dunkler Fleck, hinter dem sich die Hütte verbarg, zeigte an, dass es nicht mehr weit sein konnte bis zur nächsten Rast.

Sie saßen jeder auf einer Bank, kauten andächtig auf der harten Schokolade, nippten ab und an von dem heißen Tee. Es fiel ihnen leicht miteinander zu sprechen, nachdem Robert das Zittern der Anstrengung verloren hatte und nur noch vor Kälte bibberte. Es war schön - dieses Sichzusammenfinden. Sie saßen da, frei von jeglicher Anspannung, in dem Gefühl, dass etwas Wirklichkeit werden würde. Das Gespräch gab ihnen einen Freiraum, es war wie eine Telefonverbindung mit jemandem in einem weit zurückliegenden Abschnitt ihres Lebens. Und sie spürten eine sonderbare Erleichterung, mit einem Menschen über alles offen reden zu können, ohne Künstelei oder Anstrengung. Als hätten sie ein Organ für tot gehalten, das offensichtlich ohne Störung arbeitet. Jetzt stand die Verbindung offen. Sie waren glücklich, diesen beschwerlichen Weg gemeinsam zu gehen. Unmerklich waren sie wieder in den Gefühlsbereich hineingeglitten, wo man Teile seines Selbst auf den Tisch legen und im schrägen Licht der Reaktionen des anderen hin und her wenden konnte, wie man ein ungefärbtes Präparat unter dem Mikroskop in einen Lichtstrahl legt, der von der Seite einfällt, um Kontraste sichtbar zu machen.

Der Weg führte weiter nach oben, unaufhörlich, unweigerlich, tief verschneit. Bis zu den Knien versanken die Brüder im lockeren Neuschnee. Der weiche Firn krustete sich dick unter ihren Schuhen zur Fußangel, darin sich ihre Schritte verfingen, der dichte Nebel zermürbte den anspornenden Blick zum Gipfel, der Atem floh mit jedem Schritt noch schneller. Plötzlich wurde Christian unruhig. Seine Augen brannten sich fest an einem kleinen, dunklen Punkt. Er wagte seine Vermutung nicht auszusprechen, zeigte stumm nach oben. Dann verschwand der Punkt wieder im dichten Nebel. Wieder fühlten sie diese fremde, verlassene Einsamkeit.

Endlich kam die letzte Biegung. Der Gipfel lag vor ihnen, sie konnten nur ahnen, aber nichts sehen. Weiß verschleiert war alles um sie herum. Stumm wie eine Armee verschneiter Soldaten eskortierten sie die Bäume am Wegesrand. Sie erinnerten an die französische Armee Napoleons, die sich wankend und frierend auf dem Rückzug aus dem winterlichen Russland befanden. Ausgelaugt, schleppend, deprimiert, wie Verurteilte traten sie das letzte Stück zum Gipfel an, die stumpfen Augen registrierten apathisch die schöne Traurigkeit, die schauerliche Eintönigkeit der Landschaft. Der dunkle Punkt tauchte wieder auf, kam immer näher, teilte sich. Zwei menschliche Gestalten wanden sich in Krämpfen. Hier unterlag ihr Mut der Übermacht der Natur und ihrer unerbittlichen, durch Jahrtausende gestählten Kraft, gegen die die beiden Verwegenen gekämpft hatten, gegen alle Mächte des Untergangs, der Kälte, des Frostes, des Schnees, des Nebels und gegen die zu überwindende Gefahr.

»Schafft ihr es allein bis nach oben?«, fragte Christian fürsorglich die beiden Fremden.

»Es wird schon gehen, wir quälen uns die letzten Meter hinauf«, quoll die Antwort leidvoll zwischen den zusammengebissenen Zähnen hindurch.

Die Brüder schleppen sich weiter durch diese endlos erscheinende Schneewüste, durch den beißenden Frost, den bedrückenden Nebel, schweißtriefend, die letzten Kräfte mobilisierend, nur der dumpfe Instinkt der Selbsterhaltung spannte noch die Sehnen zum Gang. Und wie ein Wunder, eine Fata Morgana im Schnee, tauchten die Schienenstränge der Dampfbahn auf. Und es geschah noch ein zweites, weitaus größeres Wunder: ein leises Bimmeln tönte durch die undurchdringlichen Nebelschleier, bim, bim, bim, crescendo, bim, bim, bim, dann folgte ein durchdringender Pfiff, der sich im Nebel verlor, bevor, allmählich lauter werdend, ein unmenschliches Stöhnen und Fauchen, aus dem undurchdringlichen Weiß vernehmbar wurde. Erst als die beiden Brüder das fauchende Ungetüm fast mit den Händen berühren konnten, schnaufte der rauchspeiende, stählerne Drache an ihnen vorüber, und die in ihm verborgenen Passagiere begafften aus ihrer wärmenden Perspektive die beiden mit Schnee bedeckten Gestalten wie exotische Tiere auf einer Safari. So schnell wie der Zug aus der Nebelbrühe auftauchte, so schnell verschwand er auch wieder, das abschwellende Bimmeln hinter sich herziehend.

Nun waren es noch wenige Schritte bis zum Gipfel. Nur unter größten Anstrengungen konnten sie die zentnerschwer erscheinenden Füße bewegen. Mit jedem Schritt stiegen sie einen halben Meter höher und versanken bis über die Knie im weichen Schnee ein. Nichts war vom nahen Gipfel zu hören, kein Singen der Antenne, kein Zug, kein menschlicher Laut, es war, als saugte der undurchlässige Dunst jeden Ton in sich ein wie ein gigantischer Staubsauger. Christian schritt voran, Robert etwa zehn Meter hinter ihm.

Plötzlich rief Christian in mitten der Waschküche dem Bruder zu:

»Wir sind oben, ich sehe den Antennenmast.«

»Wo?«, hallte es gedämpft zurück.

»Dort, rechts neben dir, vielleicht zwanzig Meter weg«, widerhallte es.

»Ich kann nichts sehen«, antwortete Robert noch einmal. Er machte einen mutigen, schnellen Schritt nach vorn, schrie unerwartet entsetzlich auf und wälzte sich im Schnee. Die ruckartig rasche Bewegung hatte bei seinen überlasteten Muskeln zu einem schmerzhaften, langanhaltenden Wadenkrampf geführt. Christian eilte herbei und versuchte durch Massagen, die Kontraktion wieder zu lösen.

»Es geht gleich wieder«, griente Robert mit Schmerz verzerrtem Gesicht, »komm lass uns Vater Brocken begrüßen, er hat uns lange genug leiden lassen!«

Er hatte noch Schmerzen beim Gehen, war aber bemüht, seine Leiden zu verbergen, und presste fest die Zähne zusammen, wobei ihm kalter Schweiß auf die Stirn trat. Nein, jetzt wenige Schritte vom Gipfel entfernt, würde er nicht aufgeben, und wenn er dahin kriechen müsste. Allein hätte Robert die Qual sicherlich nicht durchgehalten. Jedoch mit ihm ging sein Bergkamerad, sein Freund, sein Bruder.

»In Andacht und Demut grüßen wir dich, Vater Brocken. Wie könnte man dir böse sein, dass du dich in Wolken verhüllst, dass du uns einer Prüfung auferlegtest, um sicher zu gehen, dass wir deiner Wert sind. Hier sind wir, dein himmelnaher Scheitel war höchsten Einsatz wert! Lass dich grüßen von deinem Vetter, dem Gott, der schon alt geboren wurde, dem Khan Tengri, aus dem Tian Shan. Danke, dass du uns auch heute eine Audienz gewährst.«

Die Brüder umarmten sich, allein auf dem Gipfel, der bei günstigeren Wetterverhältnissen von Touristenscharen übervölkert ist, von Nebel eingehüllt, glücklich, es geschafft zu haben. Hier und jetzt waren nur der Berg, Christian und Robert – und die Freude über ihren Sieg.

Walpurgisnacht

An einem hellen, sonniger Frühlingstag schwebte ein blauer Himmel über maigrüne Fichten, unterbrochen von dünnen, weißenfädigen Wolken. Die Luft war klar und würzig. Der alte Vater Brocken war vom Tal aus nicht zu sehen. Die ersten hohen Tannen und vereinzelte Granitfelsen säumten den Weg entlang des munter plätschernden Baches. Zwei Wanderer schritten im goldgelben Sonnenlicht, das von den Zweigen der riesigen Fichten tropfte. Der eine war ein Mann in den besten Jahren. Auf dem Rücken trug er einen Rucksack, auf dem Kopf einen Ak-Kalpak, den weißen Filzhut der kirgisischen Männer, an der Seite baumelte ein großer Fotokoffer. Neben seinem Gepäck trug Robert auch die Last einiger winterlicher Pfunde mit sich. Hinter ihm schritt sein Sohn Benjamin, der seinen Vater um Haupteslänge überragte und gleichermaßen schwer mit Gepäck beladen war.

Robert war in prächtiger Stimmung und redete ins Blaue hinein über alles, über die Berge, über frühere Abenteuer, über die Dichter. Sicherlich hätte er noch andere Themen gestreift, wenn sich der Weg nicht plötzlich steil bergan gewunden hätte und sich dadurch sein Atem verkürzte. Dem Sohn war das ganz recht, denn er war noch nicht ganz ausgeschlafen und das ganze Gerede ging ihm ziemlich auf die Nerven.

Wenn man in einer solchen Gegend wandert, ist man in der Lage, die Verse, die die großen Dichter geschrieben haben, zu verstehen. Sie sind immer wachen Sinnes durch diese Landschaft gegangen, frisch wie die Kinder, und haben niedergeschrieben, was sie sahen, ohne literarische Umschweife oder stilistische Zwänge, jeder Vers ein Diamant.

Schnaufend gelangten die beiden an eine Lichtung. Die Strahlen drangen durch die Baumwipfel nach unten wie in einen Turm ohne Dach. Ameisen und Käfer krabbelten durch die Gräser und über Felsen. Ein Eichelhäher kreischte aus dem Halbdunkel des Waldes heraus. Sie fühlten die Blicke der stummen Riesen und der schwirrenden Zwerge. Was war es, was die mächtigen Gesellen ihnen zuraunten? War es ein Hallo? War es Erstaunen? War es

Anerkennung? War es Vertrauen? Oder war es ein »Schön, dass ihr wieder da seid«?

Sie brachen wieder auf und stiegen höher, fühlten die Anstrengung, fühlten Schweiß und Müdigkeit. Wie zwei echte Bergsteiger sprachen sie nun überhaupt nicht mehr. Sie brauchten es auch nicht und waren trotz allem glücklich. Sie trotteten in kurzen Schritten weiter bergauf durch den Bergfichtenwald, als ob sie Tiere wären und sich einfach durch wortlose Gedankenübertragung verständigten, versunken in ihrer eigenen Welt. Ein einsamer Fahrradfahrer quälte sich auf seinem Mountainbike an ihnen vorbei, verfolgt von ihren staunenden Blicken. Endlich gelangten die beiden auf den sagenumwobenen und von Heinrich Heine besungenen Ilsenstein.

Wie ein großer Granitturm erhob er sich aus dem Tal der Ilse, angelehnt an den Berg, nur die Nordseite war frei und lud ein zu einem Blick auf die roten Ziegeldächer des darunter liegenden Ilsenburg und die munter durch das Tal fließende Ilse. Noch immer stand auf dem höchsten Punkt ein großes eisernes Kreuz. Falls nötig war da noch Platz für vier Menschenfüße. Vater und Sohn probierten es selbst aus.

Robert und Benjamin ließen sich auf einer Bank nieder und bestaunten die fantastischen Reize der Natur. Und der Vater dachte an den wandernden Dichter und die alten Sagen, an das verwunschene Schloss, an die Prinzessin Ilse. Man muss kein großer Romantiker sein, um an die wunderbaren Geschichten zu glauben. Hier, an dieser Stelle, versprühte die Natur selbst so viel Romantik, dass er in die alte Sagenwelt hineingezogen wurde.

»Als ich das letzte Mal mit Christian durchs verschneite Ilsetal stapfte, bestaunte er diesen gewaltigen Felsen sehr und wünschte sich, einmal an ihm hinaufzuklettern«, sprach Robert zu seinem Sohn.

»Das sieht ihm ähnlich. Fang jetzt aber nicht an, von den alten Dichtern zu labern, das finde ich äußerst räudig, ich habe jetzt Ferien, da brauche ich das nicht«, entgegnete ihm sein Sohn.

»Ist ja schon gut. Bevor wir weitergehen, ruhen wir uns hier noch ein wenig aus, trinken einen Schluck Wasser und bewundern die Aussicht.«

Sie erholten sich ein paar Minuten, schnallten die Rucksäcke wieder auf und waren nicht mehr zu halten. Der einsame Biker hatte seine Gruppe an der Hütte am Ilsenstein wiedergefunden und war ebenfalls mit ihr und den beiden Wanderern aufgebrochen. Allmählich kamen sie immer höher, und die Sonne goss ihre munteren Strahlen herab auf das buntgekleidete Peloton, das sich munter durch das Dickicht wandte, hier verschwand und dort wieder zum Vorschein kam. Die Fahrer kamen nicht wesentlich schneller durch die rauschenden Fichten voran als die beiden Wanderer. Und bald trafen sie sich wieder an den aufgestapelten Felsen der Paternosterklippen, wo die übermütige Jugend sich beim Klettern versuchte.

Vater und Sohn ließen die bunte Gruppe hinter sich und wanderten fröhlich weiter auf dem Höhenwanderweg durch die frische, warme Frühlingsluft. Die Fichten standen im Spalier, winkten mit ihren grünen Zweigen, während sie sich im Boden und an Felsen festkrallten. Auf ihren Zweigen kletterten Eichhörnchen, und unter denselben breitete sich ein weicher Moosteppich aus. Die Vögel sangen altbekannte Liebeslieder, die ultramarinen Kuhschellen und die goldgelben Schlüsselblumen blickten ihnen sehnsuchtsvoll nach und die wohlriechenden Kräuter träumten von Suppen und Salaten. Das Herzklopfen der Wandervögel verfiel in den gleichen Rhythmus wie der Pulsschlag der Natur. Mensch und Natur wurden eins. Und sie wagten kaum zu atmen, um diese idyllische Stille nicht zu unterbrechen. Nur ein einsam brummender Maikäfer durchpflügte das Schweigen.

Am Ende des Pfades erreichten die beiden eine sagenhaft verträumte Wiese voll mit duftenden Kräutern und blühenden Bergblumen. Auf der Wiese tollten fröhliche Kinder herum, während die Eltern mit ihren Körpern die Sonne anbeteten. Am Ende der Wiese schmiegte sich ein lustiges kleines Häuschen mit einem rauchenden Schornstein an die dunklen Tannen. Von dorther wehte der einladende Geruch von gebratenem Fleisch den beiden entgegen. Der Anblick dieses harmonischen, von der Natur und dem Menschen gestalteten Gemäldes wirkte nicht nur auf die Herannahenden, sondern auch auf die bereits Anwesenden nervenberuhigend und krampfstillend.

»Lass uns etwas Warmes essen, wir brauchen verdammt noch mal ein deftiges Mittagessen, wenn wir den ganzen Nachmittag klettern wollen.«

Robert erntete Beifall, als er diese Idee äußerte. Die beiden Wanderer gingen zum Waldgasthaus Plessenburg und setzten sich an einen der Tische in die wärmende Sonne.

»Na, was möchtest du?«

»Bring mir eine große Portion Makkaroni mit viel Käse«, bat der Sohn.

Die Frau an der Essenausgabe war mit der fröhlichen Gesprächigkeit von Menschen ausgestattet, wie sie in den Berghütten aller Gebirge vorkommt.

»Na, junger Mann, was soll's sein und wo soll's denn hingehen?«

»Eine Männerportion Spaghetti und ein Portion von dem herrlich duftenden Kesselgulasch, bitte«, entgegnete Robert und beantwortete auch die zweite Frage mit der ihm eigenen Freundlichkeit, »Wir wollen zum Vater Brocken!«

»Ja, da wollen wir euch mal nicht verhungern lassen, das ist noch ein weiter Weg«, sie lachte und reichte die vollen Teller mit einem zauberhaften Lächeln über die Theke, und schon wandte sie sich dem nächsten Hungrigen zu.

Wie herrlich schmeckt ein Essen unter dem Dach der lächelnden Sonne, inmitten der würzigen Luft der Berge. Wohlige Fülle breitete sich in den Bäuchen der beiden aus. Dann tranken sie aus ihrer Wasserflasche. Es prickelte in ihren Mägen und war sehr erfrischend, und sie tranken noch einen Schluck.

»Warum bleiben wir nicht einfach hier und schlafen, so wie die anderen, etwas auf der Wiese? Ich bin gewaltig müde«, schlug Benjamin vor.

»Das wäre eine tolle Sache, aber ich denke, wenn wir uns jetzt da hinlegen, kommen wir heute nicht mehr an. Soll denn die Walpurgisnacht ohne uns stattfinden?«

»Ist ja schon gut. Aber ein paar Minuten können wir doch Augenpflege betreiben. Der Brocken läuft uns nicht davon, Vater«, besänftigte der Sohn den Alten, setzte seine Brille ab und schloss die Lider.

Robert liebte es, wenn sein Sohn ihn mit diesem eigenartig schwingen Ton so nannte, es war so viel Liebe in diesem Wort Vater. Seine Seele aalte sich beim Klang dieses einen Wortes, doch sein Lächeln erreichte den Jungen nicht mehr durch seinen geschlossenen Lider.

Wenig später nahmen sie fröhlich Abschied und stiegen beschwingt weiter die Berge hinauf. Bald wurden sie von himmelhohen Tannen und Fichten umarmt, durch die das Sonnenlicht blinzelte. Mit ihren ausgetretenen Wanderschuhen tanzten sie über wurzelige Pfade. Der Blocksberg mit seinem zerzausten Baumschopf schlief in der gleißenden Sonne seinen Mittagsschlaf und auch der Wolfsberg regte sich nicht. Hoch oben in den Lüften begleitete ein Pärchen jubilierender Lerchen die beiden Wanderer. Hinter einer Wegbiegung gab der Wald etwas Platz für Gräser und Moose frei. Schwärme von Insekten und bunten Schmetterlingen tanzten in der warmen Sonne darüber hinweg und berauschten sich an den bizarren Blüten. Tropfen fielen auf Roberts Hand und er schaute nach oben. Doch aus den weißen Wolken waren sie nicht gefallen, vielmehr rieselten sie von seiner Stirn.

An einer Kreuzung begegnete ihnen ein älteres Paar. Freundlich wurden sie nach dem Woher und Wohin gefragt. Und genauso freundlich gaben die beiden Auskunft darüber, dass es nicht mehr fern bis zur Karlsklippe ist. Und schon ging es weiter auf dem steinigen Weg bergan bis zum nächsten Kreuzweg.

Von den weißen Steinen hatten sie einen wunderbaren Blick zwischen dem Halberstädter Berg und dem Kantorberg hindurch auf das dahinter liegende Tiefland. Die weißen Steine sind eine Ansammlung von Granitblöcken von erstaunlicher Größe, wild durcheinander liegend, als hätten die Kinder der Riesen damit gespielt. Vielleicht waren es auch die Spielbälle der in der Walpurgisnacht auf dem Brocken versammelten Hexen und Teufel, die bei ihren wilden Ausschweifungen sich im Steinstoßen übten. Dieser Ort war genau der richtige, um eine Rast einzulegen.

»Mein Gesicht fühlt sich an, als wäre es verkrustet«, sprach Robert, während er sich mit den Händen über die Stirn fuhr.

»Das ist das Gift deines Körpers, was sich dort ansammelt«, grinste sein Sohn.

Sie saßen im Gras, schlürften ein paar Schlucke Tee und dösten vor sich hin.

»Hast du am Montag Mr. Bean gesehen?«, bereits bei dem Gedanken daran musste Robert grinsen.

Der Sohn lachte, steckte sich eine imaginäre Pistole in seine imaginäre Brusttasche und lachte wieder. Der Vater lachte mit, hatte auch noch eine Zugabe parat. Seine Pantomime zeigte, wie er sich ein Bild ansah, niesen musste, die Feuchtigkeit linkisch vom Bild wischte und erschrak, als er erkannte, dass sich das Bild verfärbt hatte. Beide lachten wieder darüber.

»Ich verstehe nicht, dass man darüber nicht lachen kann, das ist doch voll irre«, warf der Vater ein.

Der Sohn ging gar nicht darauf ein, sondern hatte schon wieder ein paar andere Grimassen auf Lager.

»Jetzt aber mal etwas anderes. Ich finde es nicht in Ordnung, wenn du nicht mehr zum Training gehst«, Robert wurde ernsthaft.

»Das lag einfach daran, dass meine Freunde aus der zwölften keinen Stress mehr haben wollten. Sie spielten lieber Fußball. Allein hatte ich keine Lust. Außerdem hatte der Trainer selbst keinen Bock mehr.«

»Wenn die älteren jetzt aus der Trainingsgruppe ausscheiden, heißt das doch nicht, dass es keine Mannschaft mehr gibt. Dann gehörst du eben zu den alten Hasen, und das heißt für dich, dass du den jungen Hüpfern ein Vorbild im Können und im Trainingsfleiß sein solltest.«

»Hast ja recht, Vater«, – schon wieder dieser Unterton – »es wurde auch schon langweilig. Ab nächste Woche gehe ich wieder regelmäßig zum Training, okay?«

»Schon gut, jetzt wollen wir aber ein bisschen Konditionstraining betreiben, damit du während der nächsten Spiele nicht so schnell schlapp machst. Guck dir deinen alten Vater an, der ist noch frisch und spritzig!« Robert stand auf und merkte, dass seine Füße und die Wadenmuskeln langsam schmerzten, ließ sich aber nichts anmerken. Ein Indianer kennt keinen Schmerz. In seiner Jugend wurde er Winnetou genannt.

Der Wanderweg führte sie vorbei am Jägerkopf und an den Sonnenklippen zum Stern. Hier trafen sich die Wege nach Drei-Annen-Hohne, zu den Ilsefällen und in Richtung Brocken. An der Gabelung versteckte sich eine einfache Schutzhütte unter dem grünen Dach der Bäume in der Einsamkeit der Stille.

Die beiden Wandergesellen streiften durch das dunkle Grün des Waldes, bis sie zum Abzweig des Forstmeister-Sietz-Weges anlangten. Jahrtausende alter Urwald umarmte sie. Wie ein Mosaik setzte sich der Wald aus verschiedenen Altersphasen zusammen, junge Baumkinder gesellten sich zu uralte Baumriesen, absterbende und umgestürzte Bäume, zeigten den beiden, dass auch der Wald ein lebendes Wesen ist, dass es Tod und Geburt und Krankheit gibt. Hier wucherte es wie vor vielen Tausend Jahren. Hier gab es Insekten, Pilze, Vögel, Pflanzen, die woanders längst ausgestorben waren. Es hatte etwas von diesen finsteren Märchenwäldern, wie sie in den alten Geschichten vorkommen. Schade nur, dass sich die Schwarzröcke und die Rotröcke und die Bambis im wilden Dickicht versteckt hielten. Und die beiden waren sich einig, dass diese liebliche Kühle geschützt bleiben muss.

Unermüdlich arbeiteten die Muskeln, lauschten die Sinne. Wenig später erreichten die beiden eine Schneise, die den Blick ins Tal freigab. Inzwischen war es nicht mehr ganz so heiß, da sich ein paar kecke Wolken vor die Sonne geschoben hatten.

Vor ihnen tauchte eine Gruppe Wanderer auf, die ratlos über eine Karte gebeugt, in heftige Diskussion geraten war.

»Grüß euch, können wir helfen?«

»Ja, wir wollen zum Brocken hinauf und suchen den Querpfad zum Glashüttenweg«, entgegnete einer der Wanderer Robert.

»Genau dort möchten wir auch entlang. Ihr müsst bereits daran vorbeigekommen sein.«

»Nein, nein, das kann nicht sein, dort, wo ihr herkommt, müsst ihr den Weg gesehen haben«, widersprach einer der Wanderer.

Alle schauten auf die Karte, sahen dort die Schneise eingezeichnet, sahen den Weg eingezeichnet und waren ratlos.

»Also, die Höhenlinie entspricht achthundert Meter, meine Uhr zeigt achthundertzwanzig«, meinte ein anderer.

»...meine achthundertzehn«, wandte ein dritter ein.

»Ja, und bei mir sind es siebenhundertneunzig, allerdings geht meine dreißig Meter nach«, ergänzte Robert und lachte.

Später erzählte er seinem Sohn die Absurditäten, die sich beim Aufkommen der Digitaluhren abspielten:»Meine Uhr zeigt zwölf Uhr, sieben Minuten und sechsundzwanzig Sekunden. Du kommst eine Sekunde zu spät... Deine Uhr geht sieben Sekunden nach... Der Zug fuhr fünf Sekunden zu früh...«

»Also macht, was ihr wollt, wir gehen jetzt in Richtung Norden«, äußerte sich einer der Gruppe entschlossen.

»Wir gehen Richtung Süden«, konterte Robert.

»Okay, wer zuerst oben ist, bestellt schon einmal eine Runde Bier, und wer zuletzt kommt, zahlt«, lachend verabschiedeten sich die Fremden.

»Ist gebongt!«

Mit unstillbarer Entschlossenheit, die Führenden zu sein, und tiefem Vertrauen, den Pfad an der nächsten Schneise zu erspähen, begannen Robert und Benjamin ihren raschen Zug durch die Wildnis. Schon nach kurzem Wanderweg glaubte Robert, ein Geheimnis enthüllt zu haben.

»Komm her, ich glaube hier geht es durch«, rief er seinen Sohn und deutete auf ein paar braune Flecken im Wald.

Wild wuchernde Bäume und Farne klammerten sich am Boden fest. Knöcheltiefe Moose gaben bei jedem Schritt ihre Feuchtigkeit preis. Wurzeln mit Krakenarmen, Felsen in dämonischen Formen und stöhnend sterbende Bäume versperrten den beiden den Weg. Knorrige Äste und grüne Klauen griffen nach den Kleidern der Kletterer. Unheimliche Schwüle und grausige Dämmerung herrschten in diesem Zauberwald. Und es war eigenartig still. Wo waren die Geister der Finsternis? Wo verbargen sich die Trolle? Wo versteckte sich der Beelzebub? Wo verbargen sich die unheimlich kichernden Hexen?

Mit einem schweren Rucksack auf dem Buckel den steilen Hang durch dieses Gestrüpp zu erklimmen und dabei nicht hinzufallen, war schwieriger, als Robert dachte, vor allem, wenn man wie er schon einige Kilometer bergauf hinter sich gebracht hat und einem die

Angst spürbar im Nacken saß. Manchmal sahen sich die beiden um und blickten zurück und waren überrascht, wie hoch sie bereits waren, obwohl die dämonische Dämmerung des Waldes den Ausgangspunkt dieser Kletterei nicht mehr frei gab. Dann wurde der Aufstieg weniger anspruchslos, die Sonne kämpfte sich zusehends durch die Ritzen des grünen Daches, und es dauerte nicht lange, da sahen die beiden den blauen Himmel, und sie stießen auf einen Pfad. Beide waren völlig durchgeschwitzt. Die salziges Flüssigkeit des Schweißes rannte Robert in die Augen und brannte. Plötzlich lagen überall große Felsbrocken im Gebüsch. Waren das die unausgebrütet gebliebenen Eier der Brockenmutter? Hatten sie etwa doch als erste die Brockenkinder erreicht? Die Karte ließ keine Zweifel zu. Es war so! Sie kletterten durch die Felsen, die von hohen Büschen umgeben waren und standen mit einem Mal vor einer Hütte, von wo aus Stimmen zu vernehmen waren. Menschen!

Eine Familie saß bei Kaffee und Kuchen. Sie glotzte die beiden Ankömmlinge an. Die beiden waren sonnengebräunt, trieften vor Schweiß und sahen auch etwas wild aus. Ihr Gespräch verstummte, als hätte sie den Eindruck, ein paar Waldgeister zu sehen.

»Wo geht es hier zum Brocken?«, durchbrach Robert das Schweigen. Einer löste sich aus der Gruppe, vielleicht das Familienoberhaupt, und kam auf die Wanderer zu, ein erleichtertes Lächeln auf den Lippen.

»Seht ihr da unten den Wagen? Wenn ihr dann noch ein paar Schritte weitergeht, seid ihr schon auf der Brockenstraße«, wies er den beiden den Weg.

Die Wanderer bedankten sich artig und erreichten in der Tat nach etwas mehr als hundert Schritten die asphaltierte Brockenstraße.

»Nur noch vier Kilometer und dreihundert Höhenmeter, das ist nicht viel, das können wir schaffen«, triumphierte Robert.

»Ist dir klar, wieviel das noch ist? Wir marschieren noch lange auf dieser räudigen Straße, kommen dort an, wenn es dunkel und kalt ist, und das räudige Brockenhaus wird geschlossen sein. Lass uns hier in der Hütte übernachten«, widersetzte sich der Sohn.

»Nörgele nicht, in einer guten halben Stunde haben wir es geschafft.«

Er sagte nichts mehr, und sie gingen weiter. Die Bergstiefel wurden immer schweren und schlürften auf dem Asphalt, die Rucksäcke drückten auf die Schultern wie Kartoffelsäcke, die Lungen schnauften wie das alte Dampfross der Brockenbahn. Die Füße, die Waden, der ganze Körper zitterte auf Grund der ungewöhnlichen Belastungen. Stumpfsinnig stolperten sie vorwärts, Schritt für Schritt. Robert dachte:»Oh, was ist das für ein Leben? Weshalb werden wir überhaupt geboren? Doch nur zu dem Zweck, dass unser klägliches, sterbliches Fleisch so unerhörten Grausamkeiten wie gigantischen Gebirgen und schroffen Felsen und leerem Raum ausgesetzt werden kann«, und schlagartig erinnerte er sich an die alte buddhistische Weisheit:»Wenn du auf den Gipfel eines Berges kommst, klettere weiter!« Ihm standen die Haare unter seinem Hut zu Berge. Derweil kamen den beiden muntere Spaziergänger entgegen, Rennfahrer, tief in den Lenker gebeugt, rauschten vorbei, einen kalten Windzug hinter sich zurücklassend. Es war irrsinnig.

Endlich kam die Hütte an der vorletzten Biegung in Sicht.

»Hier werden wir uns heute aufs Ohr hauen«, erklärte Robert, »jetzt sind es nur noch Tausend Meter.«

Und mit schweren Beinen stapften sie weiter. Je höher sie den Berg hinaufstiegen, desto kürzer, ja zwergenhafter wurden die Tannen, sie schienen immer mehr zusammenzuschrumpfen, bis sie nur noch die Größe von Sträuchern und Kräutern annahmen. Wunderliche Gruppen von Granitblöcken verliehen dieser Landschaft etwas Sonderbares, als hätte der Schöpfer beim Bau dieses Berges vergessen, sie rechtmäßig zu platzieren.

Endlich bekamen Robert und Benjamin den langersehnten Brockenbahnhof zu Gesicht. Jeder Schritt beugte sie zu Boden, sie waren wirklich müde. Mit dem schweren Gepäck war es schwierig geworden, die Kontrolle über die Wadenmuskeln zu behalten. Doch der Anblick des Zieles ließ sie all ihre Kräfte zusammennehmen. Ihre Beine verlangten Einhalt.

Der Eintritt in die Gaststube erregte bei Robert eine ungewöhnliche Empfindung, ihm war, als betrete er eine heilige Stätte, eine Kirche, einen Dom, etwas Großartiges und gleichzeitig Warmherziges. Mit sterbender Stimme verlangte der alte Cherusker einen Apfelsaft für den ersten Durst und ein Bier für den zweiten und einen Tee für seinen Sohn. Die Brockenwirtin war freundlich und schenkte den beiden ein mitleidiges Lächeln. Die beiden rasteten friedlich ein halbe Stunde.

Nach dieser guten, langen Rast waren sie sich sicher, dass ihre Knochen es schon bis zur Hütte schaffen würden. Es war herrlich, endlich bergab zu gehen. Das Dämmerlicht unter den dunkel drohenden Wolken lastete auf der unwirklichen Landschaft. Mit ihrem Gepäck fielen sie in einen guten, rhythmischen Schritt und freuten sich, wenn es hüpfte wie ein Frosch, als sie die absteigende Straße im swingenden Rhythmus hinabschritten. Der rauschende Bach sang ihnen in der aufkommenden Dunkelheit ein fröhliches Wanderlied. Die Bäume wurden zu schwarzen Elfenparadiesen. Die Luft wurde schwer und schwerer. Es roch nach Fels, nach Wasser, nach Wald und nach Regen.

Kaum hatten die müden Wanderer ihre schwere Last abgeworfen, verfinsterte sich der Himmel, an dem die Wolken, hinter denen die Sonne verschwunden war, hastig hin- und herjagten. Als sie den mitgebrachten Grill anzündeten, war der Himmel schwarz wie die Nacht. Plötzlich krachte ein Donnerschlag und übertönte Roberts Worte:

»Legen wir die Würste drauf, die Holzkohle ist durchgeglüht.«

Leise brutzelten die Würste vor sich hin. Vater und Sohn betrachteten aus der primitiven Hütte das Naturschauspiel, das nun begann. Der Sturm schnaubte winselnd um die Hütte herum, als ob er sich seine Beute nicht entgehen lassen wollte. Der Donner rollte über die Himmelsdecke hin, und nun zerriss auch ein gelbes Blitzzickzack das brausende Wolkenmeer.

Dann aber sanken plötzlich dunkel Geisterhäupter herab, wölbten sich über die dunklen Tannen nieder und verhüllte mit einem Schlage die Bergwelt, als wäre sie versunken oder als hätte der Himmel sich hinabgesenkt, um sie mit ewiger Nacht zu überdecken. Es wurde dunkler und dunkler um sie herum, nur die glühenden Kohlen gaben etwas Licht. Mit einem Male öffnete der Himmel alle sein Schleusen und es prasselte ein Regen nieder, der mit gewaltigem Getöse auf das Bretterdach der Hütte schlug, so dicht, mit solch schweren Tropfen, dass in unmittelbarer Umgebung der Hütte sich sofort eine große Zahl von Bächen bildete. Zwischen den schmetternden Blitzen und den krachenden Donnerschlägen aßen die beiden gemütlich ihr gebräunten Würste mit Tomaten und Käse.

»Schau dir dieses räudige Wetter an! Und jetzt tropft es auch noch durch die Ritzen auf unsere Sachen«, fluchte der Sohn.

»Bleibe cool, sei froh, dass wir ein Dach über den Kopf haben«, nuschelte, einen Wurstbissen mampfend, sein Vater, »pack doch die Sachen auf die trockenen Stellen!«

Die Hütte war löchrig wie ein Sieb, überall begann es zu tröpfeln und zu triefen. Robert musste sich mit gespreizten Beinen hinsetzen, damit die fallenden Tropfen ihn nicht ganz und gar durchnässten. Allmählich verstummte das Prasseln des Regens. Nur ein lächerlicher Niesel rieselte herunter.

»Lass uns die Löcher etwas stopfen«, schlug der Sohn vor, »bevor es wieder anfängt.«

Fieberhaft begann er nach geeignetem Material zu suchen, um die gerissenen Holzbretter und die Astlöcher abzudichten. Mit einem Messer schnitten die beiden lange, dünne Zweige zurecht, um sie in die Ritzen zu stopfen, kleine Äste zwängten sie in die Astlöcher. Mit Steinen, Holzstückchen und Moos versuchten sie, so etwas wie eine Keilwirkung zu erreichen.

»So, nun kann der zweite Akt des Schauspiels beginnen!« triumphierte der Sohn.

Kaum hatten sie in ihrer Loge Platz genommen, öffnete sich auch schon der Vorhang, und der zweite Akt begann. Wieder zuckten grelle Blitze. Ein sekundenlanges Rollen, Hallen und Poltern folgte, als ob alle Mächte der Unterwelt losgelassen wären. Der Gott der Finsternis schnaubte mit ohnmächtiger Wut und rief alle Hexen, alle Teufel, alle bösen Geister des Waldes zum Tanze auf dem Blocksberg auf. Der unaufhörlich jähe Wechsel zwischen tiefster Dunkelheit und grell aufleuchtender Helle tauchte die Landschaft in eine märchenhafte Mystik. Robert musste die gruseligen, alten Sagen des Brockens denken, an die Wulperer mit Eisen und Trommeln, an Hexen in ihren Hexenküchen, an Drachen, an Einhörner, an Wehrwölfe, an die

Erscheinung des Höllenfürstes selbst und an Modest Mussorgskis Konzertfantasie *Eine Nacht auf dem kahlen Berg.*

Natürlich hielten die provisorischen Abdichtungen der Sintflut nicht stand. Die Hütte verwandelte sich zusehend in ein Tropfsteinhöhle. Rinnsale stürzten sich in Massen von den Hängen auf die Straße. Robert war müde, die Knie und die Füße schmerzten, doch an Schlaf war nicht zu denken. Er legte die zusammengerollte Schlafmatte an die geschützte Stirnseite der Hütte, setzte sich darauf und lehnte seinen Kopf auf die Knie.

»Das kann eine Nacht werden! Du hast gesagt, es würde bald aufhören, nun sieht es so aus, als müssten wir die ganze Nacht nur darauf warten, weggeschwemmt zu werden. Dieser räudige Regen!«, Benjamin fluchte.

»Komm, setz dich zu mir, hier kann man es aushalten«, forderte Robert seinen Sohn auf.

Sie kuschelten sich aneinander, wärmten sich gegenseitig und verfielen in einen kurzzeitigen Schlaf. Mit einem Mal flammte ein mächtiger Blitz dicht neben ihnen auf, gleichzeitig knallte ein gewaltiger Donnerschlag hernieder, so dass die beiden wie vom Blitz getroffen mit versteinerten Gesichtern auf ihren Beinen standen.

»Zum Donnerwetter noch mal, jetzt läuft uns die Soße schon unter dem Hintern weg!«

Das Licht der Taschenlampe bestätigte die furchtbare Erkenntnis. Aus kleinen Quellen sprudelte es mitten in der Hütte empor und verlor sich als Rinnsal nach draußen.

»Verdammt! Verdammt! Mein Gott, lass es aufhören zu regnen«, brüllte Robert aus der Hütte heraus.

Und als hätten die Mächte der Finsternis ein Einsehen, ließ erst das Blitzen und Donnern nach und wenig später auch der gewaltige Regen.

»Gib mir einmal meine Matte! Ich will prüfen, ob es noch durchregnet«, bat der Sohn seinen Vater.

»Hej, hör mal! Hörst du was?«, fragte der Sohn.

»Ich höre nichts«, entgegnete der Vater.

»Hej, es hat aufgehört, wir können schlafen. Warte, jetzt probiere ich es noch auf der anderen Seite. Mist, hier kommt noch etwas runter.

Gib mir mal ein paar Tempos und das Taschenmesser«, und schon stopfte er damit zwei kleine Löcher dicht.

»Klasse, mein Sohn, nun noch die Schlafsäcke raus, die restlichen Sachen an den Querbalken gehängt und dann poofen«, die Stimme des Vaters klang erleichtert.

Sie torkelten wie zwei Nachtwandler durch die Hütte, rollten die Schlafsäcke aus, surrten die Reißverschlüsse zu, rollten sich zusammen, so gut, wie es auf den schmalen Bänken möglich war und schliefen einen völlig traumlosen, wunderbaren Schlaf.

Als Robert erwachte und das Sonnenlicht fahl durch die duftenden Fichtenzweige lugte, war Robert wie damals zumute, als er noch ein kleiner Junge war und jemand sagte: »Du musst jetzt aufstehen!« Er sprang auf, zog sich seine Schuhe an. Der Bach war über Nacht angeschwollen. Er beugte sich darüber, schöpfte mit den Händen die klare, kalte Flüssigkeit und wusch sich den Schlaf aus den Augen.

Später weckte er sanft seinen Sohn: »Sie müssen nun aufstehen! Ich komme vom Roomservice des hiesigen Hotels. Was wünschen der Herr zum Frühstück?«

»Ach Papa, nur noch ein Viertelstündchen«, und schon drehte er sich wieder um.

Heute waren die Rucksäcke waren etwas leichter, schließlich hatten sie auch eine Menge gegessen und getrunken. Noch einmal ging es die Brockenstraße hinauf. Mit ausgeruhten Knochen bewältigten sie die kurze Strecke in wenigen Minuten. Auf dem Gipfel waren nur drei Menschen, die auf ein weißes, wallendes Wolkenmeer blickten. All die Bergspitzen schienen darauf zu schwimmen wie keglige Eisschollen. Robert und Benjamin fühlten diese Freiheit, wie man sie nur auf dem Gipfel eines Berges fühlen kann, die grenzenlose Freiheit, über den Wolken zu schweben.

Doch die Sehnsucht nach etwas Warmen war sehr groß, und so eilten die beiden hinab, um in der gemütlichen Stube, einen heißen Kaffee zu genießen. Erstaunt nahmen sie zur Kenntnis, dass am Nachbartisch eine Gruppe von Wanderern saß, die alle schon über tausendmal den Brocken bezwungen hatten. Plötzlich fühlten sie sich ganz klein.

»Also los!«, sie standen auf und machten sich auf den Weg bergab. Es war genau der richtige Zeitpunkt, sich zu verabschieden und diesen stillen, allumfassenden Himmelsraum zu verlassen. Aus der ersten Brockenbahn schwärmte eine Heerschar von Touristen, die mit Fotoapparaten, Kameras und Funktelefonen bewaffnet, wie eine Horde Paviane dem Gipfel entgegeneilten.

Bald bogen sie ab ins vier Kilometer lange Eckerloch und hüpften wie Frösche, oder besser noch wie Gämsen, von Stein zu Stein. Für sie war es ein wunderbares Gefühl, die ermatteten Wanderer mit ihren heraushängenden Zungen zu beobachten und sich zu freuen – nein, es war keine Schadenfreude – es war die Freude über die Leichtigkeit des Abstiegs.

Je tiefer sie hinabstiegen, desto fröhlicher plätscherte der Bach neben ihnen, desto drückender wurde aber auch die Luft im Wald. Die Sonne sandte ihre glanzvolle Pracht der Erde entgegen. Roberts Körper reagierte prompt mit Bächen von Schweiß. Da nutzte es auch nicht, den Schatten der wunderbaren Bäume zu suchen.

Von weitem schon hörten sie den lieblichen Glockenklang der Brockenbahn. Bim, bim, bim. Unter schnaubenden Dampfschwaden erhob sich ein ehrwürdiges Relikt vergangener Zeiten aus der Waldschneise, ließ einen durchdringenden Pfiff erklingen und mühte sich röchelnd, einige Waggons hinter sich herziehend, gefüllt mit neugierigen Reisenden, die die Wanderer teils wie seltene Geschöpfe betrachteten, teils ihnen heiter zuwinkten, an den beiden vorüber den Berg hinauf.

Noch einmal ging es über alte Krakenwurzeln und über sandigen Waldboden durch die schattigen Wälder, doch war das Geflüster der Waldgeister viel heiterer und man meinte, zwischen den knorrigen Stämmen ein paar Elfen tanzen zu sehen. Vielleicht hatten sie sich nur als Schmetterlinge verkleidet. Wer weiß?

Robert und Benjamin hatten das Eckerloch hinter sich gelassen und wanderten nun auf weichen Waldwegen zur alten Bobbahn in Richtung Schierke. Grüne Tannen, Vogelgesang, Himmelsbläue und Kräuterduft säumten ihren Weg. Munter schwatzend liefen sie dahin, atmeten kraftvoll die gesunde Luft. Urplötzlich, wie in einem glücklichen Traum so unvermittelt, war alles vorbei. Sie schritten über die Straße, da waren Häuser, da parkten Autos unter Bäumen und da stand Ella, Roberts Frau und Benjamins Mutter, die die beiden müden Wanderer sehnsüchtig erwartete.

»Endlich seid ihr wieder da!«

»Lasst uns in ein Restaurant gehen, etwas Kräftiges essen und etwas Kaltes trinken, wir kommen fast um vor Hunger, ist es nicht so, mein Sohn?«

Das sonst so idyllische Schierke hatte sich vollständig verändert. Wo man auch hinsah, überall bevölkerten grauenerregende Teufel und furchteinflößende Hexen die Ortschaft, sie klebten förmlich an den Giebeln der Häuser, saßen auf hohen Dächern und in grünen Gärten. Lebendig streunten sie durch die Straßen, ritten auf ihren Besen, erschreckten harmlose Urlauber. Allerorts loderten Feuer unter großen Kesseln und riesigen Rosten, und es roch nach gebratenem Fleisch, nach Kräutern, nach Zwiebeln, nach Liebesträken, nach kräftigen Elixieren.

Die Sonne lachte aus vollem Hals auf das bunte Treiben hinab. Gaukler in bunten Kostümen trieben allerlei Narretei, der Musikus spielte auf seiner Laute, Frau Hilda entfachte die Spielwut der zauberhaften Gäste. Die Elfen erschienen auf der Erden.

War das ein Leben! War das ein buntes Getümmel! War das ein Osterspaziergang aus Goethes Faust am Wulpurgistag. Es blühten die Kirschen, und die Apfelbäume und versprühten einen berauschenden Duft. Und es war wunderschön.

Auf einmal trat eine junge, bezaubernde Hexe auf Benjamin zu, kitzelte ihn mit ihrem Besen, lachte ihr Hexenlachen, streichelte ihm mit ihren langen Fingern das Haar, und mit ihrer kichernde Stimme fragte sie ihn: »Willst du mit mir gehen, schöner Jüngling?«

»Wohin willst du denn mit mir?«, fragte er zurück.

»Komm mit auf den Brocken zum Hexentanz, dort werde ich dich verzaubern«, antwortete sie mit kesser Zunge und verwegenen Augen.

»Mich dürstet es sehr und mein Leib verlangt nach Speise. Verzeih meine Gute, doch der Moment ist mir jetzig nicht recht, versucht woanders euer Glück«, lachend ging er weiter.

Blitze schossen aus ihren Augen und ihr Besen tanzte auf seinem Gesäß. Und die frohgemuten Menschen badeten in Heiterkeit.

Schrammsteine

»Schau dir das mal an, Ella! Das Hochwasser vor zwei Jahren hat aber mächtig gewütet! Hier bauen sie ja alles neu!«, rief Robert aus, als die zwei durch die Straßen von Pirna fuhren.

In einem flüchtigen Augenblick tauchten Ella und Robert in die zarten Erinnerungen an jene Stadt unter der Burg ein, die man liebevoll das kleine Prag oder das erhabene Portal zur Sächsischen Schweiz nennt. Vor Jahren hatten sie inmitten unvergänglicher architektonischer Wunder, verschlungener Gassen und versteckter Innenhöfe geweilt. Kein Staunen erweckt es, dass der venezianische Virtuose Bernardo Bellotto, bekannt als Canaletto, die Schönheit von Pirna auf seine Leinwand zauberte. Unvergessen bleibt die Darstellung des Marktplatzes, der sich in seiner ursprünglichen Pracht darbietet. Das Rathaus erhebt sich majestätisch auf dem quadratischen Platz, umgeben von anmutiger Zierde. Drei erhabene Wahrzeichen prägen das Stadtbild: der grazil geschwungene Turm des Rathauses, der monumentale Bau der Marienkirche mit ihrem steinernen Dach und dem gewaltigen Turm sowie die hoch über der Stadt waltenden Überreste der Festung Sonnenstein. Mit dem Einbruch der Nacht jedoch verschleierten sich all diese Herrlichkeiten vor ihren Augen, und sie schwebten durch die mondbeschienenen Straßen, deren Serpentinen sie leise den Berg emporführten, bis sie den verabredeten Treffpunkt erreichten.

Beide sprangen aus dem Wagen und betraten das Restaurant. Der Geruch von Pommes und Hamburgern schlug ihnen entgegen. Sofort eilte eine junge Servicekraft diensteifrig herbei, um ihre Wünsche entgegen zu nehmen.

»Kaffee groß oder klein?«

»Groß!«

Ella und Robert blieben eine Zeit am Tisch sitzen. Robert hatte das Gefühl, als sei dieser Blick in das winterlich nächtliche Pirna ihm vertraut, als wäre er nach einem kurzen Aufenthalt in einer fremden Gegend hierher zurückgekehrt.

»Dieser LKW-Fahrer war vielleicht ein Idiot, blockiert einfach zwei Fahrbahnen!«, polterte Ella ihren Frust heraus.

»Nun vergiss doch diesen Unglücksraben! Der Kaffee ist köstlich und wunderbar heiß. Weshalb wolltest du nur, dass wir ihn aus Eimern trinken?«, fragte Robert sie.

»Ich konnte doch nicht ahnen, dass wir solch enorme Becher bekommen!«

»Es ist wirklich eigenartig. Gestern Nacht, als ich nicht gleich schlafen konnte, habe ich mir genau überlegt, was ich dir alles erzähle könnte. Mir fielen die Worte ein, ganze Sätze hatte ich mir überlegt, aber jetzt... Es ist mir so, als wäre ich gar nicht getrennt von dir gewesen, wo du nun wieder bei mir bist. Jeden Tag ging ich früh im Dunkeln aus dem Haus und kam beim Laternenlicht wieder heim und dann habe ich gemütlich gegessen. Danach ging ich an mein Arbeitsgerät. Du weißt ja, ich muss täglich mein Gedicht schreiben, Briefe beantworten und für eine Internetseite aktualisieren. Danach fiel ich wie tot ins Bett. Jeder Tag hatte ich etwas Besonderes erlebt. Du weißt ja, wie das ist«, berichtete Robert lächelnd.

Plötzlich sprang die Tür auf, Rike stürzte herein und umarmte die beiden Wartenden stürmisch. Christian und seine Frau Kathi folgten ihr gemächlich nach, ihre Begrüßung viel genauso herzlich aus.

»Ich freue mich so auf das Wochenende mit euch! Wartet ihr schon lange?«, fragte Christian.

»Unser Kaffee ist heiß und noch nicht ausgetrunken. Es kann demnach nicht sehr viel Zeit vergangen sein. Möchtet ihr etwas essen?«

»Das machen wir später. Wir haben einen ganzen Rucksack voll Essen im Auto. Jetzt nur einen Cappuccino«, antwortete Christian und ergänzte, »wir hatten die warmen Jacken vergessen! Das Auto war voll und wir waren bereits eine halbe Stunde unterwegs, da bemerkten wir es erst.«

»Einerlei, es hat ja prima gepasst. Wir hatten gerade eine kleine Pause gemacht und in Heidenau eine Rostbratwurst gegessen.«

Die beiden Neuankömmlinge tranken in Ruhe ihren Cappuccino, während Rike, quicklebendig wie immer und in einem fort plappernd, an ihren gebackenen Kartoffeln knabberte.

Nach dieser kurzen Aufwärmphase ging es weiter. Christian fuhr vorneweg. Die Straße folgte in Wellenlinien dem Elbtal: Königstein,

Bad Schandau. Die Lichter der Stadt spiegelten sich im nächtlichen Fluss, der sich träge dahinwälzte. Kurze Zeit später bogen sie in den Zahnsgrund ein. Sie setzten ihren Weg auf dem jenseitigen Ufer des Baches fort und kamen bald zur Ostrauer Mühle, die romantisch inmitten von Wald und Fels den Wanderern Quartier bot. Von Bad Schandau aus fährt durch dieses malerische Tal seit über einhundert Jahren eine Straßenbahn bis hin zum Lichtenhainer Wasserfall.

Die Pension schmiegte sich idyllisch zwischen Berg und Bach auf eine kleine Anhöhe. Leise rieselte der Schnee, während sie ihr Gepäck aus dem Auto luden. Die Zimmer waren einfach eingerichtet. Im großen Aufenthaltsraum nahm eine junge Familie gerade ihr Abendbrot ein. Wenige Minuten später hatten auch die Neuankömmlinge ihren Tisch mit Brot und Wurst gedeckt und das Teewasser sprudelte wie die Worte aus ihren Mündern.

»Und wie wird unsere Tour morgen aussehen? Wo gehen wir lang?«, fragte Robert, an seinem Wurstbrot kauend.

»Nun sei doch nicht so ungeduldig. Nach dem Abendbrot schauen wir gemeinsam auf die Karte, dann zeige ich euch den Weg!«, antwortete Christian malmend.

Es war gebräuchlich, dass Christian erst mit der Planung begann, wenn alle bereits vor Ort waren. Robert hatte sich bereits Christians spontanen Einfälle gewöhnt, wunderte sich also nicht so sehr über die intuitive Art, mit der er den Verlauf der bevorstehenden Wanderung konzipierte.

»Wir müssen auch noch etwas spielen, Monopoly oder Rommé!«, schlug Rike vor.

»Ja doch, ja«, entgegnete Ella etwas genervt, »lass uns erst einmal aufessen und den Tisch abräumen. Dann kann es losgehen.«

Gesagt, getan. Der Tisch wurde abgeräumt. Christian und Robert spülten das Geschirr.

»Ach Brüderchen, schön dass wir uns nach so langer Zeit endlich wieder sehen, du wirst begeistert sein, was ich mir für eine Tour ausgedacht habe. Sag, wie geht es dir?«

»Großartig – na ja fast großartig, wenn man davon absieht, dass ich mich ab und an etwas manipuliert fühle«, entgegnete Robert.

»Wie meinst du das, Großer?«

»Als Lehrer bist sicherlich ein gescheiter Mensch. Deine Meinung gilt etwas. Besonders gilt aber deine Meinung, wenn du sie gegenüber unserer Mutter äußerst, weißt du? Was du sagst, ist wie ein Postulat, das von Mama wie ein biblisches Gesetz akzeptiert wird – quasi wie eine Schülerin, die vom allmächtigen Lehrer Weisheiten vermittelt bekommt.«

»Jetzt übertreibst du aber, mein Lieber!«

»Mag sein, kleiner Bruder. Manchmal ist ja auch umgekehrt. Da lässt du deine Verbundenheit zu Mama heraushängen, in dem du dich bei ihr vorsätzlich einschmeichelst. Oder ist es deine eigene Meinung, mir vorschreiben zu wollen, wie ich mich zu kleiden habe? Bist du inzwischen so konservativ geworden, dass du vergessen hast, wie du früher herumgelaufen bist? Glaubst du etwa, Ella hätte mich zu meinem Bandana angestiftet? Sie ist zwar eine dominante Frau, gegen die ich mich so manches Mal nicht zu wehren in der Lage bin, doch ab und zu habe ich schon meinen eigenen Kopf«, reagierte Robert etwas missgelaunt.

»Du hast Recht, ich habe mich von Mama anstiften lassen, weil ihr dein Tuch nicht gefällt. Tut mir leid. Ich kann mir auch vorstellen, dass es dir kein Vergnügen bereitet, wenn Ella in manchen Dingen ihren Willen durchsetzt. Wer ist davon schon angetan?«

»Ja und wenn ihr etwas nicht passt, dann tut sie es einfach nicht. Nach dem Motto: was ich nicht will, will ich nicht. Deshalb gab es auch nie eine Versöhnung zwischen ihren und unseren Eltern, weil sie es nicht wollte.«

»Nun steigere dich mal nicht so rein, mein Lieber. Jetzt trinken wir erst einmal ein Schlückchen Rotwein und dann sieht die Welt schon ganz anders aus«, beruhigte Christian seinen Bruder.

Sie gingen zurück in den Speisesaal. Während Robert die Karten mischte, kredenzte Christian einen milden Rotwein im Becher.

»Sieh mal, Robert mischt wie ein Profi!« lachte er.

»Im Nebenberuf bin ich Croupier«, scherzte Robert.

»Es soll schon jemand tot gemischt haben. Nun teile endlich aus!" forderte Rike Robert auf.

»Ich freue mich auf unsere diesjährige Wanderung, Brüderchen«, wiederholte Robert, »schön, dass diesmal auch die Damen dabei sind. Schade nur, das unser Großer ein Ligaspiel hat.«

Christian sortierte seine Karten und entgegnete: »Bella wäre sicher auch mitgekommen, wenn Benny hier wäre. Mist! Was sind das für Karten?«

»Ich kann auslegen!« meldete sich Rike.

»Na dann, zum Wohl!« Kathi hob den Becher.

»Ich freue mich schon auf Weihnachten! Dann werden wir mal ganz in Familie sein«, wickelte Christian einen neuen Faden.

»Oh ja, da freue ich mich auch drauf«, antwortete Robert, »wir waren so lange nicht zusammen zum Familienfest.«

»Das kannst du nicht sagen! Denk an deinen Geburtstag!«, warf Kathi ein.

»Weihnachten ist aber etwas Besonderes!«

»Was gibt es denn zu essen?«, fragte Rike neugierig.

»Na wie immer, Kartoffelsalat und Würstchen«, warf Ella ein.

»Brrr! Dass ist doch kein Weihnachtsessen! Zu Weihnachten gibt es doch etwas Richtiges!«, Rike verzog etwas ihren Mund.

»Bei uns, meine Liebe, gibt es am Heiligen Abend immer Kartoffelsalat und Würstchen. Den Braten gibt es erst am ersten Feiertag", erklärte Ella.

Rike hatte sich bereits vom Thema entfernt und triumphierte, »Rommé! Gewonnen!«

Weihnachten wurde unwichtig und die Spieler müde.

»Lasst uns ins Bett gehen. Morgen wollen wir wandern«, schlug Christian vor.

»Gute Idee, Rike hat gewonnen und wir haben ohnehin keine Chance! Also: hopp, hopp ins Bett!«, resignierte Robert.

Am Morgen schimmerten die Tannen strahlend weiß vom frischen Schnee. Schiefergrau wölbte sich der Himmel über die nahen Felsen, und die Wolken, blass und eisgrau, konnten sich nicht am verdeckten Licht der Sonne entzünden.

Der Abschied von der Hütte war kurz und ohne viel Gerede. Sie fuhren langsam den Hang hinab, um in Bad Schandau den Taleingang zu erreichen. Die Zweige bogen sich unter der weißen Last, die Straße war weiß. Irgendwann endete die traurig schwere Einöde am Elbtal von Bad Schandau. Sie rollten ein paar Kilometer elbaufwärts zur Schrammsteinbaude. Dort stellten sie ihre Fahrzeuge ab und begannen ihre Wanderung.

Hier begann das wilde und gefährliche Elbsandsteingebirge, in dem die Dämonen der Leidenschaften ihre Wohnstätten haben. Zwar bot es sich ihren Blicken als ein freundliches, in grelles Schneelicht getauchtes Felsenland dar, doch erhoben sich über den üppig bewaldeten Kegeln, in einem opalisierenden Braun getaucht, furchtbar nackte Felsen, deren Grate die Wolken zerfetzten. Hier also begannen die Geheimnisse und die Rätsel dieses Gebirges, das so Legenden umwoben gilt.

Stille herrschte, die wie ein ewiges Knistern fühlbar war, in der es weder Hall noch Echo zu geben schien, und die jegliche Laute in sich aufnahm, geheimnisvoll, so wie ein tiefes Wasser einen Stein in sich aufnimmt, den man hineinwirft. Die Wanderer schritten die Stufen hinauf. Immer war ihnen, als hätten sie soeben den blauen Schatten des Bergwaldes betreten. Der Sinn dieses reglosen Waldes, heute so unbetreten und so unberührt, musste wohl durch dieses knisternde Schweigen seinen Ausdruck finden.

Es rief kein Vogel, es surrte kein Käfer in der Luft. Diese war voll von harzigen Gerüchen. Dennoch lebte es rings, nur geahnt durch die Spannung, die in der ungewohnten Stille war, es wurde nur nicht sichtbar, und es musste wohl ein höherer Sinn dazu gehören, es unmittelbar zu empfinden.

»Schade, dass Martin sich nicht an unserer Wanderung beteiligt«, unterbrach Christian die Stille.

»Das ist wahr, aber man bekommt das kleine Brüderchen einfach nicht dazu«, bestätigte Robert.

»Ich weiß nicht, weshalb er so ist, wie er ist, doch es macht mich traurig, dass er sich von der Familie abkapselt.«

»Er ist, glaube ich, unglücklich. Ich bin mir nicht sicher wieso, aber es kann nicht gut sein, wenn man so viele Stunden arbeitet, dabei kaum etwas verdient, und seine Träume vergessen zu haben scheint.«

»Weißt du denn, ob es so ist? Ich bin mir da nicht sicher. Doch was sein Traum ist, darüber redet er nicht. Irgendwie kommt es mir so vor, dass, seitdem er verheiratet ist, sich nichts verändert hat. Er kommt von der Arbeit nach Hause, schläft, schläft und schläft. Das kann es doch nicht sein?!« resignierte Christian.

»Am schlimmsten finde ich, dass er so wenig mit seinen Kindern unternimmt! Gerade die Zeit, die man mit seinen Kindern verbringt, bleibt ihnen später im Gedächtnis haften, egal was man macht. Ich weiß noch, wie ich mit Benjamin einen Urlaub verbrachte. Es war so schön und voller Abenteuer, dass er sich heut noch daran erinnert – auch wenn ich etwas unterlassen habe auf dieser Reise. Erinnere dich doch nur an die Wintertour mit ihm! War das nicht großartig?«, erkundigte sich Robert.

»Das war toll! Ich weiß es noch wie heute und ich bin mir sicher, er erinnert sich genauso daran. Auch ich nahm meine Töchter überall mit hin. Genauso entsinne ich mich an die Reisen, die wir mit unseren Eltern unternommen haben«, fiel es Christian ein.

»Sind sie nicht wunderbar, diese Erinnerungen?«, schwelgte Robert in Rückblenden.

Vor ihnen wölbte sich ein felsiger Buckel, ein dünnblättriger Strauch zierte ihn. Gegen den verhauchten Opalschimmer des kahlen Felsens, der wie eine kunstvolle Silhouette stand, wuchtete sich der vordere Torstein der Schrammsteinkette dem Himmel entgegen.

Einige Minuten überstrahlte die Wanderer ein helles Licht, als sie den Felsen erreichten, eine blendende Garbe weißer Sonnenglut. Sie hielten an, um sich zu orientieren. Christian, der diesen Weg schon einmal gegangen war, schien etwas unsicher. Vor allem machte er sich Gedanken, um die beteiligten Personen, denn nun begann ein steiles Bergkraxeln auf vereisten Stufen.

Zwischen Zackenkrone und Osterturm stiegen die Wanderer den verschneiten Weg zum Schrammtorwächter empor. Nun erst begannen die Geheimnisse und Rätsel dieser Felsenlandschaft auf alle zu wirken. Die verschneiten Fichten rückten nahe an den Weg heran, der mühsam und verwunden war. Zur Linken gähnten tiefe Schluchten, auf der rechten Seite wuchsen die Felsen in den Himmel, die so eigenartige Namen wie Steinnadel, Wetterhaube oder Eunuch trugen. An einer Weggabelung hielten sie erneut an, um sich zu orientieren. Christian holte zur Sicherheit die Karte aus dem

Rucksack, zögerlich blickte er um sich, die Karte in den Händen. Dann entschied er: »Wir steigen zum Schrammsteinweg auf!«

Nach wenigen Schritten verwandelte sich der Weg zum Steig. Christian stand auf einem Felsblock und half den anderen hinauf. Alle überholten ihn und stiegen weiter. Sekunden später entschwand er den Blicken der Gruppe, da sich der Weg steil hinaufwand und die Felswirrnis sich wie eine Mauer vor ihnen emportürmte. Steile Eisenstiegen, glatt vom frischen Schnee, zwangen zur Vorsicht, auf Leitern kraxelten sie höher und höher. Hinter ihnen breitete sich eine wahrhaft heroische Landschaft aus, in der Riesen hätten wohnen können. Heiß wurde es den Wanderern unter den dicken Jacken, ängstlich blickten sie nach unten.

An der Elbaussicht legten sie eine kurze Rast ein. Den Aufstieg zur Schrammsteinaussicht verweigerte ihnen der verantwortungsvolle Bruder. Es sei einfach viel zu gefährlich. Bei einem Becher Tee genossen sie die Aussicht. Bis zum Horizont erstreckten sich blaugrün, mit feinem Puder bedeckt, die Tannen wie dicht gewobene Teppiche, unterbrochen von unheimlich schroffen Sandsteinfelsen, die nackt und kahl gewaltig emporstiegen in das helle Grau des Vormittaghimmels. Der einsame Schrei eines Eichelhähers erfüllte die Luft.

Nun begann ein wahres Abenteuer. Der Schrammsteinweg führte die Bergwanderer über einen Grat über Stock und Stein mit vereisten Leitern und Treppen. Zu beiden Seiten fielen die Wände senkrecht nach unten. Wolkenschwaden schwebten in leiser Unruhe tastend zwischen den Felsen. Wie ein Bild der Schwermut standen Felstürme im Dämmerlicht. Tief im Tal und von Dunst bedeckt schlängelte sich das schwarz schimmernde Band der Elbe. Hier oben, in dieser wild zerrissenen Landschaft hörten sie die Stimme der Berge und das gedämpfte Dröhnen der Felsen. Das Raunen der Felsengeister schlug wie ein hallender, zitternder Gongschlag an ihre Ohren. Ein sehnsüchtiges Klingen, Singen und Jauchzen. Der Wind zerrte am Wolkengrau, aus dem die Geister kicherten. Mühsam war der Weg mit seinen dunklen Tiefen. Wolken, wie wilde, graue Stuten, holten sie ein. Sie kamen aus tiefsten Tiefen und düsteren Klüften. Dann fiel in dichten Flocken Schnee auf die Felswände. Die Spannung zwischen ihren Urängsten und dem Bedürfnis, sie zu meistern, erforderte ihre ganze Aufmerksamkeit. Während die Kämpfe des Alltags viel zu oft von Nerven zerreibenden Stress gekennzeichnet sind, erforderte dieser gefährlichen Gratwanderung ein elementares Feuerwerk ihrer Sinne und Körperkraft.

In wenigen Minuten war die Landschaft um die Kletterer eine andere geworden. Die schroffen Felsstürze waren für einen Augenblick verschwunden. Dichtes Schneetreiben begleitete sie auf ihrem Weg zwischen Tannen und Birken. Dann brach plötzlich das dumpfe, gelbe Licht der Sonne aus den beleibten Wetterwolken, gerade rechtzeitig, um einen wundervollen Ausblick auf die Schrammsteine und das Elbtalhorn zu werfen. Rike machte es riesigen Spaß, einen Schneeengel auf das Hochplateau der Breiten Kluft zu zaubern.

Vor ihnen öffnete sich ein imposantes Felsental – das schwarze Loch – eingesäumt von verschneiten Tannen, durch die sie am Rande des Tales stapften. Noch einmal hatten sie einen kurzen Blick auf die Lorenznadel werfen können, einem schmalen Felsdorn am Ende der Lorenzkette. Wenig später erreichten sie auch schon den Schokoladenfelsen. Rike erklärte, weshalb dieser Sandsteinblock so hieß.

»Hier machen wir immer Pause und es gibt Schokolade.«

»Na, dann wollen wir heute davon keine Ausnahme machen«, sagte Ella und kramte einige Riegel Süßes aus dem Rucksack.

Der weitere Weg führte die Familie ununterbrochen durch den Tannenwald, der, wie verzaubert vom überraschenden Winter, eine märchenhafte Stille atmete. Hoch über seinen Rand ragten bald zackige, mächtige Pfeiler und Dächer, unverständlich in ihrer Form. Riesige Wehrbauten türmten sich. Märchenhaft war der blauweiße Glanz dieser geheimnisvollen Bauten. Durch eisige Schluchten wand sich der Weg. Knorrige Bäume wuchsen wie krummbeinige Spukgestalten aus dem Fels. Um die vereisten Klippen spritzte aufzuckendes Sonnenlicht auf die eisernen Leitern, die den Ausstieg aus der Finsternis markierten. Überhänge sprangen wie dunkle Raubtiere auf die Wanderer zu. Wunderliche Felsenbuckel, wie von Riesen dahingeworfen, lagerten auf labilen Spitzen. Es schien, als bräuchte man sie nur mit einem Finger anzutippen, um sie vom

Sockel zu stoßen. Links vom Weg die Promenadenspitze. Weiter ging es auf dem Zurücksteig bergab, die Felsenstufen glatt vom nassen Schnee. Eine Umkehr war unmöglich, deshalb war äußerste Vorsicht geboten.

»Passt bloß auf!«, riet ihnen Christian, »Wenn hier einer von uns stürzt, kommen wir ohne Hilfe nicht wieder herunter!«

»Und wenn die Bergrettung endlich erscheint, findet sie einen Haufen Ötzis«, scherzte Robert mit verkrampftem Gesicht zurück.

Kurze Zeit später erreichten sie einen Kreuzungspunkt. Es war, als hätte gerade der Berufsverkehr eingesetzt. So viele Wanderer drängten aus allen Richtungen auf die kleine Lichtung zu, vom Promenadenweg, der zu den Affensteinen führte, vom Reitsteig, der an der Wenzelswand vorbei ging und von der heiligen Stiege, die vom Heringsgrund heraufkam.

Bald schon hatten sie die Heilige Stiege erreicht und machten sich auf den eindrucksvollen Abstieg über die meterlangen, glitschigen Leitern zum Grund der Schlucht, im Rücken die Bussardwand mit den Bussardtürmen. Wortkarg vor innerer Spannung kletterten sie vorsichtig Sprosse für Sprosse abwärts. Das gelbe Licht der kraftlosen Wintersonne malte Arabesken von Schatten auf die im Schnee glitzernden Felstürme. Eine dürre Birke wippte mit ihrer kalten Last im Lufthauch hin und her, und ihr vergilbte Laub begann leise zu knistern wie Papier. Während Robert sich mit einer Hand krampfhaft an der Leiter festhielt, konnte er mit der anderen noch ein paar Fotos schießen. Es waren Bilder voller Traurigkeit. Wortlos wandte er sich um und stieg weiter hinab in die dunkle Schlucht.

Wer je diese Landschaft bis ins Innerste erlebt hat, der muss begreifen, dass die Idee dieser Felsenkulisse der geballte Ausdruck der Natur ist und ihre märchenhafte, stets veränderliche Form das Werden und Vergehen des Seins beinhaltet.

Es war still im Wald. Die riesigen Fichten stachen in den bläulichen Himmel, sie glitzerten, wie mit Diamantstaub eingepudert.

»Welch ein Tag!«, sagte Christian stöhnend vor Wonne. »Das ist die Sächsische Schweiz! Das ist mein Zuhause!«

»Gibt es hier auch Bären?«, fragte Rike aus heiterem Himmel.

»Nein, das war mein Magen«, lachte Robert,»und wenn er nicht bald etwas zu futtern bekommt, dann falle ich tot um! Ich könnte mich sofort hinsetzen und fressen wie ein Tier, mit den Zähnen Fleisch vom Knochen reißen, schmatzen, kauen…«

»Nun sei schon friedlich, gleich gibt es was. Da vorne ist ein guter Lagerplatz unter der großen Tanne, mein kleiner Wolf«, schlug Ella versöhnliche Töne an.

»Hihihi, kleiner Wolf«, gluckste Rike vergnüglich.

Als der Tee in den Bechern dampfte und jeder sein Hasenbrot lautlos mümmelte, zog ein behagliches Wohlgefühl in die Mägen ein.

Robert sah Rike beim stillen Kauen zu. Ihr kindliches Gesicht, ihre großen Augen unter den blonden Haaren, ihr schmaler Körper und die schlanken Beine wirkten so zerbrechlich, dass er Hochachtung vor ihr empfand, diese Wanderung überstanden zu haben.

»Noch eine Krakauer gefällig?«, fragte Christian in die Runde.

»Her damit!« Und schon biss Robert in die würzige Wurst hinein.

»Wir können nun den Heringsweg bis nach Schmilka wandern und von dort an der Elbe entlang oder wir wandern auf dem Elbleitenweg zurück bis zum Schrammtorwächter«, entwarf Christian zwei Alternativen.

»Was ist denn kürzer?«, fragte Kathi, und Ella pflichtete der Frage bei.

»Beides ist etwa gleich lang. Von der Elbe müssten wir aber noch einmal richtig aufsteigen zur Schrammsteinbaude. Außerdem könnten wir den Teufelsturm noch einmal sehen, wenn wir auf dem Elbleitenweg entlanggehen.«

»Du mit deinem Teufelsturm«, schnaufte Rike.

»Gut, dann marschieren wir diesen Weg«, entschied Robert für alle. Nachdem Frau Holle noch einmal kräftig ihre Betten geschüttelt hatte, trat die Sonne aus den abwandernden Wolken, sank aber schon bedenklich dem westlichen Horizont entgegen. Es war windstill und fast geräuschlos im Wald. Wie dunkle Götzen erhoben sich der Winklerturm und der Rauschenstein gegen den Himmel. Die Wanderer schritten auf einem schmalen Pfad durch den finster werdenden Wald. Eine Kiefer an einer lotrechten Wand, auf einem steil ragenden Felsvorsprung kämpfte mit den anrückenden Nachtwolken, stemmte sich in den Felsen, reckte ihre langen, Silber überpuderten dunklen Arme in den frostigen Abend, kraus, verzerrt, verzweigt die Äste. Schemenhaft sahen sie nun die Breite Kluft von unten, Wolkenschleier neigten sich, schwebten wie weiße Gespenster zwischen den Felsen. Schmerzlich grausam das Lächeln des Luzifers, der sich mit seinen Hörnern wie der Torwächter der Hölle als riesige Felsengestalt aus dem Wald erhob. Hohn und Lust der Macht klang aus der Höhe zu ihnen herab zur Erde. Schon verlor sich sein grausames Lachen im Gestrüpp.

Mit der versinkenden Sonne versank auch der Wald in einen noch tieferen Frieden und auch die Wanderer verfielen in ein Schweigen, das sich der Natur angepasst hatte, auch weil die Müdigkeit in ihren Gliedern steckte und jede Bewegung mehr und mehr anstrengte. Während Roberts Seele noch im Rhythmus seiner Schritte pulsierte, trieb ihn die Sehnsucht des Wanderers in die Welt hinaus. Er war in die Wälder zurückgekehrt und werde es wohl wieder tun. Seine befreite Seele wanderte durch wallende, fahle Schattengestalten. Die Baumgeister erwachten knackend und raschelnd aus ihrem Tagesschlaf. Wie Spinnenheere und Krötentiere krochen die Erdgeister und Waldscharte aus ihren Spalten und Erdlöchern und Sträuchern. Grünschillernde Augen glotzen, starrten stumm mit gräulicher Glut, doch sie machten ihm keine Angst. Er hatte sich selbst besiegt an diesem Tag, und er lachte sie aus, die ihm so Furcht einflößend entgegentraten, gab sie ihrer Lächerlichkeit preis. Staunend erlebte er dieses Wunder. Diese Wunder zu erleben, wird für ihn zu jeder Zeit und immer wieder wunderbar sein.

Schneelicht am Gipfel

Niemals erwacht in dir der Wunsch, ohne die Kraft, ihn zu verwirklichen, sagte Richard Bach. Die Brüderwanderung begann in diesem Jahr im schönen Städtchen Bad Harzburg. Gleich vom Parkplatz aus stapften sie wie zwei Bergleute, mit Stirnlampen ausgerüstet, durch das Dunkel des Waldes, denn der Tag hatte der Nacht die Türklinke in die Hand gegeben. Nur ihr Atem und das Knirschen ihrer Schuhe durchbrachen die Stille des friedlichen Forstes. Bereits nach einer Stunde tat sich ein Märchenpalast vor ihnen auf. Ein Knusperhäuschen mitten im verschneiten Wald – das Molkehaus. Neugierig wie Hänsel und Gretel ließen sie sich in diesem Hexenhäuschen zu einem Bier verführen. Rehe und Wildschweine kamen aus dem Wald zur Fütterung, ganz nah, wie Mannequins auf dem Laufsteg.

Weiter führte sie der Weg durch den schneelichten Wald, bis sie an die Eckertalsperre gelangten. Diese Talsperre hat eine besondere Geschichte. Gebaut wurde sie von fleißigen Menschen schon vor vielen Jahren. Als jedoch der letzte große Krieg vorbei war und die Könige das deutsche Land teilten, konnten sie sich nicht darüber einigen, wem die Talsperre und der See gehören sollten. Und so teilten sie auch diese und stellten den Grenzstein mitten auf die Staumauer. Da sieht einmal wieder, zu welchen irrwitzigen Taten die Herrscher fähig sind. Vor den beiden lag nun der eisüberzogene See, knirschend und knackend, als wollte er sie aus seinem Revier vertreiben. Bald darauf erreichten Robert und Christian ihre Schutzhütte, und Christian frotzelte, was wohl wäre, wenn schon jemand darin wohnte. Das konnte doch nicht sein, oder? Zwei Hamburger brutzelten gerade ein paar Würste, als die beiden die Hütte erreichten. Sogleich waren sie herzlichst eingeladen. Sie unterhielten sie mit den beiden noch bis zur Mitternacht, bevor sie ihre Matten auslegten und in ihre Schlafsäcke krochen.

Die erstarrte Oberfläche des Eckerstausees knisterte von Ferne herüber, doch dies war nichts gegen das lautstarke Schnarchen ihrer Nachbarn. Robert war, als wollten diese mit Motorsägen alle Bäume des Harzes fällen. Er verlor sich erst gegen Morgen in Träumereien, als die fahle Wintersonne zaghaft über den Waldrand lugte. Der Frost hatte sich durch den Daunenschlafsack genagt und zwickte ihn an seiner bleichen Schwarte. Seine Nase leuchtete sicher wie ein Rubin. Der abkühlte Leib musste sich mit kaltem Tee, eisigem Brot, frostiger Wurst begnügen. Der Blick weitete sich über den See. In angemessener Entfernung thronte Vater Brocken und nicht weit davon der Gipfel vom Torfhaus. Die Sonne beleuchtete in lieblicher Manier die Gipfel. Die Natur hatte viel dazu beigetragen, damit die zwei vergnügt diesen Platz verlassen konnten.

Der Weg zu den Scharfensteinklippen ging durch einen dunklen Fichtenwald, die Bäume trugen weiße Mützen auf ihren Köpfen. Die Strahlen der Sonne durchbrachen die dunklen Nadeln und bündelten das Licht wie die bleigläsernen Fenster eines Domes. In dem Abschnitt des Waldes war Robert unbeschreiblich erregt. Solch ein Spaziergang durch die Natur ist für ihn das wahre Vaterland der Liebe. Wie herrlich wirkte diese zauberhafte Landschaft auf seine Seele, das Zwitschern versteckter Waldvögel, das Plätschern des aus dem Schnee sprudelnden Quells, das sanfte Rauschen des Windes in den Kronen. Tiefe Eindrücke hinterließen die Sinne auf seiner weichempfindlichen Seele.

Robert und Christian stiegen auf einen granitenen Felsen, Scharfensteinklippe genannt. Es war ein glückseliger Einfall von Christian, den Pfad durch tiefen Schnee und Felsen zu bahnen. Sie erkauften sich den Genuss der Aussicht mit dem Schweiß, der aus ihren Körpern während des Aufstiegs schoss. Es war ein schöner Platz mit einer prächtigen Aussicht auf den Stausee und den Brocken, der sich wieder einmal in Wolken zu hüllen anschickte.

Als die beiden wieder den Weg erreicht hatten, tranken sie noch einen Kaffee im Haus des freundlichen Rangers. Es war eine vortreffliche Idee, den alten, hässlichen Betonbau der Grenzposten gegen das warme Holzhaus der Waldhüter einzutauschen, denn ein schönerer Platz lässt sich schwer denken. Mitten im Gebirge hatten sie Aussicht auf drei Berge: den Brocken, Torfhaus und die Klippen, und im Tale fühlte sich die Ecker in ihrem Staubecken sehr wohl.

Nun folgten Robert und Christian dem geraden, steilen Weg, den die Kolonnen der Grenzsoldaten gut fünfundzwanzig Jahre marschiert sind, fünfhundert Höhenmeter mit einer Steilheit, die die Gifte aus ihren Körpern trieb. Die altbekannten Wurzelkobolde hatten mit den Schneegeistern ein Bündnis geschlossen, und gemeinsam raunten und kicherten sie den beiden hämische Botschaften hinterher. Die Natur erschien ihnen gleichsam in Lebensgröße und die Stapfen, die die Füße im jungfräulichen Schnee hinterließen, wirkten nach wenigen Schritten nicht anders als kleine Hasenspuren.

Es war sonderbar. Mit einem Mal wandelte sich das Bild. Nach einer letzten Biegung stieg die gewaltige Nadel des Sendemastes in die wabernden Wolken. Zur rechten und zur linken Hand schlichen die vergessenen Russlandarmeen Bonapartes schweren Schrittes in dicken weißen Mänteln. In der Ferne kräuselte sich der bunte Faden der Gipfelbahn um das weiße Haupt des Brockenvaters. Ihr Bimbimbim wehte zu den beiden herüber, als wollte der Glockenklang die Franzosen und Robert selbst zu Grabe tragen. Doch sein Herz blieb lebendig und schlug mit jedem Schritt höher. Die bloße Ansicht des Gipfels erwärmte es über alle Maßen. Und wie glücklich waren sie, wie heiß und innig rollten ihre Tränen, als ihre Füße das Gipfelplateau betraten. Sie hatte nichts im Sinn als das himmlische Glück und vergaßen darüber all die höllischen Qualen des Aufstiegs. Es war hier so still und fromm wie auf einem Kirchhof.

Das Ersteigen der Berge war, ähnlich dem Weg zur Tugend, besonders wegen der Aussicht, die man eben vor sich hat, beschwerlich. Drei Schritte weit sah man voraus, weiter nicht, und nichts als die Stufen, die erstiegen werden mussten, und kaum war ein Stein überschritten, gleich war ein anderer da, und jeder Fehltritt schmerzte doppelt, und die ganze Anstrengung wiederholte sich wieder und wieder. Aber Robert musste an die Aussicht denken, als er den Gipfel erstiegen hatte. Und wie herrlich war der Anblick des Harzes von dieser Höhe! Hügel und Täler und Städte und Dörfer, alles durcheinander wie ein gewirkter Teppich. Der Brocken mit seinem Kopfschmuck sah ernst auf die Stadt herab, und bewachte sie, wie ein Riese sein Kleinod. Um den Gipfel herum schlich ein Weg, wie ein Spion, und wand sich wie ein Otter, wagte aber nicht, sich in die Stadt zu schlängeln, sondern verlor sich in den Bergen. Ein Gefühl des

Sieges, des Sieges über sich selbst, über seinen gebrechlichen, charakterlosen, elenden kleinen Körper.

Die beiden waren auf dem Gipfel angelangt. Es war ein großes Glück, dass sie auf dem Gipfel einem Freund begegneten. Bald saßen sie gemeinsam in der Brockenhütte und schlürften Erbsensuppe mit Bockwurst, tranken Tee und schwatzten. Vor dem Fenster schnaufte qualmend die antike Brockenbahn zwischen sieben Meter hohen Schneewehen. Robert war in diesem Augenblick so glücklich wie ein kleiner Junge, der seine kleine Schwester mit schniefender Rotznase auf dem Schlitten nach Hause zieht, und sie singen beide selbst ausgedachte Lieder, und schneiden dem Schneemann Fratzen und sind ganz einfach sie selbst, bevor sie in die Küche treten und für die Welt des Ernstes wieder ein trübsinniges Gesicht aufsetzen müssen.

Aufgewärmt traten die Brrüder hinaus in das bleiche Schneelicht. Dies hatte ein großes Tor geöffnet und den Gedanken erlaubt, hinaus zu wandern. Der Himmel war Strich für Strich mit dunkler Ölfarbe übermalt und Väterchen Frost fegte mit Eiseskälte den kalkbleichen Schnee. Jeder Schritt beugte die beiden zu Boden. Sie waren tatsächlich müde. Jetzt hatte der Brocken sein Leben aufgegeben. Die lebendige Touristenmeute hatte mit dem letzten Zug das unwirkliche Gipfelplateau verlassen.

Langsam glitten die Bergstiefel durch die weiße Pracht. Im lockeren Schnee versanken die Fußspitzen bis zum Knie. Der Weg führte durch die kunstvollen Schneegebäude der Äste des natürlich gewachsenen Bergwaldes. Knorrige Gestalten mit tausend Armen bis hinab zum Boden. Wundervolle sechsstrahlige Sterne hatten sich auf ihnen niedergelassen, sie mit weißen Polstern versehen und in Schneegeister verwandelt. Die Kälte hatte sich unter Roberts Jacke orientiert und ihre Truppen über seinen Körper verteilt. Jetzt rückten sie gemeinsam zum Angriff vor. Es wurde Zeit für das Nachtlager.

Die Schritte der zwei führte zum kleinen Wolkenhaus, einem uralten Bau aus Feldsteinen, offen wie eine Bushaltestelle. Gab es etwas Schöneres, als hier oben, fern von Lärm und Hektik, eine Nacht zu verbringen? Wie wäre es, vor dem Schlafen, etwas Wärmendes trinken, vielleicht einen Kognak, philosophieren über Gott und die Welt und vor dem Schlafengehen nochmals vor die Hütte treten, um den großartigen Sternenhimmel zu beobachten – in klarer Luft und völliger Stille? Alle Mühen und Anstrengungen waren vergessen, als Meister Reineke neugierig und zutraulich wie ein Hund ganz nah an die Hütte der beiden schlich. Bald danach verbreitete sich wohlige Wärme in ihren Schlafsäcken, das Gefühl völliger Geborgenheit durchströmte Körper und Geist.

Die Nacht umhüllte die beiden mit eisiger Kälte, die bis auf zwölf Grad unter dem Gefrierpunkt sank, ein frostiger Atem, der die Welt in Stille erstarrte. Robert und Christian, in die warme Umarmung ihrer Daunenschlafsäcke gehüllt, zögerten, sich aus dieser tröstlichen Geborgenheit zu lösen, als ob die eisige Luft sie mit unsichtbaren Fesseln zurückhielt. Unter dem schroffen Gipfel erstreckte sich eine undurchdringliche Wolkendecke, ein graues Meer, das die Gipfel verschluckte und jede Hoffnung auf Sonnenstrahlen erstickte. Der Morgen dämmerte trüb und trostlos herauf, ein bleicher Schleier, der die Landschaft in melancholische Düsternis tauchte. Das Frühstück, einst ein verlockender Trost, entfiel: In der Thermosflasche trieben klirrende Eisbrocken wie gefrorene Edelsteine, und das Brot, hart wie Stein, widerstand jedem Versuch, es zu brechen, ein stummer Zeuge der unbarmherzigen Kälte.

Der Brockenwirt würde sich erst für die fahrenden Touristen aus seinem Bett schälen. Die beiden Brüder stapften dahin im milchigen Weiß. Bäume tauchten als konturlose graue Flecke auf, nahmen Gestalt an und verschwammen in die gespenstische Stille. Die entfesselten Lüfte hatten nicht nur den Gipfel kahl gefegt, sie hatten den Schnee modelliert, hatten die luftig liegenden sechskantigen Kristalle zu Mehl zerrieben und damit wunderlichste Formen gestaltet. Die Hand des Windes war deutlich zu sehen, sein Werk im Schnee erinnerte an Sanddünen der Sahara, nur waren diese kleiner, strukturierter, obwohl die großen, bis zu sieben Meter hohen Wehen an der Ostflanke schon das Format von Dünen erreichten.

Es war ein leichtfüßiges, elastisches Bergabgehen. Die Schneegeister winkten ihnen wehmütig zum Abschied hinterher. Es war so kalt, dass der Atem wie eine Wolke vor dem Gesicht stand. Unterwegs türmten sich erneut Steinblöcke, wie von Zyklopen wild durch die Gegend geworfen und seltsam knorrige Gerippe gestorbener Bäume,

Mahnmale des Lebenskampfes in subalpinen Höhen. Robert hatte das Gefühl, dieser Ort sei mit unerklärlichen Empfindungen und mystischer Atmosphäre aufgeladen, die von einem sensitiven Menschen erfahren werden wollten, wenn auch nicht von allen. Diese Interaktion zwischen Mensch und Ort konnte zu Halluzinationen führen, bei denen Erscheinungen gesehen oder Schritte oder seltsame Geräusche gehört werden. Robert erging es so, und es hätte ihn nicht gewundert, wenn der alte Goethe im Gehrock plötzlich neben ihm aufgetaucht wäre. Und, obwohl er sich einbilde, dass auch Christian ein gewisse Sensibilität besaß, doch seinem Brüderchen schien diese Art der Interaktion mit den Geistern nicht möglich zu sein.

Mit entschlossenen Schritten stiegen Robert und Christian weiter bergab, ihre Stiefel knirschten auf dem gefrorenen Pfad, während sich das strahlende Blau des Himmels zart mit den schwebenden Nebelschwaden vermischte, als ob die Natur ein sanftes Gemälde entwarf. Sonnenstrahlen durchbrachen mit goldenem Glanz das sich hebende Einheitsgrau, ein plötzliches Aufflammen von Licht, das die Augen urplötzlich blendete und die Welt in ein schimmerndes Schauspiel tauchte. Der Gipfel, der hinter ihnen aufragte, versank nun in einem undurchdringlichen Schleier des Nichts, während sie das Nationalparkhaus erreichten, dessen Türen sich ihnen jedoch verschlossen hielten. Eine Welle der Enttäuschung durchströmte die beiden, als die Hoffnung auf einen heißen Kaffee in der kalten Morgenluft verblasste, doch sie fanden Trost in einer Rast: Aus ihren Rucksäcken zauberten sie Brot, herzhafte Wurst und einen Krug kalten Tee hervor. Christian biss mit Bedacht in das frostige Brot, dessen Kruste unter seinen Zähnen knackte, während Robert mit einem Lächeln an einer vereisten Banane lutschte, deren süßer Kern sich mühsam durch die eisige Hülle kämpfte. Aus den lichten Wolken, die wie zarte Schleier über dem Tal hingen, sanken vereinzelte Schneekristalle herab, funkelnd im Morgenlicht, während in der Ferne ein einsamer Wanderer, wie ein schattenhafter Geist, dem Gipfel entgegenstrebte. Plötzlich durchdrang ein dumpfes, vibrierendes Brummen die Stille des Waldes. Nein, ein einsames Auto

pflügte sich durch den Schnee, aus dem der Ranger stieg mit einem fröhlichen: »Euch habe ich doch gestern schon gesehen! Kaffee?«
»Oh gern!«
Wohlige Wärme erreichte die Mägen, machte sie fit für den weiteren Weg. Dichtes Fichtendickicht säumte den Weg. Neben ihnen Relikte des kalten Krieges: faulendes Holz, Betonpfeiler, Stacheldrahtreste. Aus ihrem Verstecken im Grünen zwitscherten unsichtbare Sänger den Frühling herbei. Das quietschende Latschen verwandelte sich in dumpfes Getrappel. Die beiden traten aus dem Forst und blickten auf die Eisfläche des Stausees, die sich über Nacht verändert hatte. Offenen Stellen waren erneut zugefroren, wo gestern noch schwarzes blankes Eis schimmerte, glitzerte frisches Weiß. Ein kleines Rinnsal floss dahin, das Wasser langsam über Kiesel gluckernd, bevor es sich kopfüber in den See stürzte.

An der Muxklippe hatten sie eine weitere Begegnung mit vergangener Gewalt: ein altes Kriegerdenkmal für die Gefallenen des ersten Weltkrieges: Forstlehrling X, siebzehn Jahre alt, Forstlehrling Y achtzehn Jahre alt, Forstassessor Z, zwanzig Jahre alt. Und so weiter und so fort. Zeugen des menschenlosen Unverstands und von heißen Tränen der Mütter und Geliebten. Robert fiel die Geschichte von den Wesenlosen ein, von der Frage was denn wohl das Schönste im Leben sei. Und der Erste antwortete: »Freunde, das Schönste ist der Genuss. Sein purpurner Strom lässt alle, die in ihm untertauchen, vergessen, was fade, verwirrend und gemein ist.« Ein Zweiter entgegnete: »Das Schönste im Leben ist, wenn man beschieden ist, zu herrschen. Über die Menge hinauswachsen in die Höhen der Einsamkeit, Gesetze formen und sie befehlen ist das Höchste.« Und ein Dritter meldete sich: »Wenigen ward die Freude des Herrschens. Die Anerkennung meines Tuns durch die Welt ist das Beste.« Da trat das Schicksal in den Saal, und, obwohl sie es nicht sofort sahen, verstummten sie und atmeten angstvoll, als es sprach: »Soeben ist der Krieg erklärt!« Das Erstarren der Geister war wie ein Ersterben. Keinem bot das, was er als Höchstes gepriesen, Trost. Sie wussten, sie mussten jetzt für lange Zeit in die dunkelsten Tage der Menschen wandern.

Noch einmal bot den beiden das Molkehaus seine Gastlichkeit an. Eine heiße Suppe erheiterte ihr Gemüt, ein letztes Gespräch, ein

Lachen, Erinnerung und Ausblick einer Brüderwanderung. Wohin im nächsten Winter? Thüringer Wald? Erlebnisreich und gesprächsreich waren die letzten Tage. Eine untrennbare Liebe verband die beiden, Blut vom selben Blute, Geist vom selben Geiste. Waren sie beisammen, fühlten sie, wie eine ungewöhnliche Energie sie durchströmte und die Bindungsakkus auflud.

Im Reich der Berggeister

Mutterseelenallein saß Robert in einer Waldhütte. Es war nicht irgendeine Schutzhütte, wie sie üblich ist im ganzen Harz, nein, es war eine achteckige, auf Stelzen gebaute Hütte, die eher einem Kastell als einer dieser armseligen Unterschlüpfe glich. Regen tröpfelte auf das undichte Dach. Müde war er, die Schultern schmerzten von den Riemen des schweren Gepäcks. Unzählige Finken jubilierten im nahen Wald, in regelmäßigen Abständen schnaufte die Brockenbahn mit ihrer lebenden Fracht auf dem nahen Schienenstrang an ihm vorüber. Die letzten müden Wanderer marschierten im Dämmerlicht den Brocken auf Goethes Pfaden hinab. Es war friedlich, unheimlich friedlich in dieser Einsamkeit.

Robert hatte seine Brotzeit ausgebreitet: knupserbraunes Brot vom Bäcker, leuchtendrote Tomaten, scharfe Zwiebeln, milder Schafskäse und ein leckeres Bier, das er beim Brockenwirt erworben hatte. Schmatzend sinnierte er vor sich hin, seine Gedanken wanderten an den Anfang des erlebnisreichen Tages zurück.

Alles begann in Hasselfelde, einem Vorort von Wernigerode. Gemeinsam mit dem keuchenden Ungetüm der Schmalspurbahn hatte er sich vom Bahnhof verabschiedet, die Bahn auf eisernen Rädern und auf stählernen Schienen, er auf seinen geriffelten Sohlen seiner Wanderstiefel. Seine Frau und sein Sohn hatten ihn dort abgesetzt. Beide verspürten keine Lust, sich der Marter eine langen Wanderung zu unterziehen. Und so wollte sich der Sohn mit seinem Freund in Quedlinburg treffen, seine Frau zog es vor, die Großstadtluft von Magdeburg zu atmen.

Nun gut, mit seinen Muskeln und seinen Gedanken allein zu sein, war für Robert, der das eremitische Dasein ganz gern pflegte, sehr angenehm. Die Luft duftete nach Wald und Wiese, tiefgrüne Tannen säumten den Weg, der sich in leichten Windungen nach oben schlängelte. In umgekehrter Richtung purzelte ihm munter ein Bach entgegen. In bester Stimmung stiefelte Robert mit seinem großen Rucksack den Weg entlang, atmete den frischen Äther des Waldes in seine Lungen. Das Gefühl von Stärke breitete sich in ihm aus, Siegesgewissheit und Selbstbewusstsein machten sich breit, hier war sein Terrain, hier fühlte er sich zu Hause.

Robert traf auf ein junges Pärchen, er blond, in kurzen, aufgerissenen Hosen, mit Rucksack, sie dunkelhaarig mit einem kurzen Zopf und mit einem Rock, der nicht viel länger war. Statt des Rucksacks schleppte sie ein Tragegestell mit einer kleinen, schlafenden Luise darin. Munter über Gott und die Welt schwatzend marschierten die drei weiter über den ansteigenden Waldweg. Nach einigen hundert Metern rückten die stummen Baumriesen näher an die Wanderer heran. Von einer Anhöhe sahen sie die Holtemme, wie sie sich keck ihren Weg durch ihr steinernes Bett bahnte. Später kletterte der Weg in Felsstufen nach oben. Robert kam ganz schön aus der Puste. Die Gifte seines Körpers bahnten sich ihren Weg durch die Haut nach außen und setzten sich in Form von feinen, weißen Kristallen ab. Unmittelbar an den Kaskaden des Gebirgsbaches fanden die drei ein freundliches Gasthaus vor. Noch säumten Gerüste das alte Fachwerkhaus, doch die rustikalen Holzbänke auf dem Hof luden zu einer kurzen Rast ein. Der gefällige Wirt erklärte Robert den kürzesten Weg zum Hexenberg, verkaufte ihm eine neue Wanderkarte und wies darauf hin, dass er den schweren Weg wohl schaffen würde, so wie er aussähe.

Das Wiesbadener Pärchen war indes schon weit voraus, hingegen auf dem Höhenweg, kurz hinter dem Forsthaus, holte Robert es wieder ein. Gemeinsam zogen sie weiter auf dem Weg am Hanneckenbruch entlang. Irgendwo trommelte ein Specht im Tannenwald an einen dürren Baum. Über dem Wanderern rauschten und flimmerten schuppenflügelige Insekten, ein Chor von buntgefiederten Vögeln trällerte im nahen Geäst, riesige Moosteppiche, saftige Gräser und Blumen mit unscheinbare Blüten kolonisierten das Hochmoor. Über kurz oder lang kam Wärme auf, feucht war es ohnehin. Mückenschwärme labten sich an den Waden seines Begleiters, hinterließen scharlachrote Landschaften. Leichte Windstöße jagten weiße Wolkenballen vor sich her. Alles war Farbe, sprühende Erdenwirklichkeit, lebte vielstimmig, vielfarbig, vielgestaltig ohne Ketten in der freien Natur. Weit strahlte der Lichtmantel der Freiheit.

Allein Luise wurde es langweilig. Sie beschäftigte ihre Eltern, warf ihren Schnuller mit zunehmender Regelmäßigkeit in hohen Bogen fort, verlangte nach Aufmerksamkeit, hatte Hunger oder Durst, oder was ein zweijähriges Kind sich sonst noch so ausdenken konnte. Da trennten sich die Wege der gemeinsamen Wanderer. Die netten Hessen schlugen den Weg über die Hermannsklippen ein, während Robert nun durch die Hölle ging.

Pfützen, Wasserlachen, Bäche, schwankende Moospolster, Myriaden von klitzekleinen Quälgeistern begleiteten ihn. Aus buschigen Moorgewächsen drang das Murmeln von kleinen Rinnsalen. Geräuschlos schlich er durch die unwirkliche Landschaft. Ein Rhythmus, getragen, schwellend, verklingend, beschwörend, lockend, schwebte durch die Einsamkeit dieses fantastischen Geländes. Tote, bemooste Baumreste streckten ihre verkümmerten Stümpfe gegen den Himmel. Wild durcheinander geworfen lagen die Baumleichen ehrwürdiger Tannen, verkrampft, verschlungen. Die trällernden Sänger des Waldes beschenkten diesen Friedhof des Waldes mit ihrer kindlichen Heiterkeit. Leben und Sterben, ohne Frage ein der Natur entsprechender Prozess ohne Traurigkeit.

Ohne Rast und Ruh schritt Robert vorwärts. Er verschwand im mächtigen Dunkel des Waldes, wo die Schatten zwischen den dunkelgrünen Tannen schillerten wie der Schwarzsee in den Schweizer Alpen bei Nacht. Der Atem der Sonne zitterte durch das grüne Dach. Keuchend stieg der Wanderer den kaum sichtbaren Pfad, der ihn vom Hochmoor auf die höher gelegenen Wege führte, nach oben. Mit jedem Schritt überwand er einen halben Meter Höhe. Er lauschte dem Rascheln der Eichhörnchen und dem wunderbaren Vogelgesang. Aus schwellender, liebevoller Kehle erklang das Lied von Luft und Glück, das Lied der ewigen Freiheit und Schönheit der Berge. Es schwirrte wieder im Busch, knistert im Geäst, raschelte im Strauch. Ein Buntspecht hämmerte an einer moosbehangenen, borkigen Kiefer. In Fetzen flog die abplatzende Rinde unter dem kräftigen Schnabelschlag.

Nach ewig langer Zeit traf Robert auf den Victor-von-Scheffel-Weg. Er war völlig ausgepumpt, der Schweiß rann in Bächen auf seiner Haut entlang, Grund genug, eine Pause einzulegen. Er genoss den

Blick durch eine Schneise auf die Hohneklippen, kaute andächtig sein Brot und trank ein wenig Apfelsaft.

Minuten waren seit jener Pause vergangen. Ein steile Weg führte den Kletterer sicher und unbemerkt zwischen den Baumriesen hindurch. Ein Eichelhäher jammerte und schimpfte versteckt hinter Tausenden Nadeln. Robert hörte das Stapfen seiner eigenen Schritte. Mutig erstieg er Fels für Fels, hörte sich keuchen. Langsam, entsetzlich langsam kam ihm alles vor. Raunend, sinnend flüsterten die Bäume, sangen im Dreiklang ein wildes, gewaltiges Dur. Wenig später erreichte er den Forstmeister-Sietz-Weg. Hier wurde ihm klar, dass er bei seiner letzten Brockenbesteigung den Weg verfehlt hatte. Aber er hatte Recht gehabt, der Weg führte ein paar Meter weiter südlich zum Brocken empor.

Von hier ab war der Weg nicht mehr so steil. Der Pfad war weich durch Tannennadeln und Moose gepolstert, große, schwarze Waldameisen schleppten ihre Beute auf unsichtbaren Straßen, Käfer strebten ihr Ziel durch Kräutergestrüpp entgegen. Westlich konnte Robert die sonnenüberstrahlte Schneise sehen, und schon ein paar Anstrengungen weiter traf er auf den Glashüttenweg. Die Brockenkinder und der Reneckenberg waren nur zu erahnen. Robert verspürte noch genügend Kraft, um den letzten Angriff zu wagen. So schlenderte er am Eisernen Handweiser vorüber zum Brockenbett.

Bewegungslos sah er den alten kahlköpfigen Vater in stiller Selbstversenkung vor sich. Seine freigewordene Seele wanderte durch wallende, fahle Schattengestalten. Der Bergwind hatte sie einst aus Wasser, Staub und Luft geformt. Nun warf er sie klatschend und sprühend wie lästige Tote mit brausendem Schlachtgeheul dem Tal in den Rachen. Später, in der Nacht würden die Dämonen wie Spinnenheere und Krötenarmeen aus ihren Spalten und Erdlöchern kriechen, grünlich schimmernde Augen würden ihm mit starrer, grausamer Glut entgegenglotzen. Dann rollen die Sterne in gesetzmäßigem Lauf über die dunkle Kuppe auf und ab. Sträucher zerren mit verrenkenden Armen an vorwärtsschreitender Nacht. Bewegungslos und majestätisch starrte der Alte in das Umland. Ihn schreckte nicht die Kühnheit der Einsamkeit, Wunder hörten längst auf für ihn wunderbar zu sein. Heute schmückte ihn ein eiserner

Stachel. Und Handys haben die Wunderwelt der Märchen und Sagen verdrängt.

Elend lang kroch die asphaltierte Brockenstraße den Berg hinauf. Und wie ein Demonstrationszug bewegte sich die Schar der Pfingsttouristen auf Stöckelschuhen und Sandalen keuchend auf ihr entlang. Wahnwitzige, in grellen Farben gekleidete Radfahrer stürzten sich auf ihren Vehikeln den Berg hinab. Roberts Sohlen begannen zu brennen, die Schultern von der schweren Last zu schmerzen. Im gleichmäßigen Takt bewegte er sich vorwärts, schwere Kaltblüter zerrten vollbesetzte Kremser hinter sich her. Kurz vor dem Gipfel vereinigten sich die Prozessionen der Straße mit denen aus dem Eckerloch und dem Goetheweg. Die letzten Meter röchelte Robert im Gleichklang mit der ankommenden Brockenbahn. Vom strahlenden Mittagshimmel rann wärmendes Licht, als er den Gipfel betrat. Er hatte es wieder einmal geschafft!

Der Brockenwirt tat ihm eine gehörige Portion Erbsensuppe auf, packte noch ein Würstchen oben auf. Während der müde Wandergeselle seine Mahlzeit in sich hineinstopfte, versorgte ihn ein ältere Schleswigerin mit Heiterkeit. Innere und äußere Wärme trieben die letzte Flüssigkeit aus seinem Körper. Da waren ihm die frischen Erdbeeren, die er aus der norddeutschen Tiefebene mitgebracht hatte, ein leckerer und saftiger Nachtisch.

Erst nach dieser Stärkung besuchte Robert seine beiden Dichterfreunde Goethe und Heine, lief Om mani padme hum betend dreimal im Uhrzeigersinn um den Gipfelklumpen. Eine Gruppe sekttrinkender Touristen machte sich darüber lustig. Doch Robert erklärte ihnen die Bedeutsamkeit dieses Rituals. Und siehe da, sie plagiierten, zwar etwas beschwingt, seine alte Zeremonie.

Die weißen Himmelsgeister begannen den alten Vater zu umhüllen. Kalt und feucht ließen sie sich auf ihm und dem bunten Volke nieder. Der Wind kitzelte sie, und die Geister begannen zu kichern. Wolken, wie wilde, graue Wölfe, holten sie ein. Sie kamen aus den Eingeweiden des Erdgeistes, aus tiefster Tiefe und düsteren Klüften. Robert las in einem Buch über die Harzriesen, die Teufelsmauer, den Zug der Zwerge über die Berge, über Kobolde, Hexen und Räuber, und es war ihm, als befände er sich mitten unter diesen Sagengestalten.

Langsam mummelten die Wolken Robert vollständig ein. Als es zu kühl wurde, lief er noch einmal zum Brockenwirt, trank ein Bier und einen Schierker Feuerstein, nahm noch eine Portion Gerstensaft für den Abend mit. Am Tisch unterhielt er sich mit einem jungen Pärchen aus Pirna. Gemeinsam stiegen sie ein Stück des Weges ab. Die beiden verabschiedeten sich, mit der Absicht durch das Eckerloch nach Schierke zu wandern. Robert trat den Weg Goethes an, kurz hinter der Schutzhütte am Brocken, parallel zum Schienenstrang der Brockenbahn.

Gleich einer Pfahlburg erhob sich das hölzerne Oktagon am Waldrand. Einsam schwatzende Wanderer, fauchende Züge von und nach dem Brocken. General Kuckuck rief aus dem Wald. Was wollte er dem Wanderer mitteilen? Erneut Stille. Waldesrauschen. Fantastisch.

Türkisblaue Luft. Dunkle Berge sprangen wie Raubtiere ins Tal. Wunderliche Felsen buckelten am Hang. Wolken und Nebel brodelten, sie schienen zu kochen. Robert saß in der Hütte, wartete auf einen Telefonanruf. Er hatte sich überreden lassen, die neue Technik in die alte Natur mitzuschleppen. Nur noch vereinzelte Wanderer zogen an ihm vorüber. Dann wieder Stille. Ein neugieriges Vögelchen schaute in das große Vogelhaus, schimpfte tschilpend, als hätte Robert sein Nest okkupiert. Dann klingelte endlich das Telefon. Ella wünschte ihm eine gute Nacht. Er trank noch sein Bier, machte sich fertig zum Schlaf. Es war nicht so bequem, doch das Gefühl, sich ausstrecken zu können, war wunderbar.

Seine Gedanken wanderten fort. Er träumte von mongolischen Nomaden, die aus ihrem steinernen Wohnhaus der Stadt in die Jurten der Steppen und Berge zogen. Freiheit war ihnen wichtiger als Komfort. Und er träumte von den hektisch wilden Städtern der euroamerikanischen Metropolen, Menschen wie windverwehte Blätter, die sich an den Schatten des Lebens hängten, sie lähmte das Leben und die Freiheit der Berge und Steppen. Er aber wusste, dass er einmal die höchsten Berge umwandeln müsste, um dort die unermessliche Weite der Freiheit zu erfahren, und doch würde er zum Tempel des Lebens zurückfinden. Doch in dieser Welt sind die Menschen blutiger als die schlimmsten Bestien, zerreißen lebenden Mitwanderern die Seele aus Dummheit, Hass, Neid oder Bosheit. Diese Menschheit ist Ekel. Diese Menschheit ist Fluch. Neid zieht sich zu Hass, Dummheit zu Bosheit, Mensch zu Menschenbestie. Amboss oder Hammer ist draußen in der Welt jenseits der großen Steppen und Berge der Mensch. Unsterblichkeit des Leibes umgibt ihn dazu, Zerrissenheit, Jammer und der Geifer der Habsucht. Vom Wahn des Augenblicks umnachtet rammeln sie wie die Lemminge dem Abgrund, der Vernichtung entgegen. Sie hören nicht das Unrecht, wie es mit eisernen Schritten daher stampft, sehen nicht, wie Schrecken und Verderbnis um sich greifen. Sie lösen sich nicht von Hass, Wahn und Neid. Mit tierisch rohem, johlendem Geschrei stolpern sie in wilder Herdenangst weiter und weiter durch das Leben. Manchmal stemmen sie sich wohl gegen den ankommenden Sturm, biegen und ducken sich, schieben und schleichen sich dann mühsam durch die Wüste des Lebens. Und kommt dann die Stunde des Todes, erfasst sie ein unmäßiges Grauen. Angstvoll zittert dann ihr Blick. Doch Robert will nicht so sterben. Er horcht in die Felder, Steppen und Berge, er lauscht dem Lied der Natur. Und er weiß, dass er eins sein wird mit ihr. Und er schläft friedlich lächelnd.

Fröhliche Laute mischten sich in das Konzert der Vögel in der Morgendämmerung. Die ersten Frühaufsteher hatten sich zur Audienz bei Vater Brocken aufgemacht. Noch eine Stunde mümmelte sich Robert in seinem Schlafsack herum, dann entschloss er sich, mit kaltem Wasser den Schlaf aus dem Gesicht zu waschen. Das Frühstück war köstlich: Brot, Käse, Apfelsaft.

Die morgendlichen Wolkengeister schwebten mit Leichtigkeit über das taubenetzte Grün des Waldes. Robert schritt frischen Mutes auf des alten Dichters Pfaden. Kosend löste die bettelnde Morgenbrise einer Blume das herabfallende Blütenkleid, und sein Tau spaltete der weißen Sumpfblume das Knospenblatt. Leise flüsterten die knorrigen Bäume. Lebenssaft strömte durch ihre Adern. Hier war die Einsamkeit, wo die größten Gedanken mit dem Menschen rangen. Und vielleicht kamen Johann Wolfgang auf diesem Weg die Verse des Faust in den Sinn? Nur vereinzelt begegneten dem Wanderer in dieser Morgenstunde die verwunderten Blicke entgegenkommender Wanderer. Am Bodesprung verließ der Weg seinen stählernen Begleiter. Auf den Betonplatten der ausgestorbenen Grenzer spürte Robert jeden Schritt. Bald jedoch freuten sich seine Füße wieder über weichen Naturboden. Am dreieckigen Pfahl kreuzen sich viele Wege, und hier befand sich einst die Grenze der Braunschweiger und Hannoveraner. Dunkelheit wie in einem Zauberwald umarmte den Wanderer am Schwarzen Sumpf. Finster und traurig blickten ungelenkige Baumgeister auf ihn herab. Luft und Nebel, die an den Spukgestalten hochkrochen, tasteten sich an den Rissen der Borke zu den Wipfeln empor. Der Raum schwieg in dieser Märchenwelt. Wurzelschlangen griffen nach den Füßen des Waldläufers. Bizarr totes Astwerk duckte sich zwischen dornigem Gestrüpp. Spinnengewebe blinkten im Gebüsch. Im gespenstischen Licht brach sporadisch ein Sonnenstrahl durch das Geäst. Der harzige Atem des Waldes wanderte in die Lungen des Nomaden. Die unermüdlichen Troubadoure des Waldes jubilierten die Sinfonie der Schöpfung, und der glucksende Bach begleitete sie.

Robert verließ diesen dämonischen und doch so versöhnlichen Ort, stieg wieder auf aus den dunklen Höhlen des Waldes. Greisenhafte Fichten säumten seinen Weg zur felsigen Achtermannshöhe. Auf Felsstufen kletterte er dem Gipfel entgegen. Kühle Winde fauchten um den in Schweiß geratenen Körper. Die Wolken jagten am Himmel entlang wie eine Schimmelherde. Die Berge, die Wälder, die Bäche, die Seen, die Stürme, die Nebel, die Tage, die Nächte wachten über den naturliebenden Weltenbummler. Ein berauschendes Gefühl war es wieder einmal, von solch einem Standpunkt aus nach allen Seiten in die Tiefen der Täler zu schauen, nur der Brocken und der Wurmberg hoben ihre Nasen höher in die Wolken. Nichts war mehr geeignet, im Herzen des Wanderer den Eindruck des Erhabenen hervorzubringen, als dieser freie Blick. Zu diesem erhebenden Gefühl gesellte sich das stolze Empfinden der Befriedigung, dass er sich allen Hindernissen zum Trotz und nur mit Hilfe der eigenen Kraft und Energie den Weg aus den Niederungen der menschlichen Zivilisation zur alles beherrschenden Höhe gebahnt hatte. Von lichten Wolken umweht, im farbenprächtigen Glanz eines milden Sommertages inhalierte Robert eine beträchtliche Portion Freiheit.

Der Abstieg führte den Wanderer zum Kaiserweg. Die liebenswürdige Spenderin des Lebens sandte ihre Boten durch das grüne Dickicht. In knapp einer Stunde erreichte der Wandergeselle das einladende Gasthaus in Oderbrück. Robert schlürfte einen wunderbaren Kaffee in dem rustikalen Biergarten und kostete den Blick auf eine klare, herrliche, sonnenbeschienene Welt aus. Rastlose Autofahrer rauschten vorüber, andere stoppten an diesem idyllischen Ort, bestückten sich mit Rucksäcken und verschwanden im nahen Grün wie ein Strom von Wanderameisen.

Freudig hüpfte Roberts Herz, als er den blauen Flitzer mit seiner Frau um die Ecke biegen sah. Zarte Empfindungen regten sich in ihm, wiederbelebte Liebe zur schwarzhaarigen Ella. Die beiden nahmen sich freudig in die Arme und küssten sich herzlich. Und es war die reinste Freude, die man an liebenden Paaren finden konnte, freilich bei diesen beiden eher eine stille. Die Frohsinn ihres Wortschwalls schien mit der Farbenpracht der Waldwiesen und der Heiterkeit des blauen Himmels wetteifern zu wollen. Begeistert berichtete Ella von den Neuigkeiten ihrer Nichte und vom Besuch im Zoologischen Garten. Dabei kam sie nie außer Atem, blieb immer gut gelaunt. Und es bereitete ihr auch einiges Vergnügen, seiner Geschichte zuzuhören. So schlenderte das Paar durch die paradiesische Natur, lauschte den Harfenklängen der Gräser und dem betörenden Gesang der Vögel, staunten über seltenen Blüten. Und es träumte von den hohen, schneebedeckten Bergen. Seelenerfüllend wirkte der Genuss dieses Tages in dieser glanzvollen Landschaft, so wie eine berauschende Droge.

Dieses Hochgefühl strahlte aus wie eine eigenen Sonne. Und wenn sich zwei Sonnen begegnen, so wird das Licht noch strahlender. Die beiden trafen ein älteres Ehepaar. Sie tauschten sich aus über die Schönheiten der Natur, die Vorzüge von Waldspaziergängen und über den Genuss, den Ballast des Alltags hinter sich zu lassen. Sie lobten die kleineren und größeren Werke der Natur und waren sich darüber einig, jene wie etwas Heiliges, uneigennützig zu beschützen. Alle waren glücklich, am Glück der anderen teilhaben zu dürfen. Und so verabschiedete man sich mit einem freundlichen Lächeln und dem Wunsch für einen guten Tag.

Ella und Robert liefen noch ein Stück auf dem Waldweg entlang, überquerten eine hölzerne Brücke, als sich ihrem Blick die Ansicht auf einen tiefdunklen See freigab. In seinem Wasser spiegelte sich der Himmel und die nahen Uferbäume. Quietschvergnügte Enten schnatterten durch rauschendes Schilf. Sonnenhungrige Liebespaare schmusten am Strand, Studenten bereiteten sich mit dicken Büchern auf ihre Prüfungen vor, und ein Hund spielte ausgelassen mit einem Stock. Gebirgsseen scheinen magische Anziehungskräfte zu besitzen Der Himmel und die Wolken sind ihnen so nah. Menschen und Tiere erleben die Geburt des Lebens. Alles atmet Ruhe und Frieden in dieser weltvergessenen flüssigen Oase. Heilig ist jedes Lebewesen an diesen Ufern des Friedens.

In unendlicher Harmonie verschmolzen zarte Klänge zu einem wundervollen Singen und Klingen unter dem schlagenden Herzen von Mutter Erde. Mann und Frau spazieren am Ufer entlang, fühlen sich eins, waren andächtige Pilgerer. Alles leuchtete ringsum blau und grün und rot. Alles war voller Mystik hier, so wie das Leben selbst. Und die Waldgeister und Wassergeister begleiteten sie auf ihrem Rundgang um den Himmelsspiegel. Zerbrechliche Elfen tanzten auf den Sonnenstrahlen Ballett. Herz und Verstand stillten ihr grenzenloses Verlangen, die fühlende Lust bis zur Unendlichkeit auszudehnen. Eiskrem linderte das Verlangen des Gaumens.

Bei der Umrundung des Odersees, der, wie sich herausstellte, ein künstlich angelegtes Juwel war, zeigten sich den beiden Spaziergängern am südlichen Ufer eine Anzahl granitener Obelisken, die wie starre Wachposten im flachen Uferwasser verharrten. Und Wächter waren sie in der Tat. Sie dienen als Eisbrecher, wenn in Zeiten der Schneeschmelze nachfolgender Anlagen geschützt werden mussten.

Licht und Schatten wechselten auf den Pfad, der die beiden zurück zu ihrem Ausgangspunkt führte. Robert und seine Liebste kosteten das übersinnliche Glücks aus, und sie fühlten eine große Lust sie zu inhalieren, zu speichern, damit ein Teil sich im Alltag akkumuliere, und ihre Augen glänzten vor Glück.

Der weite Weg zum Ararat

Schwer ächzend kroch das altersschwache Ungetüm durch das von Lichtfetzen durchbrochene Unterholz. Vorsichtig, als traute es sich nicht so recht vorwärts, robbte es durch den Busch, hielt, voller Schmerz, angstvoll zitternd, inne, bevor es sich qualvoll, mit einem Klageschrei weiterbewegte. Robert genoss die zuckelnde Fahrt in diesem greisen Schienengefährt. Die Sonne blinzelte ihm schelmisch durch das Geäst zu. Hier war er allein mit seinem schweren Rucksack. Das gab ihm Gelegenheit, seine Gedanken nach hinten und nach vorn schweifen zu lassen.

Nun war er endlich unterwegs. Er hatte die Vorbereitungen abgeschlossen, hatte seinen Körper trainiert, hatte Karten und Reiseführer studiert, hatte seinen Rucksack gepackt und sich in das grüne Herz Deutschlands begeben. Er stand am Beginn seiner Wanderung. Der Rennsteig - einer der schönsten Wanderwege - lag vor ihm. Einhundertachtundsechzig Kilometer bis nach Hörschel, dem Endpunkt, einhundertachtundsechzig Kilometer sinnlicher Genuss an und in der Natur, einhundertachtundsechzig Kilometer Selbstüberwindung und mutiges Vorwärtsschreiten, und noch einmal so viele Kilometer bis zum Sieg über sich selbst.

Da rollte der Zug quietschend in den Bahnhof und warf Robert in die Startlöcher. Da stand er nun in Blankenstein, einem verschlafenen Nest am Ende des Rennsteiges, irgendwo da, wo selten jemand erschien. Er schaute auf die bunte Tafel mit der vor ihm liegenden Wegstrecke, war trotz allem wild entschlossen und voller Mut, denn er fühlte sich gut, sowohl körperlich als auch seelisch. Kurz entschlossen gab er sich selbst den Startschuss und wanderte los.

Robert kämpfte sich den Hügel empor und stieß erste Flüche über den Sack Zement auf seinem Rücken aus. Klärchen meinte es ausgesprochen gut mit ihm. Sie trieb das Gift aus seinem Körper. Vom ersten Brunnen, an dem der Wanderer seinen Durst löschte, blickte er ins Tal auf den idyllisch gelegenen Ort. Zwei Lerchen trällerten Arien, die Grillen spielten ein Streichquartett, schillernd bunte Schmetterlinge tanzten graziös ein Pas de deux im flimmernden Äther.

Der Wandersmann hatte Tritt gefasst. Mit dem Rennsteiglied auf den Lippen marschierte er weiter. Felder und Wiesen und Auen, leuchtendes Ährengold, sein Blicke wollten immer nur schauen, aber das hatte er ja so gewollt. Schritt für Schritt ging es weiter, vorbei an einer Ortschaft, so klein, das er nur wenige Minuten benötigte, um sie hinter sich zu lassen. Die Musik der Dorfkapelle war schon nach kurzer Zeit vom Winde verweht. Der Taubenhügel lud zur ersten Rast ein. Waldhimbeeren und Blaubeeren boten ihm eine willkommene Erfrischung. Eine sich auf einem Stein sonnende Eidechse flüchtete hastig ins Gebüsch.

Weiter lief unser Geselle den Rennsteig entlang, allein, umgeben von der fröhlichen Natur, und doch nicht einsam. Auf einer Kräuterwiese begegnete er zwei jungen Burschen, die ihr Ziel am Abend erreicht haben würden. In einem kurzen, herzlichen Schwätzchen tauschten die drei Erfahrungen und wertvolle Tipps aus.

Schon spürte Robert die Riemen seiner Last, hörte er den Bären in seinem Innersten brummen. Er hatte Rodacherbrunn erreicht. Ganz in der Nähe entspringt das Flüsschen Rodach, das sich irgendwo im Fränkischen in den Main ergießt. Es war ein schattenkühler, freundlicher Fleck, ringsum von Hügeln und Wäldern eingeschlossen, der zur Brotzeit einlud: Zeit, sich etwas von dem Brot, dem Käse und den Tomaten einzuverleiben. Die Bienen summten zwischen den Blättern herum, sonst war alles wie ausgestorben, kein Mensch war zwischen den Hügeln und auf dem Wege zu sehen. Auf der stillen Waldwiese ruhten bunt gescheckte Kühe auf dem hohen Gras. Von fern kam der Klang einer Glocke über die waldigen Gipfel herüber, bald kaum vernehmbar, bald wieder heller und deutlicher, und die Sonnenstrahlen tanzten zwischen den Blättern hindurch, dass sie wie goldene und hellgrüne und rote Blüten vor den Augen des Wanderers tanzten. Er genoss dieses Ballett und noch einen kühlen Schluck, bevor er sich wieder auf den Weg machte.

Hinter dem Wandergesellen gingen nun Dorf, Gärten und Kirchturm unter, vor ihm ein neues Dorf, neue Gärten, ein neuer Kirchturm auf. Unter ihm marschierten Saaten, Büsche und Wiesen vorüber, über ihm trällerten unzählige Sänger in der klaren blauen Luft. Ihm war, als müsste er laut schreien, jauchzen über die Freiheit, doch ihm widerstrebte es, dies unter der Domkuppel der Natur zu tun. Als sich die Sonne nach Westen gewendet hatte und rings sich am Horizont schwere weiße Wolken sammelten und alles in der Luft und auf der weiten Fläche so leer und schwül und still über den leise wogenden Kornfeldern geworden war, da fiel ihm ein, wie nahe er seinem Schöpfer war. Und in diesem Augenblick war er davon überzeugt, dass seine Mutter die Sonne und sein Vater ein kristallklarer Bergsee war, der ihn geboren hatte. Oh, welch Wunder der Natur, eine Mutter, die zeugte und ein Vater, der den Sohn gebar. Mit einem Mal spürte er die zärtlichen Liebkosungen der Mutter, die ihn den Schmerz in seinen Füßen eine Zeitlang vergessen ließen. Standhaft schritt er voran, bergauf, bergab und wieder bergauf.

So kam er endlich nach Brennersgrün, einer zweihundert Seelen Gemeinde, schlenderte an einigen kleinen Häusern vorbei, als ihm ein Mann auf einem Roller entgegenkam. Der Fahrer grüßte ihn freundlich. Robert grüßte dankbar zurück, blickte voller Neid auf das Gefährt des Fremden. Noch während er sich müde auf der Bank des Dorfangers ausruhte, sprach ihn der Unbekannte Rollerfahrer an:

»Hallo Wanderer, du siehst müde aus! Darf ich dir etwas zu trinken anbieten«, fragte er teilnahmsvoll.

»Vielen Dank, ich habe gerade getrunken«, antwortete Robert etwas ermattet, »Ist es noch weit bis zur nächsten Hütte?«, fragte er nach. Die beiden kamen ins Gespräch. Robert berichtete von seinem Vorhaben. Da sprach der Unbekannte:

»Du hast ja noch ein Stückchen Weg vor dir. Aber zu deiner Motivation möchte ich dir eine kleine Anekdote erzählen. Vor einigen Jahren, ich war gerade dabei, mein Haus umzubauen, hier gleich gegenüber«, und er zeigte auf eines dieser grauen Schieferhäuschen, das auf der gegenüberliegenden Straßenseite stand, »da fand ich einen müden Wanderer dort in der Bußhaltestelle. Er sah recht ärmlich aus, war auch nur mit einer Decke unterwegs, in abgerissenen Jeans und mit Jesuslatschen. Ich bot ihm auch etwas zu trinken an, bat ihn in mein Haus. Als wir so beim Abendbrot saßen und einen Schluck Wein getrunken hatten, stellte sich heraus, dass er Geburtstag hatte. Im Verlaufe des Abends erzählte er uns seine Geschichte. Dieser Wanderer kam aus Den Haag und war auf dem

Weg zum Berge Ararat. Er wollte diesen Weg in drei Etappen zurücklegen, jedes Jahr ein Teilstück, das erste bis Budapest, das zweite bis Istanbul und das dritte bis zu seinem Ziel. Um ehrlich zu sein, starrten wir ihn damals etwas ungläubig an. Aber sein Blick sagte uns, er könnte es schaffen. Was sage ich, zwei Jahre später bekamen wir eine Postkarte vom Berge Ararat. Na, kann ich dich damit motivieren?«

Robert war begeistert. Diese Geschichte erinnerte ihn an sein großes Vorhaben, einmal die Seidenstraße in ihrer Originallänge zu durchschreiten. Mit dankbaren Augen und neuem Enthusiasmus in der Seele marschierte er weiter.

Inzwischen hatte er einen Fußpfad eingeschlagen, der westwärts aus dem Dorf in den Wald führte. Die letzten Wortfetzen hinter ihm verklangen mit jedem Schritt mehr und mehr. Der Wanderer atmete frisch auf, als er nun wieder das Rauschen des Waldes und das Plätschern eines kleinen Baches vernahm. Er war schon beträchtlich müde, die Füße schienen mit Blei beschwert. Es war ein sonnenloser Wald mit vielen freundlichen Geistern, die ihm fortwährend aufmunternde Worte zuraunten:

»Geh, mein Guter, geh, es ist nicht mehr weit, dann kannst du deine müden Glieder ausstrecken. Geh, nur geh, und gib nicht auf!«

Als Robert aus dem Wald auf eine Lichtung trat, sah er eine hölzerne Wanderhütte, eine Pension, ein Palast. Er schloss die Augen, um dieses liebliche Traumbild nicht zu verscheuchen. Als er wieder die Augen öffnete, sah er drei junge Männer im dämmrigen Licht, die offensichtlich gerade dabei waren, sich ein Abendbrot zuzubereiten. Und er freute sich, nicht allein zu sein.

»Hallo Jungs, habt noch Platz für einen müden Wanderer?«, brach er in die Gemeinschaft ein.

»Komm her, setz dich zu uns, iss etwas mit!«, hallte es von der Lichtung herüber.

Bevor der müde Wanderer sich an den Tisch setzte, kramte er aus seinem Rucksack Brot, Wurst und Fisch heraus und entledigte sich seiner Schuhe. Ihm überkam das Gefühl, als tauchten seine Füße in ein warmes Fichtennadelbad ein, so angenehm, so erquicklich, so entspannt fühlte es sich an. Gierig schlangen alle ihr Essen in sich hinein. Für einen Augenblick herrschte schmatzende Stille. Nachdem der größte Hunger gestillt war, bröckelte das Gespräch los.

»Wo kommt ihr denn her?«, fragte Robert, noch an seinem Stück Käse kauend.

»Wir sind aus Saalfeld. Jetzt sind wir mit dem Fahrrad seit drei Tagen von Hörschel unterwegs«, sprach der Blonde, anscheinend der Wortführer, »und was hast du noch so vor?«

»Da, wo ihr herkommt, will ich hin. Für mich ist es heute der erste Tag. Nun, ich bin Anhaltiner, wohne jetzt aber in Norddeutschland. Diese Landschaft und die freundlichen Thüringer haben mich schon immer fasziniert. Auch stammt ein Teil meiner Familie von hier. Es ist eine Mischung von Vergangenheitsbewältigung, Nostalgie und Selbstüberwindung.«

»Ja, man muss sich immer wieder aufraffen!«, bestätigten die Jungen.

So saßen sie noch eine Weile beisammen, nachdem die allgemeine Neugier befriedigt war. Es wurde langsam dunkel und die Jungen begannen, sich über Erlebnisse mit ihren Freunden auszutauschen. Robert schlug deshalb vor, die Schlafplätze festzulegen. Gemeinsam stellten sie die rustikalen Bänke in der Hütte zusammen, rollten die Isomatten aus und die Schlafsäcke aus. Wenige Augenblicke später fiel der einsame Wanderer in einen totähnlichen Schlaf.

Die Morgensonne lugte zwischen den dunklen Fichten hindurch in die Hütte hinein und kitzelte die Schlafenden wach. Es dauerte nur ein kleines Weilchen, dann putzten sie sich die Zähne und saßen am Frühstückstisch. Nun hieß es nur noch aufräumen, Sachen packen und Abmarsch.

Der Weg führte Robert in Richtung Bayern. Als er aus dem Wald auf eine hell beleuchtete Lichtung trat, entdeckte er am Kurfürstenstein eine neue, wunderschöne Hütte. Brutal teilte der ehemalige Grenzstreifen den Wald und verschandelte ihn mit einer Betonplattenstraße. Robert stellte sich die Frage nach dem Sinn oder Unsinn von Grenzen. Aus welchem Grund werden Menschen voneinander getrennt, wo doch die Natur an diesem Ort einträchtig und friedlich an gleicher Stelle existiert. Grenzen haben etwas Ausgrenzendes, Abgrenzendes, Trennendes, Menschenfeindliches.

Die Menschen sollten zusammenfinden, sich austauschen, miteinander reden, voneinander lernen. Wie vielfältig ist die Welt? Was könnte der Nachbar alles von seinem Nachbarn lernen? Menschenliebe statt Menschenhass. Lieder der Menschenliebe tönten in seinen Gedanken. Dort trafen sich schwarze, weiße, gelbe Menschen, und sie sangen gemeinsam vom Frieden. Wo gesungen wird, wird nicht geschossen.

Am Rande des alten Schönwappenweges fand der Wanderer Belege für die Geschichte Bayerns, Thüringens und Sachsens. Der Kurfürstenstein von 1515, mit Wappen der Bamberger und Sachsen geschmückt, ist der älteste am Rennsteig. Robert stellte sich Ritter mit Hellebarden vor, Räuber, die im Gebüsch auf reiche Beute lauerten, Zigeuner, die fröhlich um eine uralte Buche tanzten.

Weiter wanderte er entlang einer Straße in Richtung Südwesten. In Steinbach am Wald, an diesem sonnigen Morgen, begegneten ihm einige ältere Leute im Sonntagsstaat. Das Gotteshaus hatte sie soeben entlassen. Eine Bäckerei hatte geöffnet. Gott sei gedankt. Der Nomade schlürfte genüsslich eine große Tasse dieser braunen, starken Flüssigkeit, rauchte dabei. Obwohl er erst wenige Stunden unterwegs war, spürte er schon einen leichten Schmerz in seinen Füßen.

Vorwärts ging es entlang einer Straße. Vorbei rauschende Autos, kreischende Motorräder vergewaltigten das Gezwitscher seiner winzigen gefiederten Freunde und die Idylle der prachtvollen Fliegenpilze am Rande des Weges. Eine Hütte im Schatten der Buchen lud ihn zu einer kurzen Rast ein. Die Sonne schaute durch das Blätterdach, in ihrem Strahl tanzten Millionen winzigster Schwärmer. Der Wald war so lustig und lebendig, dass Robert sich niemals einsam fühlte. Und er grüßte jeden Baum, ja es war ihm, als kenne er diesen oder jenen persönlich, sah wie sie ihre Kronen stolz nach oben streckten. Er meinte sogar, sie grüßten ihn mit einem fröhlichen Wipfelnicken zurück. Und es war ihm, als hörte er ein wunderbares Rauschen und Flüstern, als sprächen sie zu ihm mit eigenen Stimmen. Er nahm diese Heiterkeit in sich auf. In diesem Augenblick hatte das Leben etwas von der schönen alten Freiheit, als die Menschen noch im Einklang mit der Natur lebten und sich von all diesem

Zivilisationsstress nicht martern ließen, der sie in seinen Zitadellen aus Stahl, Beton und Glas gefangen hält.

Es war um die Mittagszeit, als Robert sich müde auf das raschelnde Gras einer Lichtung legte. Andächtig kaute er an seinem Brot und seinem Käse. Frisches Quellwasser stillte seinen Durst. Sechsbeinige Arbeiterinnen zogen in langen Kolonnen an ihm vorüber. Es roch nach Pilzen, nach Fichtennadeln und nach Waldboden. Ermüdet wie er war, fiel er bald in einen tiefen, aber kurzen Schlaf. Es weckte ihn ein näherkommendes Lachen. Er fuhr in die Höhe, die Mittagssonne ließ bunte Kreise vor seinen Augen tanzen, und er sah zwei Pilzsucher, heiter in ein Gespräch vertieft, an sich vorüber gehen.

Jetzt erst bemerkte er das Brennen seiner Füße. Vorsichtig zog sich er die Schuhe und die Strümpfe aus. Gewaltige Blasen schauten ihn blass und glubschäugig von unten her an. Vorsichtig wie ein Chirurg führte er mit einer heißen Nadel die Operation durch. Anschließend verband er fachmännisch wie eine Krankenschwester die grausam ausgestochenen Augen und versteckte die Füße wieder in den Schuhen.

Er schlurfte weiter durch unwegsames Gelände, gestützt auf seine beiden Wanderstöcke. Wurzeln wanden sich wie Schlangen um seine Beine. Hohlwege wirkten wie feuchte, dunkle Tunnel. Endlich trat er aus dem Wald. Die Sonne empfing ihn mit einem Lachen, Wappensteine grüßten stumm und ein wenig steif. Eine unfertige Hütte riet zum Weiterwandern. Unbarmherzig wandelte er wie auf glühenden Kohlen. So kam ihm das Zusammentreffen seiner blasigen Füße mit dem weiterführenden Asphaltweg vor. Freundlich grüßten ältere Spaziergänger, mitunter auch mitleidig oder aufmunternd lächelnd. Sie strömten dem einsamen Wanderer von der Kalten Küche her entgegen. Dort war die Ausspanne der alten Handelsstraße von Nürnberg nach Leipzig. Hier zogen Karl V. und Herzog Alba mit dem gefangenen Kurfürsten Johann Friedrich von Sachsen nach der Schlacht bei Mühlberg 1547 durch. Hier trafen sich an diesem sonnigen Tag lederne Motorradfahrer, alte und junge Städter im Sonntagskleid, um Tageswanderungen oder Spaziergänge zu unternehmen, eine Lunge voll gesunder Luft zu tanken oder auch nur, um ein leckeres Eis zu schlecken.

In einiger Entfernung befand sich der beschauliche Ort Spechtsbrunn. An einer Getränketankstelle füllte Robert seine Wasserkanister auf und benetzte seine Zunge mit einer erquickenden und prickelnden Apfelschorle. Seine flinken Augen verfolgten die Geschehnisse um ihn herum. Von den Hügeln her hörte er einen schönen Gesang durch die stille Luft herübertönen. Naseweise Spatzen pickten vor ihm auf dem Rasen und starrten von allen Zweigen und machten lange Hälse. Über den Bergen lockte die Sonne, und in den Gärten jauchzten die Rasensprenger. Er saß noch eine Weile vergnüglich an dieser prächtigen Stelle, und ein Hauch von dörflichen Düften umwehte seine Nase.

Vielleicht hatte er ein wenig leichtsinnig gehandelt, sein Gepäck mit zwei Litern Wasser mehr zu belasten, jetzt, wo der Weg steil nach oben führte. Zudem prüfte die strahlende Nachmittagssonne die Konstitution des Wanderers mit besonderer Schärfe. Lindernd empfand er den Schatten des Waldes. Für einen Augenblick glaubten zwei pausbackige Wolken, Trübsinn verbreiten zu können. Doch Klärchen löste sie ins Nichts auf.

Das Gasthaus Brand mit seinen Finnhütten begrüßte den Wanderer mit einem Geruchsmischung aus Pilzgulasch, Thüringer Klößen und Wildbraten. Standhaft schlich er vorüber. Noch musste er sich bergan quälen. Rein mechanisch taumelten seine Schenkel, Waden und Füße durch den Wald. Er sah nicht mehr das Grün der Tannen. Er hörte nicht mehr den Gesang der Vögel. Er roch nicht mehr die Frische des Waldes. Er fühlte nur die Nadelstiche in seinen Sohlen. Er nahm zudem kolikartige Schmerzen in der Darmgegend war. Er wandelte in Trance. Schlurf, schlurf, schlurf.

Endlich erreichte er die Laubeshütte, den höchsten Punkt des heutigen Tages. Er ruhte für einen Augenblick, stumpfsinnig, gefühllos, atemlos, dann gab er dem Drängen der Natur nach. Er spürte eine wohlige Erleichterung, nicht nur, weil er endlich die Schuhe von den Füßen gestreift hatte. Kauend saß er auf seiner Bank, genoss die himmlische Ruhe des Waldes, schaute dem munteren Eichhörnchen und der vorwitzigen Elster zu, streckte die Beine von sich, biss noch einmal von dem Schinken ab, träumte.

Demut ist seine Haltung zur Natur. Nirgends ist Robert früher und leichter mit den Schwierigkeiten fertig geworden als eben hier, wo er es nur mit den Naturmächten, nicht mit Menschen zu tun hatte. Gewohnt, die Auswirkungen der eignen Kräfte still zu erwarten, in denen er ein Stück Natur verehrte, stand er vor ihrem Ganzen als stummer Betrachter und griff nach dem, was sie ihm vor die Augen schob. Und er genoss diesen Augenblick. Irgendwie war ihm, als ob der sich allmählich verdichtende Schleier seiner Erinnerungen ihn aus der normalen Welt zurückdrängte. In dieser Stille, in dieser Welt, in dieser Sekunde kam alles zusammen, war er Eins mit der Natur, war er ihr kleiner, liebebedürftiger Säugling, ein Pilgerer zum Kloster der Schöpfung. Und die Welt schien ihm durchtränkt mit einer bislang unbekannten Güte und Milde. Die Grenzen zwischen ihm und Mutter Natur hörten auf zu bestehen.

Irgendwann erwachte Robert aus seiner Lethargie, beschloss sich für die Nacht bereit zu machen. Er stellte fest, dass die Hütte recht klein und unbequem zum Schlafen war und entschied, nach einem Blick in den wolkenfreien Himmel, im Schoß von Mutter Natur zu nächtigen. In weiser Voraussicht lagerte er seine Sachen innerhalb der Hütte, um sie vor unliebsamen Überraschungen zu schützen.

Er konnte nicht gleich einschlafen. Alles um ihn herum war so lebendig, so schwirrend, so still. Mit geschlossenen Augen hörte er noch im Halbdunkel Schritte, die erst näherkamen und sich dann wieder entfernten. Die Lider waren schon so schwer, dass sie sich nicht mehr öffnen ließen.

Es war kurz nach Mitternacht, als seine Augen auf einen unermesslichen Sternenhimmel blickten. Die Sterne schienen zu tanzen, der Mond leuchtete indes die Lichtung mit seinem Lächeln aus und spielte dabei Posaune. Die Milchstraße drehte sich im Reigen. Die Nacht war voller Heiterkeit. Im Bewusstseinsrauschen der Sinne entschwand er in einem schwarzen Loch.

Ping, ping, ping, klingelten die Vorboten des Landregens den Schlafenden in der grauen Dämmerung wach. Fluchend verließ er sein Naturlager, flüchtete in die Enge der Hütte, rollte sich noch einmal wie ein Fuchs zusammen und schnarchte weiter.

Die Morgendusche kam aus schweren, grauen Wolken. Die Zahnpflege fiel genauso spartanisch aus wie das Frühstück. Patschend stapfte der Wanderer über die glitschigen Wege zwischen feuchten Wiesen nach Ernstthal. In der Nähe berührte der Rennsteig die Straße nach Neuhaus. Plötzlich sah er eine durch ein Regencape vermummte Gestalt etwa zweihundert Meter vor sich. Doch bevor er den richtigen Weg nach Neuhaus fand, war die Gestalt schon verschwunden. So quälte er sich allein den schlammigen Weg auf den Hügel. Dann musste er noch einmal suchen, bevor er sich auf dem richtigen Weg wähnte.

Lang zog sich die Straße durch den Ort. Die Ortsmitte schien unerreichbar. Nur noch ein Gedanke beschäftigte den Wanderer. Wo kann ich gemütlich einen heißen Kaffee trinken? Kein Café war geöffnet, keine Bäckerei, kein Restaurant. Und auf seine Frage sagte man ihm, dass ja Montag sei, da wäre ohnehin alles geschlossen.

Verzweifelt saß er in einer Telefonzelle und rauchte eine Zigarette, als sich ihm die aus Ernstthal vermutete Gestalt näherte.

»Hallo Wanderer, wo soll´s denn hingehen?«, fragte er neugierig und auf einen Begleiter hoffend.

»Sag mal, warst du das bei der Laubeshütte? Ich bin dort gestern Abend vorbeigekommen und habe dich schon in Morpheus Armen liegen sehen, wollte dich aber nicht wecken. Ich habe in Ernstthal gepennt und will heute noch nach Masserberg«, antwortete der Unbekannte.

»Das ist auch mein Ziel. Was hältst du davon, wenn wir gemeinsam gehen. Dann ist es nicht so langweilig. Ich werde übrigens Robert genannt.«

»Angenehm, ich bin Andreas«, entgegnete ihm der nun nicht mehr Unbekannte.

So stiefelten sie beide in Richtung Rennsteig durch die Pfützen der Stadt.

»Ich muss unbedingt einen Kaffee trinken. Ich hatte heute noch nichts Warmes im Bauch«, ertönte Roberts Stimme wie aus dem All.

»Gedulde dich noch ein, zwei Kilometer, dort kommt die Baude Bernhardsthal! Da gibt es bestimm etwas Heißes.«

Der Weg neben der Straße war so schmal, dass die beiden hintereinander laufen mussten. Der anhaltende Landregen dämpfte weitere Worte. Nicht lange, dann kam die anheimelnde Hütte in Sicht. Vor der Tür stand das Angebot des Tages angeschlagen: Kängurubraten, Thüringer Klöße, Apfelrotkohl. Robert bemerkte sofort seinen unwillkürlichen Speichelfluss. Innen empfing sie behagliche Wärme am Kamin, Menschen, die schon kräftig spachtelten und eine nette Bedienung. Sie bestellten Apfelsaft und eine große Tasse Kaffee.

»Ich habe in Steinbach mit meiner Wanderung angefangen«, begann Andreas, »Und du? Bist du von Blankenstein gekommen?«

»Start Blankenstein, Ziel Hörschel. Thüringen ist die Heimat meines Vaters. Ich finde dieses Land wunderschön und wollte schon lange einmal den Rennsteig entlang ziehen. Und du, wo kommst du her, was machst du so?« antwortete Robert.

»Wie du hörst bin ich Schwabe, wohne zurzeit in Erlangen und arbeite als Biologe an einem Institut der Universität.«

»Dann muss ich wohl Herr Doktor zu dir sagen«, scherzte Robert.

»Ich sehe, du kennst dich etwas aus. Den Doktor lass aber weg. Was machst du so?«, entgegnete der Biologe.

Robert schlürfte an seiner heißen, anregenden Flüssigkeit. Neues Leben strömte in seinen geplagten Körper.

»Ich bin von Haus aus Ingenieur, wäre aber lieber Weltenbummler oder Dichter. Weißt du, es gibt so viele wunderbare Orte auf dieser Welt, und ich habe bisher so wenige gesehen. Komm, lass uns aufbrechen, sonst erreichen wir unser Tagesziel nicht mehr!«, forderte Robert seinen Weggefährten auf.

Währenddessen lugte die Sonne zwischen den Wolken hindurch. Die beiden marschierten in Richtung Westen weiter, bogen an der falschen Stelle ab, vollführten einen größeren Kreis und landeten wieder an der Baude.

»Jeder Gang macht schlank«, frotzelte Andreas.

»Gut, jetzt wissen wir, wie wir nicht gehen müssen. Dann kann es jetzt endlich vorwärts gehen«, erwiderte Robert.

Sie marschierten erneut los, fanden den richtigen Pfad und waren bald am Waldbad angekommen. Nun, das Wetter war noch immer nicht so, dass die beiden sich zu einem Bad im See entschließen konnten. Also marschierten sie vorwärts. Sie verzichteten auf den Abstecher zum Stausee und kraxelten vom Sandwieschen zum Sandberg nach oben. Andreas lief mit kräftigen Schritten voran, seine Wadenmuskeln arbeiteten wie die Ventile eines Motors. Er war einen Kopf größer als Robert und mindestens zehn Jahre jünger. Sein blondes Haar leuchtete in der Sonne. Dann erreichten sie die Anhöhe. Eine Bank und die großartige Aussicht auf eine Wiese im Süden und rauschende Latschenkiefern im Rücken luden zu einer Rast ein. Beide packten aus, was sie hatten, Robert seinen Schinken und Brot und ein paar Mehrkornriegel, Andreas frisch geräucherte Würste und Brötchen, die er in Neuhaus erworben hatte. Sie teilten, was sie hatten, auch die Getränke, schmatzten munter drauflos. Die Sommersonne warf ihre mittäglichen Strahlen auf die beiden. Die kräftigen Düfte des Waldes mischten sich mit denen, die von den Würsten ausgingen. Bäume und Büsche begrüßten rauschend und flüsternd die Schlemmenden. Vögel jauchzten voller Freude, bunte Insekten summten und schwirrten fröhlich um die beiden herum. Ihre gesamte Umgebung atmete Heiterkeit. Und diese Heiterkeit war so ansteckend, dass Robert mit einem Mal anfing zu lachen. Er prustete los, verschluckte sich, fing fürchterlich an zu husten, krümmte sich vor Schmerzen. Lachen, husten, husten, lachen, röcheln. Es gab keinen Grund dafür, aber jeder kennt das. Auf einmal ist es da und man kann es nicht mehr aufhalten. Und es ist ansteckend wie die Cholera.

Als sie sich wieder beruhigt hatten, fragte Andreas:

»Sag mal, was hast du da für eine eigenartige Mütze auf. so etwas habe ich ja noch nie gesehen.«

»Du meinst meinen Ak-Kalpak. Das ist ein Geschenk meiner kirgisischen Freunde. Ich habe mich so daran gewöhnt, dass die Mütze zu meinem Talisman auf allen Wanderungen geworden ist.«

Robert erzählte von seiner Reise in dieses aufregende Land im Tian Shan, von der unbeschreiblichen Gastfreundschaft der Menschen dort, von den schneebedeckten Gipfeln und vom Issyk-Kul, seinem geistigen Vater. Es war wie immer, jedem, der es wissen oder auch nicht wissen wollte, erzählte er seine Erlebnisse, und er freute sich, wenn seine Begeisterung ansteckend wirkte.

»Warst du allein dort?«, wollte Andreas wissen.

»Ja, allein. Alle sagten, fahr mal hin, schau dir alles an und wenn es dir gefällt, dann kommen wir vielleicht beim nächsten Mal mit.«

»Das klingt wirklich aufregend.«

»Komm doch einfach mit, wenn ich das nächste Mal meine Freunde dort besuche. Du wirst sehen, ich habe nicht übertrieben«, lud Robert seinen Begleiter ein, und schlug vor, »komm, wir schießen noch ein Foto zur Erinnerung und marschieren dann weiter. «

Wieder schnallten sie ihre Rucksäcke auf und wanderten, sich anregend unterhaltend, bergab. Wiesen und Bäume, vom Regen benetzt, glänzten im frischen Grün. Wassertropfen blitzten wie Diamanten auf den Blättern. Possierliche Häuser aus Holz oder mit Schiefer verkleidet schmiegten sich eng an die Hänge. In einem Limbacher Garten leuchteten weiße Laken wie Segel im Wind.

Der Weg schlängelte sich allmählich wieder bergauf. Zwischen den Baumstämmen wirkte das Licht spärlich. Farnkraut wucherte am Waldboden. Die Luft war schwül und drückend. Pilze standen wie lustige Waldmännlein verstreut zwischen mächtigen Fichten. Der Schrei eines Eichelhähers durchbrach die Stille des Waldes. Vielleicht wollte er nur vor den beiden Eindringlingen in sein Revier warnen. Wer weiß?

Andreas und Robert erreichten den Dreistromstein, einen dreiseitigen Obelisken, der die Wasserscheide zwischen den Flusssystemen der Weser, der Elbe und des Rheins markiert. Auf den drei Seiten sind die jeweiligen Bäche und Flüsse benannt, dazu die Wappen der Fürstentümer Sachsen-Hildburghausen, Schwarzburg-Rudolstadt und Schaumburg. Der Sockel des Obelisken besteht aus drei verschiedenen Gesteinen: Granit symbolisiert die Elbe, Grauwacke die Weser, Quarz den Rhein.

Wieder bat eine Wanderhütte die beiden zu Gast. Während sie etwas knabberten und ein kräftigen Schluck klares Quellwasser tranken, traf eine Gruppe Ausflügler mit Handtäschchen, Fotoapparaten, weißen Kleidern, Sonntagsausgehanzügen und Schnatterguschen am Obelisken ein.

»Hallo, ihr müden Wanderer, könnt ihr ein Foto von uns machen?«, fragte eine Dame mit Hut.

»Aber selbstverständlich, junge Frau«, ging Robert in flapsigem Ton darauf ein.

Als sie wieder verschwunden waren, gerieten die beiden bei einer gemütlichen Zigarette ins Schwatzen.

»Bist du oft allein unterwegs?«, fragte Andreas sein Gegenüber.

»Immer, wenn es etwas spartanisch wird, dann schon. Diese Naturnähe bei Tag und Nacht, ohne Bett und Klo mit Wasserspülung, ist nicht jedermanns Sache. Meine Frau geht zwar auch gern in den Bergen spazieren, aber solche Torturen mag sie nicht. Jetzt bekam sie ohnehin keinen Urlaub. Wir werden in zwei Wochen in die Alpen fahren. Das wird sicherlich auch sehr schön. Meinen Sohn habe ich auch schon mitgeschliffen, im Frühjahr zur Walpurgisnacht auf den Brocken. Danach wollte er nicht wieder mit. Na ja, er ist jetzt achtzehn, da hat man andere Dinge im Kopf. Was ist mit dir, hast du auch Familie?«

»Ich bin geschieden. Wir haben auch einen Sohn, den ich regelmäßig bei mir habe. Er ist vier. Das ist gar nicht so einfach. Letztens saßen wir beim Frühstück, da fragte ich ihn, ob er etwas essen möchte, da meinte er ja, dann nein, dann wieder ja. Ich bin fast verrückt geworden. Ich freue mich aber doch auf meinen Urlaub mit ihm. Wir wollen in zwei Wochen an die Nordsee fahren, da war er noch nie«, berichtete Andreas.

»Es gibt nichts Schöneres, als mit dem Sohn einmal allein mit einem Zelt unterwegs zu sein. Vor ein paar Jahren, mein Sohn war vielleicht zehn, da fuhren wir durch halb Europa, schliefen im Zelt, aßen mit dem Taschenmesser, saßen abends am Lagerfeuer, lebten wie die Nomaden so frei. Ich erinnere mich immer wieder gern an diese gemeinsame Reise und ich glaube, er tut es auch. Nutze die Zeit, solange dein Sohn noch klein ist! Du wirst staunen, wie schnell die Zeit vergeht«, schwärmte Robert.

»Du hast sicherlich recht.«

»Es ist schon ein Kreuz mit der heutigen Erziehung. Man braucht sich aber auch nicht zu wundern, wenn die Kinder so sind, wie sie sind - bei den Eltern! Das sind doch keine Eltern mehr!«

Andreas schaute Robert mit reichlicher Verwunderung an.

»Ich meine, viele könnten vom Alter fast Großeltern sein. Und genauso benehmen sie sich, beziehungsweise so erziehen sie ihre Kinder. Erst schleppen die Kleinen bis in ihre Vorschulzeit die Pampers mit sich herum, dann wird die Umgebung keimfrei gehalten, so dass die Kinder kein Immunsystem aufbauen können. Jede Beule löst Entsetzen bei besorgten Mütterchen aus, die Kinder werden mit dem Auto bis vor das Klassenzimmer gefahren. Schmutz, frische Luft und Sport bergen Unmengen von Krankheits- und Unfallgefahren in sich. Sinnvoll und kreativ Spielen können die Kinder auch nur selten mehr, weil sie es nicht lernen - einzig die Fernsehkiste können sie schon mit zwei Jahren bedienen. Da bin ich froh, dass ein solches Leben meinem Sohn erspart werden konnte. Stell dir vor, als ich vierzig wurde, ging mein Sohn aus dem Haus. Da fangen für manche erst die Elternpflichten an«, Robert konnte sich einmal wieder richtig Luft machen und er fuhr fort, »manchmal kann ich das Gegackere dieser alten Glucken einfach nicht aushalten«, entschuldigte er sich im Nachhinein für seine Aufregung.

»Lass man, ich kenne das auch. Da lassen die Kleinen einen Pups und diese Großmütter-Mütter meinen, ihr Kleines habe sich mit dem HIV infiziert. Noch schlimmer sind die Großmütter-Nichtmütter, die meinen, sich in die Erziehung anderer Kinder einmischen zu müssen oder diese behandeln wie ihre Schoßhunde. Ich weiß nicht, woran es liegt, es ist doch aber so, dass man erst einen Beruf lernt, dann ein wenig Geld spart, um die Welt kennenzulernen, dann wiederum, um ein Haus zu bauen, um dann seinem Kind, das Bestmögliche bieten zu können. Inzwischen sind nun mal ein paar Jahre vergangen, und man geht auf die Vierzig zu«, entgegnete Andreas.

»Siehst du, und da sind wir bei der entscheidenden Frage. Was ist das Bestmögliche? Um das Kind gut zu erziehen, sollte man dafür nur die Hälfte des Geldes aufwenden, dafür aber doppelt so viel Zeit mit ihm verbringen, sagt ein norwegisches Sprichwort. Weshalb nehmen wir uns nicht die nötige Zeit. Und wenn wir heute nicht genügend Zeit für unsere Kinder aufbringen können oder wollen, brauchen wir uns auch nicht zu wundern, wenn unsere Kinder später keine Zeit mehr für uns aufbringen können oder wollen, wenn wir einmal Rentner sein werden, verstehst du? Der Egoismus ist schon so weit fortgeschritten, dass nur noch die eigenen hedonistischen Ziele verfolgt werden.«

Andreas war erstaunt. Er hatte vor, in Ruhe zu wandern und bekam gratis eine philosophische Vorlesung in mitten der Natur.

»Steh auf, lass uns weitergehen, sonst palavern wir heute Abend noch«, schlug er deshalb vor.

Die Füße begannen Robert gewaltig wehzutun, als sie Friedrichshöhe, die kleinste Gemeinde Thüringens, angingen. Früher gab es hier einmal ein Glashütte, heute wohnen nur eine Handvoll Menschen hier. Immer weiter ging es bergauf bis zum Germarstein auf der Pechleite. Germar war ein begeisterter Rennsteigwanderer, der im Juli 1912 mit Hilfe der Fotografie die schwarzburgische Gabel auf einem Stein nachgewiesen und ihn damit als Grenzstein identifiziert hatte. Während Andreas mit seinem leichten Gepäck noch frisch voran schritt, hatte Robert mit seinem schweren Rucksack zu kämpfen.

Noch einmal purzelten sie bergab bis zur Eisfelder Ausspanne. Sechs Wege kreuzten sich hier. Der dortige Passübergang war der kürzeste Übergang zwischen dem Schwarzatal und dem Werratal, hier überquerte die alte Poststraße von Eisfeld über Sachsenbrunn und Werra-Flößteich nach Katzhütte den Rennsteig. Robert hatte dafür keinen Blick mehr. Er kämpfte nur noch ums Überleben bis zum heutigen Zielort Masserberg. Die Arme mit den Stöcken trugen die Hauptlast, die Füße berührten nur noch flüchtig den Boden.

Immer geringer wurde die Marschleistung der beiden. Robert trieb im Windschatten seines jüngeren Begleiters. Unendlich lang kam dem Älteren der beiden jeder Kilometer vor. Wieder ging es bergauf. Wieder lag der höchste Punkt des Tages am Ende der Etappe.

»Beiß die Zähne zusammen, es sind nur noch drei Kilometer bis Masserberg!«, ermutigte Andreas seinen Kameraden.

»Ich weiß nicht, ob ich das noch schaffe. Ich versuche es noch bis zur Rennsteigwarte auf dem Eselsberg. Vielleicht gibt es da eine Hütte. da können wir dann Quartier machen«, hechelte er.

Die Sonne strahlte ihnen inzwischen entgegen. Im Norden wucherte ein Fichtenwald, im Süden gab eine Wiese den Blick frei. Schon sahen sie den neuen Aussichtsturm auf der Anhöhe. Nun konnten sie das Ziel nicht mehr verfehlen. Selbst Robert humpelte etwas schneller.

»Ich gehe auf alle Fälle noch nach Masserberg rein. Willst du auch ein Bier, ich bringe dir etwas mit«, schlug Andreas vor.

»Schauen wir doch erst einmal, ob wir nicht auch etwas in der Rennsteigwarte bekommen können«, hielt Robert entgegen.

Der knapp 30 Meter hohe Turm der Rennsteigwarte ragte über die Gipfel der Bäume hinweg. Rings um die Wirtschaft standen auf einer Lichtung ein paar renovierungsbedürftige Hütten. Die beiden warfen ihr Gepäck in eine von ihnen und betraten die Gaststube.

In der Dämmerung erkannten sie drei ältere Herren am Stammtisch, die sogleich neugierige Blicke auf die Eintretenden warfen, sich dann aber geschwind wieder ihrem Gesprächsthema widmeten. Hirschgeweihe und Rehgehörn schmückten die Wände. Der Wirt war soeben dabei, Bier zu zapfen.

»Da kommen wir gerade recht«, lachte Robert den Wirt an, »mein Freund und ich möchten gern eine große Alster für den ersten Durst und ein paar Biere als Schlaftrunk.«

»Kein Problem, meine Herren, geht gleich los«, lachte er zurück und schon stand das gewünschte auf dem Tresen.

Es war, als hörte Robert die Engel singen, als ihm das kühle, erfrischende Getränk die Kehle hinunter rann. Und mit jedem Schluck kehrte das Leben ein Stückchen mehr in den Körper des Geschundenen zurück. Als er das Glas absetzte, war ihm, als stände er als ein anderer in diesem Raum. Er ging an den Stammtisch, klopfte auf den Tisch und fragte:

»Guten Abend, Sie haben doch sicher nichts dagegen, wenn wir uns ein bisschen zu Ihnen setzen?«

Andreas setzte sich, etwas verblüfft, dazu. Waren doch alle Tische der Gastraumes frei. Doch Robert bereitete es Vergnügen, den Einheimischen zu zuhören und ihren Dialekt mit den rollenden »rrrrs« zu studieren. Einer von ihnen erzählte besonders viel und laut. Und nach dem ersten Bierchen der beiden Zugewanderten fragte er sie:

»Wo kunnt ihr dann har, vun Herschel onner vun Blankenschtan?«

Das hinter dem Thüringer Wald anders als vor dem Wald gesprochen wird, hat seinen Grund nicht darin, dass seinen Bewohnern unterschiedliche Zungen gewachsen wären. Unterschiedlich ist aber die Herkunft der Menschen, die vor langer Zeit nach Thüringen drängten. Das Land war noch wenig besiedelt, als die Angeln von der Nordsee zu den Hermunduren kamen. Auch die Franken, Sachsen und Slawen fanden hier genügend Platz, um ihre Dörfer zu bauen. Mit der Zeit mischte sich die Sprache der Thüringer mit der der Hinzugekommenen. So entwickelten sich die unterschiedlichsten Mundarten. Und es kommt vor, dass die Menschen zweier Nachbardörfer, sich kaum verstehen.

Nachdem die beiden die erste Frage beantwortet hatten und beim zweiten Bier waren, wurde das Gespräch angeregter. Die Einheimischen erzählten ein Geschichte nach der anderen, so dass den beiden richtig schwindelig wurde, weil sie aufpassen mussten, alles zu verstehen.

»Ech bänn scho Johre her. Kunst äch nuch on de Geschechte erinnern von dr Schladr Honnes. Änn mohl hätt dr wie gewehnlech in dr Schank gesassen un hätt gwaltig gesuffe. Öff einmol is dr in sei Trabbi gestiehn un is nunter zur Granz gefohre. Wie e Veruckter is dr Honnes uffn Schlagbohm zue un vull durchkracht. Uff änn mohl woar ds Dach furt. Gobs au zo, dm is nischt passiert. Un me hann dn greßte Schbaß gehat«, rollte der Lustigste von den Einheimischen und klatscht sich lachend auf die Schenkel.

Mit den Bieren und den Obstlern wurden die Geschichten immer zweifelhafter. Trotz allem lachten sie gemeinsam, laut schallend und viel, bis der Wirt endlich ein Machtwort sprach und allen den letzten Obstler verabreichte.

Am Morgen danach trällerten die Sänger des Waldes im trüben Licht wallender Wolkenfelder. Robert richtete sich auf, während Andreas sich wie ein Einsiedlerkrebs in seinem Schlafsack wälzte. Robert fühlte sich wie ein zerknautschter alter Lappen. Aus der Wirtschaft hörte er schon leises Topfrasseln und er beschloss, nachzufragen, ob ihm der Wirt nicht die Toilette für eine kleine Morgenwäsche zur Verfügung stellen könnte. Es war nicht mit einer Dusche oder einem

Bad vergleichbar, aber warmes Wasser zum Waschen und für die Zahnpflege bewirkten kleinere Wunder.

Unterdessen hatte sich der Tag immer mehr und mehr erhoben, hin und wieder kamen erste Wanderer an der Baude vorüber. Robert weckte seinen Begleiter und begann, seine Sachen zu ordnen.

»Komm, wir gehen nach Masserberg, um ein ordentliches Frühstück einzunehmen!«, schlug Robert vor.

»Das ist eine fantastische Idee«, tönte Andreas, der sich schon auf dem Weg zur Morgentoilette befand, zurück.

Als sie in das Tal hinabzogen, tauchten auch schon die ersten Häuser von Masserberg auf. Der kleine Ort, auf einer Passhöhe errichtet und von Wäldern umgeben, wirkte sauber und gepflegt. Moderne Kurhäuser und Hotels ergänzten das Thüringer Flair mittelalterlicher Schieferhäuser. Es dauerte auch nicht lange, da fanden die beiden eine Bäckerei, wo frische Brötchen und duftender Kaffee gereicht wurden.

»Es geht doch nichts über ein gutes Frühstück«, meinte Andreas.

»Ja, insbesondere ein Frühstück auf der Wanderschaft. Ist es nicht großartig, durch die Welt zu wandern, dahin wohin die Füße dich lenken? Ist es nicht großartig, wenn einem das überschwängliche Leben aus Wäldern und von Wiesen, von Hügeln und Gletschern, aus Seen, dem Meer oder Flüssen, aus mannigfaltigen Gesichtern ernst und fröhlich anschaut? Das Reisen ist mit dem Leben vergleichbar. Das Reisen der meisten Menschen ist ein Einkaufsbummel. Sie laufen von einem Geschäft zum anderen, immer auf der Suche nach einem Schnäppchen. Das Leben der Romantiker dagegen ist ein freies, unendliches Reisen, ein Reisen zu den Menschen hin, ein Reisen im Herzen der Natur. Wenn er, von einer inneren Freude erfüllt, die Morgensonne begrüßt, mit den Pflanzen und Tieren spricht, wenn er sich mit den Menschen und ihren Bräuchen beschäftigt, dann erkennt er den wahren Sinn seiner Reise in die unendliche Tiefe der Wahrheit«, dachte Robert laut.

Sie setzten ihre Wanderung fort. Als sie durchs Dorf gingen, wurden sie von allen Seiten mit neugierigen Blicken, insbesondere von den Kurgästen, beäugt. Der Himmel hatte schwere, graue Vorhänge. Am Parkplatz am Ortseingang fing es erst an zu tröpfeln, später goss es in

Strömen, so dass die Wälder rauschten. Im Hohlweg sammelte sich das Wasser zu kleinen Bächen. So patschten die beiden weiter bis zur Bühringhütte.

In der Schutzhütte warteten drei Wanderfrauen den Regen ab, und die beiden beschlossen, es den Damen gleichzutun. Wie so oft in solchen Gelegenheiten, kam man schnell ins Gespräch. Die Fragen nach dem Woher und Wohin wechselten die Runde. Und es freute Robert sehr, dass diese Rheinländerinnen den Weg in den Thüringer Wald gefunden hatten.

Als es nur noch leise auf das Dach der Hütte nieselte, brachen die Frauen nach Neustadt auf. Andreas und Robert schlichen langsam hinter ihnen her. Besonders Robert schleppte sich mit verbissenen Zähnen weiter. Er wurde für Andreas immer mehr zur Last. Ein paar Kilometer taumelt der Fußkranke noch mit. Als er am Laßmannstein wieder eine Rast einlegen wollte, bat ihn Andreas, weitergehen zu dürfen.

Robert konnte seinem Wanderfreund verstehen. Er selbst hatte beschlossen, nur noch bis Neustadt zu gelangen. Nach seinem Motto, dass Wandern Poesie ist und nicht unendliche Qual, ruhte er ein Weilchen in dieser wunderschönen Hütte am Rande einer Wiese. Das sollte es dann gewesen sein. Er hatte sich so auf diese Rennsteigwanderung gefreut und sollte sie nun abbrechen müssen. Die Natur hatte ihn besiegt. Doch er war ihr nicht gram. Erschöpft, mit zitternden Knien schaute er traurig auf die Lichtung. Dampf wallte über die Wiese, und er glaubte am gegenüberliegenden Waldrand ein paar Rehe zu sehen. Unzählige Schmetterlinge flatterten über rote und gelbe Blumen. Hier war es so einsam, als läge die Welt tausend Meilen entfernt. Nur die Grillen zirpten, und einer dieser Waldsänger flötete so melancholisch, dass Robert das Herz vor Wehmut hätte zerspringen können. Ja, dachte er bei sich, wer es so gut hat wie so ein Sängerknabe! Und er träumte, wie ein Vogel so frei durch die Lüfte zu segeln, über die Berge und Seen und Wälder.

Noch einmal rappelte er sich auf, stützte sich auf seine Stöcke und stakste am Waldrand entlang bis zur Teufelsbuche. Kurze Zeit später tauchte er wieder ein in das Meer von Büschen und Bäumen. In unendlicher Langsamkeit bewegte er sich Schritt für Schritt vorwärts.

Quälenden Schmerzen zogen sich nun die Beine hinauf. Er sah nicht die mitleidigen Gesichter der Bäume und teilnahmsvollen Blick der Waldmännlein, er hörte nicht den barmherzigen Gesang der Vögel. Leidenschaftslos und halb in Trance schleppte er sich Meter für Meter vorwärts. Mit stumpfen Augen sah er nur Baumstämme, Steine, Erde. Endlich Häuser, endlich am Ziel!

Doch als er an das Ortsschild kam, schien er fast zu zerbrechen: Kahlert. Diese nur aus wenigen Häusern und einer Bushaltestelle bestehende Siedlung ist nur ein unbedeutender Ortsteil von Neustadt. Robert war verzweifelt. Würde er das letzte Stück noch schaffen? Von der Bushaltestelle zog sich der Weg in einem Bogen bergauf bis zur Stadt, vielleicht zwei, vielleicht drei Kilometer.

Missmutig, hoffnungslos, wie ein Verurteilter trat er den letzten Marsch zur Stadt an. Nichts erinnerte an den wagemutigen Wanderer, der in Blankenstein gestartet war. Dieses Häufchen Elend konnte nur noch Mitleid erregen.

Plötzlich tauchten aus dem Busch zwei Wanderer mit riesigen Rucksäcken auf. Ein älterer Mann und eine greise Frau. In ihren Händen trugen sie Beutel voller Pilze. Robert begrüßte die beiden freundlich, fragte nach dem Woher und Wohin.

»Wir kommen aus Budapest«, berichtete die Greisin, »Jetzt waren wir wandern auf Rennsteig von Herschel. Wollen noch nach Blankenstein.«

»Möchten sie den ganz bis Budapest zurückwandern?«, fragte Robert voller Hochachtung.

»Nein, nur bis Blankenstein. Dann mit Zug nach Sächsische Schweiz. Dort noch ein bisschen wandern«, gab das Mütterchen zu verstehen.

Robert verabschiedete sich und wünschte den beiden noch eine gute Reise. Er konnte es nicht glauben, und seine Bewunderung schlug um in eine neue Heiterkeit und einen, den Schmerz verdrängenden Elan. Er biss die Zähne zusammen, pfiff, wenn auch etwas kraftlos, das Rennsteiglied und marschierte den Hügel mit fast vergessener Leichtigkeit hinauf. Als er den Ort erreichte, hatte sich die Stahlfeder des Willens in seiner Brust entspannt. Nun kämpfte er wieder. Nun zermürbte jeder Schritt den ermüdeten, ausgelaugten Körper. Im ersten Restaurant wollte Andreas auf ihn warten. Wie weit konnte es noch sein? Als Robert sich in seinen Qualen fortbewegte, musste er an seinen Großvater denken, wie er mit ihm das letzte Mal über die Wiesen seines Heimatdorfes gegangen war. Der Großvater war schon stark von seinem Rheuma geplagt. Doch ging er gebückt am Stock und hielt an der anderen Hand seinen Enkel. Sollte Robert auch schon so weit sein?

Da sah er ein Kneipenschild, nur noch wenige Schritte. Doch die Enttäuschung war groß: geschlossen. Ein paar Meter weiter glaubte er seinen Augen nicht zu trauen. Andreas kam ihm entgegen.

»Gib deinen Rucksack, ich trage ihn«, forderte ihn sein Wanderfreund auf.

Robert war unendlich dankbar. Nun hatte er es doch noch bis hierher geschafft. Heute würde er keinen Schritt mehr weiter gehen. Sie gingen gemeinsam bis zu einer Bank an der Bushaltestelle.

»Hast du schon gegessen?«, fragte Robert.

»Ich bin schon fertig. Wir haben noch etwas Zeit, bevor der Bus kommt. Du kannst dir noch ein Suppe dort drüben einverleiben«, schlug er vor.

»Ich habe noch ein paar Vorräte. Die müssen alle werden. Ich will schließlich nicht alles wieder mit nach Hause schleppen«, entgegnete Robert, schaufelte Brot und eine Büchse Fisch aus seinem Rucksack und fing genüsslich an zu schmatzen.

»Sei nicht enttäuscht, dass du nicht den ganzen Rennsteig geschafft hast«, tröstete Andreas seinen Wanderfreund, »sei Optimist, sie es doch einmal so, du hast immerhin den halben Rennsteig hinter dir gelassen, das sind beachtliche achtzig Kilometer.«

Das tat so wohl, das machte ihn wieder fröhlich. Plötzlich war er vergnügt, und in seinem Inneren stieg so etwas wie Stolz auf. Vergessen waren die Schmerzen, vergessen die Quälereien. Robert hob die Augen, siegesgewiss und selig, in sich das Bewusstsein eintrinkend, dass er sich selbst überwunden hatte. Lange und ekstatisch wirkte in ihm dieses Gefühl eigener Größe. Plötzlich stimmte er leise das Rennsteiglied an, diese heimliche Hymne der Thüringer, sang es mit geschwellter Brust. »Mein Lied erklingt durch Busch und Tann, das jeder gerne hört. Diesen Weg auf den Höh'n bin ich oft gegangen, Vöglein sangen Lieder... «

Eine Nacht auf dem kahlen Berg

In einer Zeit, die mit Recht als einer der ruhelosesten galt, war es umso wichtiger, sich einen Augenblick zu nehmen, um selbst zu Stille und innerer Einkehr zu gelangen. Eine solche Auszeit war für Robert damit verbunden, sich aus der Zivilisation zurückzuziehen, allein durch die Wälder zu streifen, nur den Paragrafen der Natur ausgesetzt, im der Kampf gegen seine eigene Trägheit und den Herausforderungen der Landschaft.

Zu allen Zeiten hatte Robert darüber gestaunt, welch ein Potpourri die Vögel lange vor dem Sonnenaufgang anstimmen. Den Anfang macht stets der Hausrotschwanz. Seine Arie beginnt mit einem leidvoll gepressten »Jirr Tititi«, dem nach einer kurzen Pause ein kratzender Mittelteil folgt, um mit einem melodischen Finale zu schließen. Ein halbe Stunde später folgt die Amsel. An diesem Tage trällerten seine Amseln eine pausenlose Serie zauberhafter Choräle. Sie verknüpften verschiedene Liedelemente zu neuen Motiven, die sich wie bunte Blumen in die Lüfte rankten. Ihm war, als übten sich zwei Exemplare im Kontergesang, in dem ein Amselmännchen auf das Motiv des anderen zurückgriff und mit einer Strophe in vergleichbarer Länge antwortete. Danach setzten andere Vögel ein, die Robert nicht identifizieren konnte, bis eine halbe Stunde später der Buchfink sein durchdringendes »Tsitsitsitsjatsjazoritiu-tsip« ertönen ließ. Sein schmetternder Finkenschlag war aber auch unüberhörbar.

Robert erwachte an diesem unbeschwerten Tag im Mai. Das Frohlocken seiner gefiederten Freunde, ihr Singen wirkte geradezu ansteckend. Robert beugte sich zu Ella hinüber und küsste sie sanft wach.

»Hör doch nur! Mutter Natur ruft mich in ihren Schoß«, flüsterte er zu seiner Liebsten ins Ohr.

»Du kannst es wohl kaum abwarten, mich allein zu lassen«, erwiderte seine Frau schmunzelnd.

»Du bist meine Frau, die Natur ist meine Mutter. Ihrem Schoß bin ich entwachsen. Doch einmal im Jahr möchte ich ein paar Tage mit meiner Mama allein verbringen. Das verstehst du doch. Außerdem freue ich mich schon jetzt auf unser Wiedersehen, mein Schatz!« Robert küsste sie noch einmal zärtlich und sprang auf wie ein Taschenmesser.

Am Morgen dieses Pfingstsonntages waren noch nicht so viele Menschen unterwegs, deshalb verlief die Fahrt in den Harz reibungslos. Die neue Verbindungsstraße von Bad Harzburg nach Wernigerode verkürzte zudem die Reisezeit der beiden, so kamen sie ihrem Ziel Quedlinburg rapide näher. Dieser bezaubernde Ort bestach durch sein einmaliges Ensemble von mittelalterlichen Fachwerkhäusern. Sie betraten den Marktplatz. Seine weite Fläche umgab sich lückenlos mit prächtig restaurierten alten Gebäuden, in deren Erdgeschosslagen Cafés und Restaurants auf Gäste warteten und zahlreiche Geschäfte ihre Waren anboten.

Viele Menschen erfreuten sich an diesen Pfingstsonntag ihres Lebens. Männer, Frauen, Kinder trugen ihre Festgewänder spazieren. Japaner digitalisierten die Fachwerkhäuser in ihre Kameras. Würstchenbuden und Weinhändler feierten Hochkonjunktur. Es schien, als hätten sich auch die alten Häuser für dieses Fest herausgeputzt. Rot und blau und weiß leuchtete ihr Putz, dunkel ihr Korsett aus Holz. Manche von ihnen standen windschief zwischen den anderen, ein familiäres Miteinander von Alt und Jung.

Robert und Ella schlenderten über den Markt und hielten Ausschau nach ihrem Sohn. Zur vereinbarten Zeit kam ihnen der Jüngling mit lockigem Haar und dessen Freund entgegen. Liebevoll begrüßten sie sich, als hätten sie sich Jahre nicht mehr gesehen. Es war schon erstaunlich, wie die Zeit verging, die Kinder plötzlich groß und erwachsen wurden. In den Erinnerungen der Eltern existierten immer noch die Bilder des kleinen Babys. Die Zeit erfasst man erst dann richtig, wenn man an seinen Kindern aufschaut. So ist das Leben.

Im Kartoffelhaus aßen sie zu Mittag. Ihr Sohn machte die beiden mit der Mutter und dem Bruder seines Freundes bekannt. Robert bestellte Bratkartoffeln orientalisch. Noch nie im Leben hatte er solch teure Kartoffeln gegessen. Dabei gehörten Bratkartoffeln und Sülze zu seinen Lieblingsgerichten. Es war schon erstaunlich, was der Euro, die neue Währung in Europa, für Blüten trieb. Endlich begriff Robert, weshalb man allerorten vom Teuro sprach.

Nach dem Essen fuhren Robert und Ella nach Thale. Das Angebot an Sehenswürdigkeiten erschöpfte sich in Thale mit dem Hexentanzplatz und der Rosstrappe. Am Friedenspark setzte Ella Robert ab, schoss ein Foto und gab ihm ein Abschiedskuss. Robert umrundete zur Einleitung die neoromanische Sankt-Petri-Kirche, einen zum Himmel strebenden Zentralbau in Kreuzform, der von einem mächtigen achteckigen Turm beherrscht wurde.

An der Seilbahnstation zum Hexentanzplatz begann seine Wanderung mit dem ersten Schritt. Sogleich entsann er sich an die Sage der Rosstrappe, wonach der Felsen über ihm eine Vertiefung in Form eines riesigen Pferdehufes hatte, die durch den Aufschlag eines höllischen Rappen entstanden war. Es war das Pferd, das die Königstochter Brunhilde trug – auf der Flucht vor dem Riesen Bodo. Er liebte diese Sagen.

Lange Zeit war Robert nicht an diesem Ort gewesen. Allerhand hatte sich verändert. An den Seilen der Seilbahn hingen neue Gondeln. Die Anzahl der Touristen hatte sich vervielfacht. Auf dem Hinweisschild zum Bodetalweg hieß es: *Betreten auf eigene Gefahr.* Besonders gewaltig waren die Steilhänge unmittelbar hinter Thale. 250 Meter hoch überragten die sagenumwobenen Felsen den Talkessel der Bode. Glitschig und matschig, über Stock und Stein wand sich der Weg einmal am Ufer, einmal weit über dem Ufer der Bode entlang. Viele Wanderer und Spaziergänger kamen Robert entgegen. So mancher hatte die Schwierigkeit des Weges unterschätzt. Mal floss die Bode ruhig, bildete kleine Seen, mal sprang sie wild wie ein Kind über moosbewachsene Steine, mal zwängte sie sich durch enge Felslandschaft. Der Wald war prächtig grün. Die Temperatur angenehm warm. Nach wenigen Kilometern brach das Zivilisationsgift aus jeder Pore von Roberts Körper. Er war so auf jeden Schritt konzentriert, dass er die Natur nicht in der gewohnten Art wahrnehmen konnte, denn es war sein erster Wandertag nach einem Jahr. Mit der Zeit gewöhnten sich seine Augen an das Halbdunkel des Waldes. Blumen fielen ihm nun auf, närrische Baumstümpfe und immer wieder die zauberhafte wilde und felsige Landschaft des Flusses. Während er munter und gut gelaunt den Fluss entgegen stapfte, fühlte er sich in allerbester Gesellschaft. Denn vor ihm waren einige prominente Besucher hier gewesen: Klopstock, Goethe, Alexander von Humboldt, Novalis, Eichendorf und Fontane. Etwas mehr als zwei Stunden benötigte er bis nach Treseburg. Ein eigenartiger Zauber lag über diesem verwunschenen Ort, in dem die Zeit stehen geblieben schien. Robert setzte sich in den Biergarten des Forellenhofes, einem Gasthof mit einem manierlichen Eindruck, in dem sich viel Volk sein Vergnügen suchte.

Während er auf sein Essen wartet, schaute er sich um. An den Tischen herrschte ausgelassene Heiterkeit. Die Gäste aßen und tranken heiter, unterhielten sich, ein zauberhafter Vogelchor säuselte romantische Lieder. Ein leiser Lufthauch fächerte ihm frische Waldluft zu. Ein feines Elfengesicht schaute ihn vom Nachbartisch an. Das blonde Mädchen sah aus wie ein Engel, schien ihn aber nicht zu bemerkten. Roberts Blut begann zu kochen, der blanke Wahnsinn stand ihm bereits in den Augen, als ihm die Wirtin endlich sein weißschaumiges Bier brachte. Er zündete sich genüsslich eine Zigarette an und machte gedankenverloren ein paar Züge und ließ die begonnen Fantasien weiter gedeihen. Sollte sie seine Glücksbotin sein und ihre Küsse ihm Erfüllung bringen? Und wie aus dem Nichts erschien sein schlechtes Gewissen und ließ ihn erwachen. Als die Zigarette schlussendlich aufgeraucht war, brachte die Wirtin das Forellensüppchen.

Nach dem Essen beschloss Robert, sich einen passenden Lagerplatz für die Nacht zu suchen. Gern hätte er sein Zelt in der Nähe des Ortes aufgeschlagen, doch fand er nichts, was seinen Ansprüchen genügte. So wanderte er weiter die Bode entlang in Richtung Altenbrak. An einem kleinen Bach, der sich in die Bode ergoss, baute er seine Hütte auf. Im Wald wurde es still. Nur ein paar Vögel zwitscherten in der Ferne. Die Sonne warf ihre letzten Strahlen durch die Baumwipfel. Plötzlich hörte er ein leises Knacken im Gehölz, ein verzweifelter letzter Aufschrei eines Auerhahns durchdrang für einen Moment die Stille, dann herrschte erneut absolute Ruhe im Wald. Im Nu war die Dämmerung hereingebrochen und der Duft von Brot und Käse stieg ihm in die Nase. Müde von der Wanderung saß er vor dem Zelt und genoss die Stille des Waldes. Erst als der Vollmond hoch droben am Himmel über dem geheimnisvollen Wald stand und der Bach zufrieden vor sich hinplätscherte, legte er sich in sein Wigwam, ganz nah bei der Falkenklippe, am Eingang zum Schreckenstal, zum Schlafen nieder, bis ein neuer Tag im Lager anbrach.

Der Wald war feucht und klamm vom Tau, Wolken hingen mattgrau und tief über dem Bodetal. Dennoch ließen sich die Sänger des Waldes nicht die Morgenlaune verderben. Die Ammern tirilierten, die Meisen zirpten und die Finken tschilpten. Gibt es irgendeine Kreatur, die bei einem derartigen Festival der Lieder schlafen kann? Vorsichtig und neugierig kroch Robert aus seinem winzigen Campingzelt. Er wollte den gefiederten Troubadouren keine Angst einjagen. Dennoch verließ er seine Behausung, um im angrenzenden klaren Quell eine kurze Morgentoilette vorzunehmen. Robert fand frische Fährten von Rehen auf seinem Weg. In der Nacht mussten sich Bambis in der Nähe aufgehalten haben, nur so konnte er sich das verdächtige Rascheln erklären und den Atem des Wildes, den er im Traum zu spüren geglaubt hatte.

Nach einem andächtigen Frühstück wanderte Robert frohgelaunt weiter. Es waren schätzungsweise anderthalb Kilometer bis nach Altenbrak. Das malerische Dorf schien an diesem friedvollen Pfingstmontag noch zu schlafen. Es hatte sich gleichwohl für Einheimische und Besucher prächtig herausgeputzt. In der Hauptsache hieß der Ort die Kinder willkommen. Eine farbenfrohe Blütenpracht, berauschende Kräuter und erläuternde Tafeln luden zu einem erquickenden Spaziergang in den musealen Harzgarten ein. Ein paar Schritte entfernt sollte eine Minigolfanlage Groß und Klein zu einem geschickten Spiel mit einer kleinen weißen Kugel verführen. Nur wenig entfernt wartete ein Abenteuerspielplatz auf seine vor Vergnügen quietschenden Kinder. Zu dieser frühen Stunde räkelte sich das Spielgerät jedoch schlaftrunken und vereinsamt in der Sonne.

An der entgegenkommenden Bode verkümmerte das Dorf in ein paar alleinstehende Häuser, ehe der Wald den Weg verschlang. Robert war an diesem, sich aufklarenden Tag noch keiner Menschenseele begegnet. Die hellen Sonnenstrahlen durchdrangen nur schwach die hohen Wipfel der uralten Tannen und Fichten auf seinem Weg durch das große Mühlental. Nirgends war eine Mühle zu finden.

So erinnerte sich der Wanderer an die Erlebnisse im Mühlental bei Eisenberg. Es war ein wunderbarer Spätwinterurlaub. Sein Sohn war gerade einmal vier Jahre alt gewesen. Außerhalb der Ferien waren nur neun Gäste in die Mühle, einem Betriebsferienheim, angereist. Obwohl sie sich nicht persönlich kannten, waren es alle Kollegen in ein und demselben Großbetrieb. Nachdem die sibirische Kälte den Rückzug angetreten hatte, erkundeten die Feriengäste dieses wundervolle Tal. Feucht war die Luft und kühl. Das nassgraue Gestein trug Perücken aus Moos. Zwischen den Bäumen am Ufer des Mühlbaches stieg Wasserdunst auf. Ein Schwarm Meisen wirbelte wie eine Rauchwolke durch tiefhängendes kahles Geäst. In einer dunklen Tanne knabberte ein munteres Eichhörnchen an einem Zapfen. Ein Buntspecht hämmerte mit Geduld auf einen abgestorbenen Ast ein. Der Mühlbach schlängelte sich schwärzlich zwischen eisüberzogenen Kieseln dahin. Robert mochte diese murmelnden, seichten Bäche mit Kieselgrund, sonnenbeschienenen Steinen und von Ufer zu Ufer flitzenden Wasserläufen schon immer. Beim Anblick eines fließenden Gewässers konnte er die Zeit verstreichen sehen. Schon im nächsten Augenblick war der Bach nicht mehr der von vorhin. Am Ufer träumten alte Wassermühlen von einst, als sie noch in Kraft und Saft standen und den Bauern ihr Korn mahlten. Heute fristeten sie ihre Erdentage als urgemütliche Pensionen und einladende Gasthäuser. Sieben Stück an der Zahl, im Abstand von nur wenigen Kilometern. So blieb es nicht aus, dass die Urlauber sie alle besuchten, um herauszufinden, wo es die köstlichsten Speisen und die wohlschmeckendsten Getränke gab. Als die Sonne den Wald mit violetten Schatten erfüllt hatte, traten Vater, Mutter und die anderen Urlauber nach einem Aufenthalt in einer dieser behaglichen Mühlen erschöpft und schlafbedürftig den Heimweg an. Der Sohn hingegen sprang wie ein junger Rehbock über Stock und Stein. Seine Energie schien unerschöpflich.

Trotz des kräftezehrenden Aufstiegs hinterließen diese Erinnerungen ein Lächeln auf Roberts Gesicht. Allein quälte er sich auf dem bergan führenden Weg durch den Hochwald. Blaugrüne Fichten, silberblaue Tannen wuchsen himmelan, possierliche Waldvögel jubilierten göttliche Arien. Schwarze Ameisen defilierten in unendlichen Reihen betriebsam vorüber, gelassen krabbelten wohlbeleibte, schillernde Käfer über den sandigen Waldweg. Ein leiser Wind spielte gedämpft auf der Harfe, während durch das Kuppeldach der Baumkathedrale goldener Sonnenglanz die Dunkelheit durchbrach. Die sommerliche Wärme und die Anstrengung der Bergwanderung trieb Robert den Schweiß aus allen Poren. An einer Gabelung war er ein klein wenig unsicher, wohin ihn der Weg führen sollte. Er wanderte einen halben Kilometer talwärts, entschloss sich dann aber zur Umkehr. Es gab keinen Wegweiser, der ihm helfen wollte. Zu guter Letzt landete er am Stemberghaus – einer alten Köhlerhütte nebst einem Köhlermuseum.

Wie im Mittelalter wurde gerade das Holzkohlenfeuer entfacht. Doch nun diente es dazu, darbenden Wanderern und heißhungrigen Touristen Fleisch und Wurst auf dem Grill zu bereiten. Auch Robert spürte Appetit beim unverwechselbaren Geruch der glühenden Kohlen. Noch lag kein Fleisch auf dem Grill.

»Guten Tag, ich suche den Weg zur Rappbodetalsperre, können Sie mir helfen?«, fragte Robert den Grillmeister.

Der dicke, liebenswürdige Mann antwortete mit einem breiten Lächeln, so dass seine weißen Zähne wie in einer Zahnpasta Werbung strahlten: »Gehen Sie ein paar hundert Meter nach Osten, dann zweigt der Weg zur Talsperre nach Norden ab. Es ist nicht mehr weit. Wie mir scheint, sind Sie schon ein Weilchen unterwegs. Wollen Sie nicht eine kleine Pause einlegen und eines meiner leckeren Rostbrätl probieren?«

»Vielen Dank, mein Weg ist noch weit. Eine Rast habe ich im Augenblick nicht eingeplant. Ich wünsche Ihnen noch einen schönen Tag«, verabschiedete sich Robert.

»Schade, wo soll es denn hingehen?«

»Heute möchte ich am Blauen See in Rübeland mein Zelt aufschlagen. Nochmals vielen Dank und tschüss.«

Im Vorbeigehen inspizierte er das Köhlermuseum. Hier lagen die gefällten Baumstämme, die zu einem halbkegelförmigen Meiler geformt waren. In früheren Zeiten verriet sich der rauchende Meiler der Nase weithin. In seiner Fantasie sah Robert die abenteuerlich verrußten Gesichter der Köhler. Es war sicher eine schwere und wenig einträgliche Arbeit.

Robert marschierte zurück zur Weggabel und folgte dem schon gegangenen Weg bergab durch den Hochwald. Er schritt durch den hochstämmigen Nadelwald langsam voran, bis die Baumbedeckung allmählich lichter wurde an der Straße von Hasselfelde nach Blankenburg. Wie still und friedlich war es ringsum. Nur einer freche Elster konnte er ein Weilchen beobachten, wie sie emsig beschäftigt war, die Gaben der Natur zu sammeln. Harmlos flog sie neben Robert her, als wollte sie ihn begleiten, bis er den Wald verlassen sollte. Die Trennung vom Wald war gleichzeitig die Trennung von der Stille. Ungewohnte Motorgeräusche hämmerten plötzlich an seinem Ohr vorüber. Erst leise, dann schnell lauter werdend, um sich wenig später zu verabschieden.

Nur kurz vernahm er das Geknatter der Motoren, dann bog Robert auf den Weg zur Staumauer der Rappbodetalsperre und der Straße nach Rübeland ab. Außerordentlich ruhig war es auf einmal. Nur wenige Spaziergänger kamen ihm entgegen. Wie aus heiterem Himmel stand eine Barriere vor ihm. Die Staumauer war gesperrt – und zwar für alle. Selbst für Fußgänger war es unmöglich weiterzukommen, da an der Dammkrone Reparaturarbeiten durchgeführt wurden. So ein Mist! Robert hatte keine Wahl, er musste zurück zur Hauptstraße. Die Sonne stand im Zenit, als seine Nase und seine Augen ein Gasthaus wahrnahmen. Aus dem Schornstein einer Gulaschkanone entwich rußiger Rauch. Es roch nach leckerer Erbsensuppe mit Bockwurst. Es gibt im Harz wohl einige Lokale, die die Voraussetzungen für deftiges Mittagessen erfüllen. Doch hier schnalzte Roberts Zunge freudig über diese unverhoffte Begegnung. Allein bei dem Gedanke an die leckere Suppe lief ihm das Wasser im Munde zusammen.

»Was darf es sein?«, fragte freundlich ein blondes Mädchen mit blauen Augen in einer weißen Schürze hinter dem Tresen.

»Bitte eine Portion Erbsensuppe mit Würstchen und eine Apfelschorle«, orderte Robert.

»Messer und Gabel sind Freunde der Zunge, doch der Löffel ist ihr Geliebter«, sagt ein Sprichwort. Und ein Erbseneintopf aus der

Gulaschkanone ist eine Gaumenfreude besonderer Art. Mögen die Feinschmecker dieser Welt über die Schlichtheit der Zutaten, das lehmig-breiige Aussehen und die spartanische Art der Zubereitung die Nase ruhig rümpfen, doch ein solches Süppchen weckt den Heißhunger auf hausgemachte deutsche Küche. Voller Erwartung freute sich Robert auf die Spezialität deutscher Militärkochkunst: deftig, gehaltvoll, fettreich, sättigend und schmackhaft und daher auch nach Meinung neumodischer Ernährungsexperten ungesund. Egal! Hauptsache es schmeckt.

Roberts Gedanken glitten ab in die Vergangenheit. Unversehens war er neun Jahre alt, trug kurze Lederhosen mit einem Edelweiß auf den Trägern und hielt einen großen Suppentopf in der Hand. Es war Straßenfest in seiner Heimatstadt Magdeburg, vor und hinter ihm in der Schlange standen seine Freunde und Nachbarn und unterhielten sich angeregt, scherzten und alberten herum. Langsam kroch die Menschenschlange auf dem Asphalt voran. Schließlich füllten zwei in Schweiß geratene, freundliche Soldatenköche seinen Topf mit der appetitlich duftenden Suppe bis zum Rand voll. Robert trug den vollen Tiegel vorsichtig nach Haus zu seiner Familie, die schon sehnsüchtig am gedeckten Tisch wartete. Einen Augenblick später hörte man nur noch schmatzen, stöhnen und Löffel klirren.

»Ihre Suppe, guten Appetit!« Schlagartig befand sich Robert in der Gegenwart. Er nahm dankbar die volle Schüssel entgegen, setzte sich an einen der Gartentische in der Mittagssonne und schlürfte gedankenversunken seinen Eintopf. Wie außerordentlich köstlich schmeckt solch ein Gericht, wenn man eine lange Wanderung hinter sich hat. Nicht zuletzt der Kaffee und die Zigarette als Dessert bewirkten bei Robert ein unbeschreibliches Wohlbehagen.

Es gab nur eine Möglichkeit, am selbigen Tag nach Rübeland zu gelangen: Mit dem Bus über Wendefurth, Almsfeld und Hüttenrode. An der Landstraße gab es eine Bushaltestelle. Oha, in wenigen Minuten müsste ein Autobus kommen. Pustekuchen, der Bus fuhr nur an Schultagen. Und heute war Pfingstmontag! Der nächste Linienbus sollte zwei Stunden später kommen. Was tun? Robert walzte also die zwei Kilometer ins Tal nach Wendefurth. Dort vermutete er den Stausee und nahm die alte Staumauer in

Augenschein. Von der Dammkrone blickte er auf einzelne, winzige Häuser, die sich hinter Bäumen versteckt hielten, gleich hinter dem gepflegten Park am Fuße des Damms.

Auf einer Bank hielt er noch eine Stunde Rast. Er fühlte, dass er lebte, dass er atmete. Und er sah und hörte, wie die Bienen und Hummeln summten, wie eine Taube sich aufs gegenüberliegende Dach setzte und gurrte, wie ein Perlhuhn ganz in der Nähe nach fetten Würmern pickte, und wie angenehm es für ihn war, wenn ein kecker Sperling oder ein farbenfroher Schmetterling herbei geflogen kam. Ein paar Schwalben hatten unter einem Hausdach ein Nest gebaut und zogen ihre Jungen groß. War das ein Leben! Mutter Schwalbe kam herangeflogen, klammerte sich ans Nest, fütterte die Jungen und – fort war sie. Hatte Robert einen Augenblick nicht hingesehen, war sogleich Vater Schwalbe auf dem Posten. Wenig später kam ein Hase angelaufen, setzte sich nah bei ihm hin und blieb ein ganzes Weilchen sitzen und schnupperte fortwährend mit der Nase in der Luft herum und streichelte sich mit der Pfote den Schnurrbart, ganz wie der brave Soldat Schwejk nach dem Genuss eines Glases Bier. Und wie er Robert ansah! Natürlich hatte Meister Lampe gleich bemerkt, dass dieser Wanderer ihm nicht gefährlich werden könnte. Schließlich erhob er sich, war mit einem Sprung an einem Busch gelandet, blickte sich noch einmal um, und schon war er über alle Berge!

Dann stieg Robert bergab zur Bushaltestelle. Dort hatte er ebenso viel Vergnügen, während er auf sein Gefährt wartete. Wendefurth lag in einer Talmulde. Sämtliche Fahrzeuge, die in den Ort hineinfuhren, mussten eine steile Abfahrt hinlegen. Der Ort bestand nur aus wenigen Häusern. Er war vielleicht ein- oder zweihundert Meter lang. Das verführte natürlich ein klein wenig zur Schnellfahrt. Und genau hinter der Bushaltestelle, die sich in der Talsohle befand, hatte die Polizei ihren Blitzer im Auto versteckt. Und sie hatten großen Erfolg. Es war zeitweise wie auf einer Pressekonferenz eines Prominenten, so oft blitzte es auf. Auf der einen Seite fand es Robert amüsant, andererseits fand er es ziemlich heimtückisch, den feiertäglichen Ausflüglern dermaßen aufzulauern. Letztendlich näherte sich ein Omnibus. Es war aber der nach Blankenburg. Vorsichtshalber fragte Robert den Fahrer, ob denn der Bus nach Rübeland auch fahren würde. Er meinte, fahren ja, aber halten? Er empfahl Robert zu winken und wenn er Glück hätte, würde der Bus ihn auch mitnehmen. Robert gab dem nachfolgenden Bus ein Zeichen, schnaufend hielt dieser. Der Chauffeur war zwar etwas mürrisch, doch war er freundlich genug, Robert aufzunehmen.

Der Besuch der Hermannshöhle in Rübeland bot eines der schönsten Schauspiele der Natur. Kaum war Robert in die Grotte eingetreten, fand er sich aus seiner eigenen, wirklichen Welt herausgerissen und in eine raum- und zeitlose Welt der Magie versetzt, wo der Stein in seiner märchenhaften Formvollendung spürbare Ruhe ausstrahlte. Die Vergleiche lagen auf der Hand: es handelte sich um einen anderen Planeten, eine andere Galaxis, eine andere Ewigkeit.

Sicher gab es Namen für jede Grotte und für besonders bizarr geformte Stalagmiten, die vom Boden gegen die Decke wachsenden Tropfsteine, und Stalaktiten, die von einer Höhlendecke oder einem Überhang zum Boden wachsenden Gegenstücke: Märchengrotte, Blaue Grotte, Kanzel, Zwerg, doch all diese Namen konnten nur Andeutungen auf die wirkliche Welt sein, die sich angesichts der neuen Dimensionen dieses Zauberreiches in Nichts auflöste, die Dimensionen der Erhabenheit, in der sich die Jahrtausende in Formen, Größen und unvermuteten Farben wiederfand.

Robert empfand durchaus nicht das Gefühl des Eingeschlossenseins. Die bequemen Wege mit wenigen Treppen erlaubten es ihm, die schönsten Teile der Höhle, die erhabenen Kuppelgewölbe, die wundersamen Kalkformationen, die seiner irdischen Fantasie keine Grenzen setzten, und den klaren Grottensee bis ins kleinste Detail zu betrachten. Auf einem Stein im See entdeckte er den blassen, zylindrischen, mit roten Kiemen versetzten Körper eines Grottenolms. Seine Heimat waren die lichtlosen Höhlenseen an der Küste der nordöstlichen Adria. Es waren die letzten männlichen Exemplare dieser Gattung, die sich, von kleinen Wasserwürmern und Höhlenkrebsen ernährend, in der Hermannshöhle fanden. Am Ende des Rundgangs präsentierte sich das Skelett eines Höhlenbären, das einen wirklichkeitsnahen Eindruck dieser einstmals furchterregenden Bestie wiedergab.

Nachdem Robert dieses unterirdische Paradies gesehen hatte, spürte er sehr wohl, dass diese Landschaft der Stille, eine seltsame Laune der Natur, vor seinen Augen einen so persönlichen, so reellen Eindruck hinterließ, dass von diesem Zeitpunkt an die Schönheit der Versteinerungen ein Teil seiner innersten Gefühlswelt blieb, unbeschreiblich wie ein glücklicher Traum, majestätisch und unerreichbar wie Musik, die genau zwischen Himmel und Hölle entsteht.

Der Palast der Erdengeister

Es lebten einst die Zwergenelfen
mit allen Menschen Seit an Seit,
sie wollten gern den Menschen helfen,
so war es damals in der Zeit.

Es hat die Gier sie längst vertrieben,
darum sind sie seit langem fort,
in alten Büchern steht geschrieben,
im Berg ist nun ihr Heimatort.

Wo im Palast der Erdengeister
im Berge tief die Säulen stehn,
in tausend Jahren bauten Meister,
was wir heut voll Erstaunen sehn.

Die Säulen, die nach oben steigen,
sind schlank, grazil und filigran,
die Leuchter, die nach unten zeigen,
sie glitzern blau die Wände an.

Wo einst der Elfenkönig thronte,
erstrahlt ein großer Erdpalast,
wo seine Allerliebste wohnte,
bin ich als Mensch ein seltner Gast.

Versteinert mahnt der Zwergenkönig
die Menschen zu mehr Menschlichkeit,
man lebt das Leben viel zu wenig,
das Sein ist nur geborgte Zeit.

Es gehörte einfach zur Tradition, dass er nach der Besichtigungstour im Grottenrestaurant einen Cappuccino zu sich nahm. Danach besorgte er sich noch einige Getränke und folgte dann der Bode bis ins Kreuztal. Von dort waren es nur noch wenige hundert Meter bis an den Blauen See. Die Füße schmerzten ihn bereits, als sich das Naturwunder vor ihm ausbreitete.

Lange Zeit war Robert nicht mehr hier gewesen. Der See changierte noch immer in einem unbeschreiblichen Blau – Türkis – Aquamarin. Mit seinem entzückenden Blauton widerspiegelte der See den Himmel, und ein helles Licht umfloss dieses zauberhafte Gemälde. Robert ergötzte sich an der gleichmäßigen, wohltuenden Wärme. Schnell war das Zelt aufgespannt. Wie brennende Büschel flackerten die einrahmenden Bäume, und ihr heiteres Grün mengte sich mit dem Licht der untergehenden Sonne.

Das vielfältige Farbenspiel dieser Landschaft war ihm nicht fremd. Oft war es ihm schon im Harz begegnet, immer wieder hatte es ihn beglückt und hingerissen. Doch heute war Robert begierig, die Schönheit nach dem Sinn zu fragen, denn es gab Augenblicke, da der Sinnesrausch Rechenschaft forderte und selbst die Euphorie nach einem Motiv suchte. Er sah ihren vergnügten Gesichtsausdruck und fragte das eigene Herz, weshalb gerade ihr diese wundersame Macht gegeben war, solch reine Besänftigung in ihm auszulösen und von ihrer sanften Heiterkeit einen Widerschein in ihn zu streuen.

Er sah diese Landschaft an, versuchte ihre Schönheit zu fassen, und nichts Einzelnes gab Antwort. Denn nichts in ihr war so sonderbar oder einzigartig, nichts riss herrisch seinen Blick an sich. Freundlich floss eine Linie in die andere. Und diese Harmonie des Übergangs war die Magie der Schönheit. Denn all ihre Elemente waren nicht nur verteilt am Blauen See, sondern auch vereint. Wie mit runder, ruhiger Schrift hatte die Natur hier mit großen Lettern das Wort Frieden in die Welt geschrieben.

Der blaue See

Ein kleiner See, wie Fels so grau,
er grämte sich, weil unbeachtet,
und dachte: »Wäre ich nur blau,
dann wäre ich viel mehr betrachtet!«

Ein Dichter voller Poesie
fand diesen Ort voll Seelennöte,
»Kann ich denn etwas tun für Sie?
Bedichten Sie wie Herr von Goethe?«

Am Ufer stand ein schönes Reh,
die Abendwinde wehten lauer,
das Tintenfass fiel in den See,
sein Wasser wurde blau und blauer.

Ein Blau, das man noch niemals sah,
in seinen allerschönsten Tönen.
sobald das Wunder einst geschah,
wollt man den Blauen See bekrönen.

Auch Roberts zweite Nacht war nicht von Tiefschlaf geprägt. Bis in die
Stunden des Morgentaus schlichen Geräusche vorüber, es knisterte
auf der Wiese und Bierfahnen wehten durch die Zeltplane. Ehrlich
gesagt, beschlich ihn eine winzige Angst. Nachdem er letztendlich
irgendwann in Morpheus Armen aufgenommen worden war,
erwachte er bei gleißendem Sonnenschein.
Als erstes war natürlich ein Bad im See fällig, natürlich ohne Seife,
damit dieses Kleinod der Natur nicht belastet wurde. Das Wasser war
erfrischend genug, um ihn in die Wirklichkeit des Tages
zurückzuholen. Dann kam das Frühstück – Brot, Salami und Käse.
Schließlich packte er sein Ränzlein und marschierte los.

Es war ein herrlicher Tag, hell und nicht zu heiß. Ein munterer, frischer Wind strich über die Erde hin, rauschte spielend durch die Blätter, alles bewegend, nichts zerstörend. Robert fühlte sich glücklich. Er hatte den Blauen See des tiefen Friedens verlassen und dieses Gefühl mit in seinem Gepäck – zurückgekehrte Jugend, schönes Wetter, frische Luft, das Vergnügen am Gehen, die Wonne der Verbundenheit mit der Natur.

Anfangs ging es ein Stück in Richtung Rübeland durch den Wald. Später gabelte sich der Weg. Einer führte nach Rübeland, ein zweiter, den Robert für den richtigen Weg nach Elbingerode hielt, endete in einem Sumpf. Also patsch, patsch wieder zurück in Richtung Rübeland. Am Waldrand erneut ein Abzweig. Diesmal folgte er nicht mehr dem Pfad nach Rübeland, sondern zog es vor, über eine Alm voller bunter Blumen zu laufen. Die Sonne schien voller Freude. Irgendwo, mitten auf der Alm, standen einzelne Baumgruppen wie Pilze. Es war ein frisches, fröhliches Wandern. Schmetterlinge umtanzten ihn. Käfer und Bienen summten an ihm vorüber. Seine Stimmung war prächtig. Plötzlich sprang ein Reh ganz dicht bei ihm aus dem hohen Gras und suchte die Flucht.

Irgendwann rückte ein Steinbruch in sein Blickfeld, kurze Zeit später die Dächer von Elbingerode. Robert musste von einer Alm absteigen und passierte während der Mittagssonne die Kalksteinbrüche von Elbingerode. Nun folgte er der Landstraße annähernd zwei Kilometer und erreichte letztendlich Elbingerode. In einem Geschäft kaufte er sich etwas Mineralwasser mit einem Schuss Limette. Gegenüber vom Ladengeschäft sah Robert eine Telefonzelle. Er wählte die bekannte Rufnummer und hörte das Freizeichen. Bald meldete sich seine bessere Hälfte im geschäftlichen Ton am anderen Ende der Leitung.

»Hallo, mein Schatz, wie geht es dir heute? Hast du gut geschlafen?«, freute er sich, ihre Stimme zu vernehmen.

»Ich hatte einen unruhigen Schlaf, wurde um fünf Uhr wach und konnte danach nicht wieder einschlafen.«

»Woran musstest du denken?«, fragte er zurück.

»Ich dachte an dich, was du wohl um diese Zeit tun würdest«, antwortete sie, »wo bist du im Moment?«

»Im Augenblick stehe ich auf dem Marktplatz in Elbingerode. Der Ort wirkt wie ausgestorben, kein Mensch ist zu sehen. Es ist angenehm warm und ich fühle mich pudelwohl. Tja, um fünf habe ich von dir geträumt, da müssen meine Gedanken wohl zu dir hinüber geschwebt sein«, lachte er und berichtete ihr von den vergangenen Abenteuern und Empfindungen seiner Wanderschaft.

»Wie war es zu Pfingsten, wie bist du nach Hause gekommen?«, erkundigte er sich.

»Erst einmal habe ich mich im Harz verfahren. Doch bei meinen Eltern war es wie immer toll. Es gab gutes Essen. Wir haben viel geredet, du kennst das ja«, berichtete Ella.

»Es ist lieb von dir, dass du mich am Samstag abholen kommst. Einerseits genieße ich dieses Zusammensein mit der Natur, allerdings fange ich an, dich zu vermissen. Meine Sehnsüchte nach Ferne und Nähe verhalten sich wie einander bedingende und ergänzende Kräfte. Und beide zerren an meiner Seele.«

»Ich mag deine Sentimentalität.«

» Wann wirst du am Samstag eintreffen?«, hakte Robert nach.

»Gleich nach der Arbeit fahre ich los, also etwa drei Stunden später«, antwortete Ella

»Tschüss, meine Liebe, das Kleingeld geht zur Neige, bis bald«, verabschiedete er sich. Piep, piep, piep.

Freudestrahlend lief er weiter durch den schmucklosen Harzort, vorbei an Gehöften mit Scheunen und Ställen, mit Blumen geschmückten Bauern- und Bürgerhäusern, viele mit gepflegten Vorgärten, bis er an einen kleinen Weiher kam, der Komponente eines entstehenden Parks war. Sonnengebräunte, in die Jahre gekommene Frauen pflanzten junge Bäume und Büsche und begradigten die Wege. Möglicherweise empfingen sie ihren Lohn vom Arbeitsamt. Diese Form der Beschäftigungstherapie nannte man idiotischerweise Arbeitsbeschaffungsmaßnahme. Während die Frauen lethargisch ihr Arbeit verrichteten, sonnten sich ihre ehemaligen Bosse vielleicht an der Cote d'Azur. Konkurse sind ein gutes Geschäft, aber nur für die, die den Konkurs planen. Die Malocher bleiben in aller Regel dabei auf der Strecke. Und wenn es keine andere Arbeit für sie gab oder sie zu alt erschienen, dann blieb nur das übrig. Trotzdem hatte diese Tätigkeit auch einen Vorteil. Sie zeigte einen Notausgang aus der Isolation und vermittelt das Gefühl, gebraucht zu werden. Letztendlich hatte sie etwas von einer Henkersmahlzeit.

Der Teich war künstlich angelegt und durch einen kleinen Damm begrenzt, an dessen Ende sich eine winzige Wirtschaft an den Wald schmiegte. Der vertraute Duft von Gebratenem strömte Robert entgegen. Er gönnte sich eine Portion Bratkartoffeln mit Sülze und Remoulade. Es war so anmutig, so idyllisch hier, dass er die Pause etwas ausdehnte.

Sein nächstes Ziel war der Hirschbrunnen. Trotz mehrfacher Erkundigungen verfehlte er den Weg. Hinter dem Krankenhaus führte ihn der Pfad weiter durch einen Hochwald. Erneut war er allein unterwegs – doch was war das? Hastig bedeckte eine leicht bekleidete Dame ihren Busen. Und etwas verängstigt blickte sie Robert hinterher. Sicherlich war es eine der Krankenschwestern, die auf einer Waldlichtung ihre Pause verbrachte und nicht damit gerechnet hatte, dass dort jemand entlang schleichen würde. Auf seinem weiteren Weg zum Zillierbach-Stausee hatte Robert trotz seiner Karte die Orientierung verloren. So stolperte er mitten durch das Unterholz des Naturwaldes in die Richtung, in der er den Stausee vermutete. Selbstredend fluchte er auch, stieß die übelsten Verwünschungen aus! Worüber wohl? Wer sollte an seinem Irrweg die Verantwortung tragen, als die geistesschwachen Kartographen und schwachsinnigen Aufsteller von Wegweisern, die in dieser Gegend des Harzes plötzlich an Alzheimer erkrankt sein mussten. Das Schicksal war ihm aber dennoch gnädig, so dass er trotz allem am Stausee ankam. Es war ein kleiner Stausee, was heißt klein, eher kümmerlich. Hier sollte also laut Plan die nächste Nacht sein Lager sein. Robert entdeckte eine Schutzhütte am Ufer des Sees – nicht sonderlich sauber. Wenige Meter dahinter ergoss sich eine Lichtung, Sonnenstrahlen tanzten über gelbgrünen Gräsern. Ein munterer Wildbach schlängelte sich durchs Gesträuch. Moose hatten es sich auf den Steinen an seinem Ufer gemütlich gemacht. Großartig! So saß Robert in der Hütte auf der Bank, trank etwas Mineralwasser und überlegte, ob er sein Wigwam aufstellen sollte. Es war zwei Uhr mittags. Es war schlicht zu früh, um sich für die Nacht einzurichten. Er beschloss also, die vier Kilometer nach Drei-Annen-Hohne zu trotten.

Auf dem Weg dorthin begegneten ihm die absonderlichsten Gestalten. Hutzelige Kobolde und schrullige Gnome tauchten hinter vermoderten Baumstümpfen und morschen Wurzelstöcken auf, schnitten schauerliche Grimassen, ächzten, knarrten, murmelten und wisperten. Über dem Zillierbach tanzten schillernd vierflügelige Elfen im lichten Schein. In den Dornenbüschen am Wegesrand wehten die abgerissenen Bärte der Harzriesen. Es war ein wildromantischer Weg, der Roberts Fantasie über die Maßen anregte, an Märchen, Legenden und Sagen erinnerte. Jedoch blieben die Fantasiegeschöpfe seine alleinigen Begleiter.

Nach einer Stunde verließ er den Märchenwald und eroberte den altbekannten Platz in Drei-Annen-Hohne. Die weltbekannte Erbensuppe konnte er selbstredend nicht ignorieren, schließlich wurde sie sogar bis nach Amerika exportiert. Während er den breiigen Pamps andächtig in sich hineinschlürfte, beobachtete er die Gegend. Am Bahnhof warteten hinter der fauchenden Dampflok der Harzquerbahn sechs Waggons mit offenen Plattformen. Ein Wagenmeister ging, den langstieligen Hammer in der Hand, die Wagen entlang und prüfte dabei die Bremsen. Weithin war sein Klopfen zu hören. Vom Tal her ertönte das anschwellende Pfeifen einer weiteren Lokomotive. Dann ließ der Lokführer das helle Läuten der Glocke ertönen. Wenige Minuten später tauchte der Zug aus dem Wald heraus auf, eine mächtige weißgraue Dampfwolke ausstoßend und legte sich mit letzter Kraft ins Zeug, um zischend und fauchend den rettenden Bahnhof zu erreichen. Der beißende Geruch des Steinkohlefeuers drang zu Robert herüber. Eine Pferdekutsche kam, mit Touristen beladen, vom Hohnekopf. Es war jetzt gerade einmal drei Uhr Nachmittag.

Was tun, sprach Zeus? Einerlei, Robert startete kurz entschlossen in Richtung Brocken. Sicherlich würde er unterwegs einen geeigneten Lagerplatz für die Nacht finden. Der Weg zum Hohnekopf war zugegeben nicht außerordentlich steil, aber bergauf ging es schon. Sein bejahrtes Herz hämmerte, die Lungen taten sich schwer, die

Beine schmerzten ihn bei jedem Schritt. Seine Körpergifte drängten aus allen Poren. An der Spinne, einer Wegkreuzung, stieg er weiter auf zum Erdbeerkopf. An diesem Ort dachte er abermals ernsthaft darüber nach, doch das Biwak zu errichten. Inzwischen war es fünf Uhr und der Brocken noch acht endlose Kilometer entfernt. »Was soll's«, dachte er, »jetzt ziehst du durch bis zum bitteren Ende.« Er wanderte schweigsam weiter. Der dunkle Fichtenwald stand in erhabener Harmonie um ihn herum, der Glashüttenweg schlängelte sich endlos empor. Ein würziger Harzgeruch strömte zu Robert herüber. Der Wind schlummerte zwischen den Bäumen, und nur aus der Höhe erklang ein dumpfes Murren der Nadelkronen. Das Wetter war immer noch prächtig. Von Zeit zu Zeit öffnete sich der Wald wie ein Theatervorhang und gab den Blick frei auf den nahenden Brockengipfel.

An der Schutzhütte am Brockenbett legte Robert eine letzte Rast vor dem Gipfelsturm ein. Dann folgte er der endlos erscheinenden, asphaltierten Brockenstraße zur Bergkuppe. Je höher er den Berg hinaufstieg, desto zwerghafter wurden die Tannen, sie schienen sich in runzlige Gestalten zu verwandeln, um den Wanderer zu erschrecken. Der breite Rücken von Vater Brocken verdeckte die Sonne und ließ es in seinem Schatten langsam kühler werden. Merkwürdige Granitfelsen blickten schemenhaft wie böse Gesichter von Titanen zum Wandersmann hinüber und schienen sich über die Anstrengungen des Erdenwurms zu amüsieren. Mit ihren dunklen Armen wollten die Tannen nach ihm zu greifen, sich an seine schwerer und schwerer werdenden Waden klammern, als wollten sie verhindern, dass er jemals den Gipfel erreichte. Doch Robert wollte nicht aufgeben, er wollte sich nicht unterlegen fühlen. Und die Entscheidung des Kampfes, den er mit den Brockengeistern und der Schwerkraft austrug, wollte er für sich herbeiführen. Siegte er hier, so war das ein Sieg für sich selbst über eigene Zweifel, Krisen und Schwächen. Dann wäre die Prüfung bestanden, die er sich selbst auferlegt hatte. Hinter dem ungestümen Begehren nach dem Sieg in dieser Schlacht versteckten sich sein eigener Kleinmut und die Hoffnung auf ein kühles helles Bier im Brockenhaus. Er hörte, wie es, weiß Gott, vom Gipfel ihm zurief: »Na komm doch endlich, ich warte schon auf dich!« Roberts Zunge machte schnalzende Bewegungen. Seine Augen begannen zu glänzen vor Erwartung. Wie ein Magnet zog ihn der Gipfel – oder besser der Gedanke an das Bier – an einem unsichtbaren Faden nach oben. Die Beine wurden bleiern, der Atem keuchend. Nur noch diese eine Motivation trieb ihn vorwärts. Nur tausend Meter. Er zählte die Schritte. Eins, zwei ... schlepp, schlepp, Verzweiflung, Motivation, schlepp. Als er das Bahnhofsrestaurant schließlich erreicht hatte, war alles verriegelt und verrammelt. Vergebens also alle Anstrengungen, lächerlich die Entbehrungen, irrsinnig die Hoffnungen. Missmutig, hoffnungslos wie ein Verurteilter setzte sich Robert auf eine Bank, verzweifelt trank er seinen letzten Tropfen Wasser. Wortlos schleppte er sich die wenigen Schritte zum Gipfel. Im Schein der untergehenden Sonne standen zwei Mountainbiker. Sie fotografierten sich gegenseitig. Als sie sich verabschiedet hatten, umrundete Robert – einer Tradition folgend – dreimal den Gipfel und betete sein *Om mani padme hum.*

Es war Abend geworden. Das Purpurrot der sinkenden Sonne schimmerte glutreich über den Kuppeln der westlichen Bergspitzen, während sich unten die Schluchten und Täler in abendschwarzen Schatten dehnten. Vom dunklen Grunde erhoben sich die sanft geneigten Hügel der dichten Wälder. Und die beleuchteten Federwolken züngelten wie warme Küsse, Feuerbrände gleich, am Himmel empor. Das unbeschreibliche Farbenspiel schien kein Ende zu nehmen. Die Sonne entflammte in feurigem Rot den Horizont. Schwarze Linien durchzogen das brennende Gefunkel und schließlich zeugten nur noch flammende Wölkchen von dem Widerschein des brennenden Tages. Ohne Glanz standen plötzlich die finsteren Berge in düsterer Blässe, leichenhaft fahl zeigte sich der Himmel, als schämte er sich jetzt seiner armseligen Nacktheit, als schaure die ganze Natur fröstelnd zusammen.

Robert war immer noch benommen von diesem Schauspiel. Schlagartig war alles anders. Die Luft, die sich eben noch von der Sonne warm und weich anfühlte, war mit einem Mal schneekühl, die Farben erloschen, kein Mensch weit und breit. Es war ein kurzer Augenblick des Erschreckens, ein Absturz ins Dunkle, so abrupt und überraschend, wie wenn man aus einem Eisenbahnzug hinausschaut auf eine schöne, sonnige Landschaft und urplötzlich in die Nacht eines Tunnels eintaucht.

Später versuchte Robert im Brockenhotel seine letzte Chance auf ein Bier wahrzunehmen. Ein Hotelgast, der gleich ihm selbst das großartige Schauspiel des Sonnenunterganges ausgekostet hatte, öffnete ihm die Tür zum Hotelrestaurant. Die Bedienung wunderte sich über den unangemeldeten, lendenlahmen und verschwitzten Gast. Mit ersterbender Stimme verlangte Robert gleich den Gerstensaft, und die Brockenwirtin hatte ein Einsehen. Robert stieg hinab zum Goethehäuschen, wo er sein Nachtlager eingerichtet hatte. Nachdem er ein Stück Brot gegessen hatte, ließ er den kühlen Saft des Nektars durch seine Kehle rinnen. Eine Zufriedenheit und Glückseligkeit breitete sich aus, wie er sie wohl selten erlebt hatte. Alles Glück der Welt schien sich in seinem Magen zu sammeln. Er war erschöpft, stolz und glücklich, dass er es geschafft hatte, mümmelte sich in seinen Schlafsack und wartete auf die Traumwelt.

Eine Nacht auf dem kahlen Berg

Es zwinkert die Sonne mit rotem Gesicht
mir freundlich zu, dann verabschiedet sie sich
und sagt: »Strecke nur aus deine Glieder,
in ein paar Stunden komme ich wieder.«

»Mein Bruder, der Mondmann, der über dich wacht,
hat eben sein goldenes Feuer entfacht.«
Die Nacht umhüllt dunkel meinen Brocken,
Teufel und Hexen kichern und bocken.

Sie fliegen auf Besen den Blocksberg hinauf,
sie manipulieren den nächtlichen Lauf,
der Wahnsinn lacht aus Gnomen und Zwergen,
er grinst mich an aus fliegenden Särgen.

Ich meinte bereits, die Walpurgisnacht naht,
es traf sich am Berge der Ältestenrat,
grausames Kichern, teuflisches Heulen,
die Hexen hatten Warzen und Beulen.

Noch wilder und grausiger wurde ihr Tun,
so furchtbar die Stürme fast wie ein Taifun,
sterbendes Brüllen, klangloses Wimmern
der Veitstanz vorbei im fahlen Schimmern,

Dann schürte der Morgen die rötliche Glut,
die Sonne ging auf, und das tat allen gut.
von Ferne her tönten Glockenklänge
und nahe bei mir die Vogelgesänge.

Es war die Nacht auf dem kahlen Berg, wie sie im Buche stand. Der Wind pfiff stürmend über das kleine Häuschen auf dem Gipfelplateau. Abscheuliche Hexen und grausige Kobolde kicherten und jaulten um die Wette, als wollten sie den armen Wandersmann nicht ruhen lassen. Beelzebub, entflammt im Zorn, zankte sich mit seinen Gevattern. Des Teufels Großmutter funkte keifend dazwischen. Irgendwo aus der schrecklichen Nacht kam ein menschliches Bein herabgefallen, bald auch ein Arm, dann ein Leib, Brust und alle Glieder, letztendlich auch der Kopf. Dann setzten sich die Teile wie von Zauberhand zusammen, und der bleiche menschliche Leib begann zu tanzen. Nun fielen immer mehr Glieder auf den Blocksberg nieder, die sich schnell zu menschlichen Gestalten vereinigten. Alle tanzten in dieser abgehackten, stoßweisen Art der Untoten zu satanischen Klängen. Es war, als hätten sich Geister und Dämonen zu einer ekstatischen Orgie auf dem kahlen Berge in dieser Nacht eingefunden und mitten unter ihnen stand plötzlich Meister Goethe, mit einem schwarzen Umhang bekleidet, und deklamierte erhaben und höchst persönlich aus seinem Doktor Faustus. Zu guter Letzt bimmelte Gevatter Tod mit seinem Glöckchen, als wollte er Robert zur letzten Stunde bitten. Klingeling, klingeling, klingeling.

Robert erwachte schweißgebadet. Der neue Tag brach mit einem silbrigen Streifen am Horizont aus der Nacht hervor. Noch immer vernahm Robert das Glöckchen des Knochenmannes, unaufhörlich und beständig. Klingeling, klingeling, klingeling. Der Wind schlug ein Stahlseil rhythmisch gegen den Fahnenmast ganz in seiner Nähe. Er dämmerte vor sich hin auf dieser viel zu schmalen Bank bis kurz vor vier, als am östlichen Horizont ein leichter Hauch von Rosa sichtbar wurde. Daher beschloss er aufzustehen, um sich dieses seltene Schauspiel anzuschauen. Nicht nur seine Augen fotografierten dieses Schauspiel, auch sein Fotoapparat. Unendlich langsam veränderte sich das Rot, nach und nach färbte sich der Himmel ins Blasse. Und immer waren es noch Stunden bis zum ersten Kaffee. Also kroch er noch einmal in den wärmenden Mummelsack. Sofort wurde es kuschelig warm, unbequem blieb es auf der Bank trotz allem. Gegen sieben kam ein durchgeschwitzter Frühjogger in sein Haus. Er war etwa in seinem Alter.

»Guten Morgen, kann ich mich ein Weilchen hier ausruhen?«, fragte er höflich an.

»Selbstverständlich, komm herein in die gute Stube. Ich bin übrigens Robert. Schön, dass ich nicht mehr allein bin!«, lächelte er zurück.

»Ich bin Thomas. Hast du hier gepennt?«

»Siehst du ja, eine Herberge ist mir erstens zu kostspielig und zweitens zu bequem auf einer Wandertour«, entgegnete Robert aufrichtig.

»Wo kommst du her und wohin willst du?«, erkundigte sich Thomas.

»Gestartet bin ich in Thale und nach Oderbrück will ich es noch schaffen. Ich brauche eine Woche Auszeit im Jahr einfach, damit ich nicht vergesse, dass mein Ursprung in der Natur liegt. Was treibt dich mitten in der Nacht dazu, auf den Brocken zu wetzen?«

»Man kommt auf die blödsinnigsten Gedanken, wenn man ohne Arbeit zu Hause sitzt. Ich habe Schlosser gelernt. Nachdem hier die Betriebe reihenweise dicht gemacht haben, saß auch ich bald auf der Straße. Wer bin ich, dass ich als Mann Mitte Vierzig zuhause sitzen muss? Wer bin ich, dass mich keiner mehr haben will? Wer bin ich? Ist meine Erfahrung nicht gefragt? Ich gehöre ja nicht zum alten Eisen!«, Thomas blickte traurig zu Robert herüber.

»Ich kenne dieses Gefühl, mir ging es ebenso, als meine Firma pleite war. Man kommt sich so überflüssig vor, wenn man so jung ist. Wir sind zu jung, um abwarten zu können, aber zu alt, um Zeit zu vertrödeln. Die Tage rasen dahin und überschlagen sich. Die Lage in Deutschland scheint sich nicht zu bessern.«

»Ich habe es auch in Westdeutschland versucht. Der erste Unternehmer war ein Betrüger, der zweite ging Bankrott. Dafür habe ich wochenlange Trennungen von meiner Familie auf mich genommen. Ich habe das Gefühl, dass wir uns vorschnell dem Westen angeschlossen haben. Der Sozialismus hatte auch seine guten Seiten«, philosophierte Thomas.

»Ich bin durchaus der Meinung, dass Marx historisch Recht hatte. In dieser frühsozialistischen Phase wurden entscheidende Fehler begangen. Erst einmal war unsere Wirtschaft zu schwach. Das Wort Demokratie heißt doch Volksherrschaft. Plane mit, arbeite mit, regiere mit! War es wirklich so? Das bezweifele ich. Mitgearbeitet haben wir auf alle Fälle. Und war es tatsächlich notwendig, massenhaft Spitzel einzusetzen, um herauszufinden, was unsere Bürger in ihrem eigenen Land tatsächlich dachten? Und was haben diese Schnüffler gebracht? Ich bin der Überzeugung, dass eine wahre Demokratie Meinungsvielfalt zulässt. Bei der Mannigfaltigkeit der menschlichen Charaktere und Intellekte muss es zwangsläufig verschiedenen Ansichten geben. Einen weiteren wichtigen Punkt dürfen wir nicht vergessen: den Einfluss des Imperialismus. Die Ideen von Marx, Engels und Lenin eröffneten neue Möglichkeiten. Ich bin der festen Überzeugung; irgendwann wird der gute Kern dieser Ideen sich durchsetzen«, beendete Robert seine Rede.

»Es mag wohl sein, dass die Kapitalisten die Sieger der Geschichte sind. Jedenfalls veränderten sie die Art unseres Zusammenlebens. Ellenbogenmentalität und Gewinnsucht bestimmen unsere Zeit. Ist der Mensch wirklich klüger, friedvoller, besser geworden? Ich habe eher den Eindruck, dass der wahre Dämon dieser Zeit die menschliche Dummheit ist. Ehrlich gesagt, erkenne ich keine Perspektive«, resignierte Thomas.

»Perspektive? Sozialdemokratie oder Konservative – der Unterschied ist gering. Politiker dienen dem Mammon, nicht der Gerechtigkeit.

Wo sind die Visionäre, die eine gerechte Gesellschaft aufzeigen? Im Moment sehe ich keinen. Ich fürchte, wir versinken im Morast des Elends«, meinte Robert traurig.

»»Mir egal, ob Kapitalismus oder Sozialismus. Ich sehe nur, dass ich keine Arbeit habe, und das fühlt sich nicht gut an. Kapitalismus – Sozialismus, das ist mir alles scheißegal. Ich bin 45, habe gelernt, habe Kraft – ich will arbeiten!«, rief Thomas.

»Ich weiß, wie schwer das ist. Ich war auch deprimiert, aber es ergab sich eine Möglichkeit, mein Können zu zeigen. Gib nicht auf – du bist etwas, zeig es der Welt! Wer sich selbst aufgibt, gibt sein Leben auf«, ermutigte Robert Thomas.

»Danke für die Aufmunterung. Manchmal will ich ein anderer sein – gebraucht, nützlich und erfolgreich, jemand, der auch seiner Frau zeigen kann, dass er für sie da ist.«

»Das verstehe ich zu gut. Viel Glück, Thomas«, wünschte Robert.

Pünktlich zur Geschäftseröffnung stand Robert am Tresen des Bahnhofsrestaurants. Etwas Wasser aus dem Waschbecken der Bahnhofstoilette hatten ausreichen müssen, um nicht zerknittert zu erscheinen. Trotz der großen Ähnlichkeit mit einem Vagabunden, schlürfte er vergnüglich seinen heißen Kaffee.

Nach diesem Genuss begab er sich auf dem Hirtenstieg Brocken abwärts. Die Betonplatten belasteten gebührend seine Kniegelenke. Auf seinem Weg begleiteten ihn erneut die Berggeister – diesmal in Form von runzligen Wurzelstöcken. An den Hermannsklippen, dem Abzweig des Heinrich-Heine-Weges, hielt er die erste Rast und hatte ein Gespräch über das Wandern mit einem liebenswürdigen Rentnerehepaar. Weiter marschierte er auf dem Kolonnenweg nach unten – die Scharfensteinklippen immer im Blick. An der Kreuzung Ilsenburg – Bad Harzburg wurde eine neue Baude – das Schierker Feuersteinhaus - errichtet. Wieder ging es durch einen herrlichen Hochwald in Richtung Eckerstausee. Der Blick auf den Stausee war einmalig schön. Die wundersame Gleichzeitigkeit aller Kontraste schien ihm das Liebenswerteste dieser Harzlandschaft. Und von der Staumauer hatte er den Gipfel des Brockens und die Antenne von Torfhaus im Blick.

Verwunderlich war, dass der Stausee auch der deutschen Spaltung zum Opfer gefallen waren. Schmerzlich empfand er nun, dass Deutschland so viele Jahre geteilt war. Robert war mit der Mauer aufgewachsen. Nie hatte er sie in Frage gestellt und sie als historische Notwendigkeit gelehrt bekommen. Sie war nichts Besonderes für ihn. Doch heute empfand er es als widersinnig, einen See, ein Land und ein Volk zu teilen. In seinen Gedanken ging er noch weiter. Er begann die Notwendigkeit von Grenzen insgesamt anzuzweifeln. Mein Haus, mein Boot, mein Pferd, mein Land. Woher nimmt sich ein Individuum das Recht, all das in Besitz zu nehmen? Ist Raffgier ein menschlicher Urtrieb oder nur eine abscheuliche Ausgeburt des menschlichen Zusammenlebens? Wieso sind viele Menschen außergewöhnlich arm, andere unermesslich reich?

Der geteilte See

Schmilzt in den Bergen hoch der Schnee,
so schwellen schnell die Bäche,
sie bringen Menschen Ach und Weh
und zeigen seine Schwäche.

Ein kluger Mensch hat sich gedacht:
wenn ich das Wasser leite
und nutze seine große Kraft,
springt es nicht mehr zur Seite.

So baute er im Eckertal
dem Biber gleich 'nen Damme,
vergessen war der Arbeit Qual.
stand er auf seinem Kamme.

Ein wunderbarer See entstand,
von dort sah man den Brocken,
und dieser Blick, der so markant,
schien Pilger anzulocken.

Die Menschen, die mit Gier und Hass,
das schöne Deutschland teilten,
sie hatten einen großen Spaß,
beim See nicht einzuhalten.

Die Zeit der Teilung ist vorbei,
der See erstrahlt im Glanze,
der Blick ist nun für alle frei,
nicht halb, sondern in Ganze.

Beinahe enttäuscht erreichte er das Westufer des Stausees. An jedem Stausee gibt es Restaurants oder einen Imbiss - hier nicht. Dabei hatte Robert Durst wie zehn Pferde. Auf dem Brocken hatte er darauf verzichtet, dem Wirt für ein paar Tropfen Wasser seine goldenen Euros ins Säckel zu werfen. Aber Gott hatte sein Gebet erhört und schenkte ihm einen Trinkwasserspender, der ihm zudem durch sein witziges Aussehen Freude bereitete – ein Holzgesicht mit einem riesigen krummen Johannes, der alle Fantasien beflügelte. Robert traf dort auf ein Pärchen mit Mountainbikes, das die Absicht hatte, den Brocken hinaufzufahren. Die beiden empfahlen ihm das Molkehaus, das sich ganz in der Nähe befinden sollte. Später stellte sich heraus, wie unterschiedlich das Gefühl für Entfernungen ist.

Wenige Schritte nördlich des Stausees traf der Wanderer auf einen Weg, der den Namen Kaiserweg führte. Dieser Name sollte die Erinnerung an den Kaiser Heinrich IV. und an ein Ereignis bewahren, das in das Jahr 1073 fiel, eigentlich aber mit den zentralen Problemen der mittelalterlichen Monarchen zusammenhing.

Wieder einmal war Krieg in Europa. Das Heer der Sachsen und die königsfeindlichen Thüringer bewegten sich auf Goslar zu. Heinrich wurde von dieser Nachricht völlig überrascht. Um seine wertvolle Stadt Goslar nicht dem Ansturm der feindlichen Truppen auszusetzen, ließ er in aller Eile die kostbarsten Schätze und die Reichskleinodien verpacken und zog sich auf die Harzburg zurück, die zu diesem Zeitpunkt die größte Sicherheit zu bieten schien. Hier allerdings wurde der König vollends eingeschlossen und aller Handlungsmöglichkeiten beraubt. In dieser äußerst misslichen Lage fasste der König den Entschluss zur Flucht. Da der einzige Weg auf die Harzburg hinauf stark bewacht wurde, wählte der König die Richtung nach Süden, wo die Bergrücken des Harzes von dichten, ausgedehnten Wäldern bedeckt waren und unmittelbar an die Harzburg heranreichten. In einer mondlosen Nacht im August 1073 verließ Heinrich, begleitet von wenigen Getreuen, unter Mitführung der Reichskleinodien, heimlich die Burg. Wer wollte daran zweifeln, dass er den von Robert beschrittenen Höhenweg einschlug, dem allerdings erst zu Beginn des 19. Jahrhunderts der Name Kaiserweg verliehen wurde.

Robert benötigte keinen Führer. Inzwischen war der Weg gut ausgeschildert. Jedoch erforderte es wesentlich mehr Zeit, das Molkehaus über den Kaiserweg durch den lichten Fichtenwald zu erreichen, als die beiden Mountainbiker angegeben hatten.

Schließlich fand Robert das idyllisch gelegene Gasthaus am Rande einer Lichtung. Er entledigte sich seines Gepäckes und studierte die Speisekarte. Viel gab sein Budget nicht mehr her. Jedenfalls erregte der Riesenhefekloß mit Blaubeersoße seine Aufmerksamkeit. Der halbe Fußball aus Mehl und Hefe sah nicht nur köstlich aus, er schmeckte auch durchaus märchenhaft. Ein solches Gemälde an Farben und Aroma konnte den Wanderer unermesslich begeistern und dazu führen, mit einem Gericht Freundschaft zu schließen.

Nachdem Robert erneut zu Kräften gekommen war, führte sein Weg vom Molkehaus durch einen Fichtenhochwald bis nach Bad Harzburg. Robert verließ den Forst am Märchenpark, überquerte die Fußgängerbrücke und landete im Kurpark. Er schlenderte die Kurpromenade entlang, bis er schließlich einen Bäcker, einen Metzger und einen Supermarkt fand. Nach dem Einkauf verdrückte er genüsslich ein Brötchen mit Thüringer Mett und trank eine Flasche Wasser.

In früherer Zeit stand im heutigen Krodotal, wo sich heute Bad Harzburg befindet, eine heidnische Kultstätte. Dort wurde das Abbild des Götzen Krodo verehrt, der für die Gesundheit und die Fruchtbarkeit stand. Der Sage nach ließ Karl der Große die Statue im Jahr 780 einreißen und an dessen Stelle eine Kapelle errichten. Später befahl Heinrich IV. den Bau einer Burg. Im Jahre 1569 wurde am Fuße

des Burgberges eine Solequelle entdeckt, auf der die Saline Juliushall entstand. Mitte des 19. Jahrhunderts ging aus ihr das Bad Juliushall hervor. Wenig später wurde die erste deutsche Staatseisenbahn nach Harzburg gebaut. Damit begann der Aufstieg von Bad Harzburg.
Nach seinem Picknick wanderte Robert die Kurbadpromenade zurück, bog an einer Ampel nach rechts ab. Es folgte ein steiler Anstieg, der sich am Ortsausgang auf dem Ahrendsberger Stieg fortsetzte. Das eingekaufte Essen und Trinken machte sich mit seinen zwei Kilogramm im Gepäck sofort bemerkbar und ließen ihn enorm nach Luft schnappen. An der nächsten Gabelung hatte Robert plötzlich die Orientierung verloren. Doch irgendwann – er war schon ziemlich ausgepumpt – tauchte die Schutzhütte am Schlackeplatz vor ihm auf. Nachdem er sich ein wenig eingerichtet hatte, ging er im nahen Bach baden. Es war eine Wohltat für ihn, im kühlen, klaren Bach zu sitzen und sich nach diesem anstrengenden Tag von oben bis unten einzuseifen. Liebenswürdig umspülte der Wildbach seinen abgekämpften Körper. Sein Geist, sein Körper und die Natur zerflossen hier und jetzt in ein zeitloses Nirwana. Genießerisch verputzte er Kümmelbrote mit Rotwurst.

Die Worte des Wassers

Ein Wasser, das fließt,
spricht gar viele Worte.
die Quelle du siehst,
sie kennt viele Orte.

Es plätschert der Bach
hüpft über die Steine,
die Sinne sind wach,
es glucksen die Reime.

Erst hier und dann da,
vom Bach zum Meere,
der Tropfenmama
gebührt heut die Ehre.

Im Dämmerlicht war ihm ein Eichelhäher aufgefallen, der kurz vor Einbruch der Dunkelheit rings um die Hütte von Ast zu Ast hüpfte. Ein anderer kleiner Piepmatz wagte sich sogar in die Hütte hinein, um die Reste seines Abendbrots aufzupicken. Er war nicht nur ein exzellenter Flugkünstler, sondern überzeugte auch durch seine Farbenpracht und seine verspielt wirkende Akrobatik. Schon als Kind beeindruckte Robert das schwarz, gelb und rot gefärbte Gefieder des Distelfinks ebenso wie seine Art, kopfüber an einer Sonnenblume hängend nach Samen zu picken. Ein Hausrotschwanz benutzte mit Vorliebe die Wäscheleine als Startplatz zur Jagd nach Fliegen und Mücken. Mit der Beute verschwand er dann unter dem Dachvorsprung der Scheune seiner Großmutter.

Seit dieser Zeit hatte er immer wieder Vögel beobachtet. Seine Begeisterung dafür hatte Robert wohl von seinem Vater geerbt. Es bereitete ihm außerordentliches Vergnügen, die gefiederten Freunde in der freien Natur zu beobachten. Und so harrte er regungslos im Wald in seiner Hütte, bis zahlreiche Piepmätze sich unbeobachtet fühlten und um ihn herumflatterten. Robert lag in seinem Schlafsack und hörte dem Bach zu. Er konnte nicht verstehen, was er sagte, die Stimme entfernte sich weiter und weiter.

Am Morgen wurde Robert durch Motorengeräusche geweckt. Forstarbeiter suchten ihren Weg zur Arbeit. Er hatte geschlafen wie ein Murmeltier, rekelte sich aus dem Schlafsack und verrichtete die Morgentoilette am Bleichenbach. Die Fröhlichkeit des Wassers übertrug sich gleichermaßen auf sein Gemüt. Sein rustikales Frühstück bestand aus Brot, Mortadella und Wasser. Es war gegen neun Uhr, als er aufbrach. Nach wenigen Schritten fing es an zu nieseln. Daher zog er die Regensachen über. Nach ein paar hundert Metern durch den Wald traf er zwei Studenten, die es vorgezogen hatten, ihr Lager im Hochwald aufzuschlagen.

»Hallo, habt ihr gut geschlafen?«, begrüßte Robert die Radler.

»Danke, es war ruhig und es hat nicht geregnet«, entgegnete einer der beiden.

»Ich bin Robert und unternehme eine Harzwanderung, wo kommt ihr her und wo wollt ihr hin?«

»Ich bin Micha und das ist Tina, wir sind Studenten aus Hannover und waren eine Woche im Harz unterwegs, nun wollen wir nach Bad Harzburg und dann wieder Richtung Heimat«, entgegnete der junge Radler.

»Die schönste Art zu Reisen ist wohl per Pedes. Als Schüler war ich mit meinem Freund viel mit dem Rad unterwegs, damals noch ohne Gangschaltung, wir haben viele großartige Landschaften und fabelhafte Menschen kennengelernt. Ich glaube, es gibt keine bessere Möglichkeit, Mensch und Natur so unmittelbar zu erleben«, meinte Robert.

»Da hast du recht. Wenn man über den Asphalt surrt und die Landschaft an einem vorbei gleitet, hat man das Gefühl, man ist eins mit ihr. Wir waren im letzten Jahr in Norwegen. Es war einfach traumhaft«, meinte Micha.

»Das kenne ich. Wir waren vor vielen Jahren von Danzig nach Koszalin an der polnischen Ostseeküste unterwegs. Mitten in der Nacht brach ein Ritzel. Und wir wurden von einer netten Bauernfamilie aufgenommen. Später schoben wir die Räder und machten die Bekanntschaft mit vielen netten Menschen«, entgegnete Robert.

Sie plauschten noch eine Weile über das Für und Wider von Reisen der langsamen Art und wurden darüber einig, dass man auf diese Art viel mehr erleben kann.

Die Mountainbiker brachen auf in Richtung Bad Harzburg, Robert suchte seinen Weg zu den Kästeklippen. Etwa einen Kilometer weiter kreuzte er den Schutzhüttenweg. Hier hätten sich die beiden Radfahrer in einer gemütlichen Hütte das Aufbauen der Zelte ersparen können.

Es war immer noch recht kühl und wolkenverhangen. Aber es regnete nicht mehr. So marschierte Robert weiter durch den Hochwald. Am Ahornplatz gab es eine Abzweigung nach Bad Harzburg. Der Platz hatte seinen Namen deswegen erhalten, weil auf der Lichtung ein uralter Ahornbaum stand. Robert umarmte ihn und lief weiter zu den Klippen, erreichte das Gasthaus, welches noch geschlossen war und kletterte über die Granitfelsen, um den versprochenen Ausblick zu genießen. Der Blick von den Klippen war bescheiden. Das Tal war in Nebel gehüllt. Es war inzwischen fast zehn Uhr.

Da er seinen Weg zur Okertalsperre nicht eindeutig finden konnte, wanderte Robert zurück zum Ahornplatz und folgte dort dem Weg nach Bad Harzburg. Menschenleer war der Weg. Nur einmal kam ein Forstarbeiter mit seinem Jeep vorbei. Am Waldrand entdeckte er einen Baumstumpf, der so eigenartig mit Moos überwuchert war, dass er meinte, ein Perückenkopf wäre im Wald vergessen worden. Nach einigen Kilometern traf er auf einen Wegestern. Von dort folgte er dem Weg über den Ahrendsberg zur Okertalsperre. Robert schleppte sich wieder einmal bergauf. Im Dämmerlicht des regenverhangenen Waldes sprang ein paar Meter vor ihm ein Reh über den Weg. Robert hielt Ausschau nach dem Landjugendheim an den Ahrendsklippen, als es heftig anfing zu regnen. Deshalb hockte er sich unter eine junge Birke und hoffte, dass der Regen bald vorbei sein würde. Doch tiefer sanken graue Wolkenflore auf die Fichtenhäupter herab und verhüllten mit einem Schlag den Nadelwald, als hätte der Himmel sich auf ihn herabgesenkt, um ihn mit ewiger Nacht zu überdecken. Nun wogte und wallte es um den Wanderer, als steuerte er weglos durch ein uferloses Meer. Alles verschwamm vor seinen Augen in einem unentwirrbaren Chaos. Ein prasselnder Regen ging mit einem lautstarken Stakkato auf das Blätterdach der kleinen Birke nieder. Er schauderte leicht zusammen, als wenn Frost ihn durchrieselte. In diesem Augenblick fühlte er sich so einsam, wie ein vor die Tür gejagter Hund. Gleichmäßig fädelten sich die Tropfen wie Perlen auf einer Schnur ab. Es war, als vernahm Robert ein leiser werdendes Säuseln gleich dem stereotypen Gebet eines buddhistischen Mönches. Er vergaß für den Augenblick alles, so still war es rings um ihn geworden. Wo mochte er sein? Er fragte sich, ob es wohl eine Philosophie des Regens gäbe und wenn nicht, denn hätte er sie in diesem Augenblick erfinden können. Aus heiterem Himmel - wenn man es bei diesem Wetter so ausdrücken mochte - breitete sich von seinem Herzen ein tief gefühltes, unzerstörbares Glücksempfinden aus.

Er sah die Reichen und Schönen dieser Erde umgeben von all ihren Reichtümern. Sie lebten in Glanz und Gloria, die Schätze der schönen Künste und der Natur schienen sich um sie und für sie zu versammeln, und darum nannte man sie die Günstlinge des Schicksals. Doch die

Habsucht gab ihnen eine bitteren Leere, aufkommender Ärger und schwellender Neid färbten die Gesichter grün, Sättigung und Langeweile sprach aus ihren Gesichtern.

Dagegen sah er einen tibetischen Nomaden, der im Schweiße seines Angesichts das tägliche Brot erarbeitete. Entbehrungen und Armut umgaben ihn, sein gesamtes Leben schien ein ewiges Bangen und Schuften und Hungerleiden. Dennoch blickte Zufriedenheit aus seinen Augen, Glückseligkeit widerspiegelt sein Gesicht, ein ganzer Mensch strahlte Heiterkeit aus.

Was ist also Glück, was Unglück? Ist Glück etwas, das jemand ausstrahlt, oder das, was er im Innersten seines Herzens fühlt? Oder täuschen ihn seine Sinne? Ist Glück fortwährend wünschenswert? Und was unterscheidet Glück vom Seelenfrieden?

Irgendwie muss es sich ergründen lassen. Die Ursachen und die Bestandteile des Glücks sind vielfältig, doch die Sehnsucht nach Glück liegt in allen Menschen, als wäre sie in ihre Seelen eingepflanzt. Glücklich zu sein, das ist der erste aller Menschenwünsche, der laut und lebendig aus jeder Ader und jedem Nerv seines Wesens spricht, der den Menschen durch sein ganzes Leben begleitet, der schon in den ersten Kindheitstagen in der kleine Seele schlummert und den endlich der Greise mit auf seine letzte Reise nimmt. Wo und wie kann sich der Mensch den Wunsch nach Glück erfüllen? Wie kann er, den Reizen der Welt ausgesetzt, die wirksamsten Werkzeuge seiner Sinne einsetzen, um dem Glück, seinem Glück zu begegnen?

Es stellt sich die Frage: ist Glückseligkeit allein von äußeren Umständen abhängig oder ist sie im Innern des Herzens verwurzelt? Wovon ist Glück abhängig? Kann man es dauerhaft an sich binden oder ist es nur eine vorübergehende Erscheinung?

Nach all diesen Fragen nach Glück, verdienen nun Reichtum und Schönheit, Güter und Würden und all die zerbrechlichen Geschenke des Zufalls den Namen Glück? Die deutsche Sprache ist nicht so arm an Nuancen, um auszudrücken, was diese Güter bewirken, Vergnügen und Wohlbehagen. Um diese angenehmen Genüsse sind die Günstlinge Fortunas freilich reicher als ihre Stiefkinder.

Es könnte sogar sein, dass die Armen und Verlassenen einen Vorteil gegenüber den Millionären und Milliardären haben, deren Sinne nach dem Genuss mit der Zeit abstumpfen, da sie den innigen Reiz der Neuheit wieder und wieder schmecken, und so mit ihren Abwechslungen nie ans Ende kommen, weil in ihnen eine gewisse Einförmigkeit liegt.

Nun gut, die Reichen und Schönen mögen den Vorteil haben, zu schwelgen und zu prassen, alle Güter dieser Welt werden sich ihren nach Vergnügen lechzenden Sinnen darbieten und sie werden sie genießen. Doch das Vorrecht, dadurch glücklich zu sein, kann man ihnen nicht einräumen. Mit Gold und Geld können sie den Kummer, den sie verdienen, nicht aufwiegen. Da waltet ein großes, unerbittliches Gesetz über die gesamte Menschheit, dem der Mogul wie der arme Schlucker unterworfen ist. Der Tugend folgt die Belohnung, dem Laster die Strafe. Wenn der verdorbene Geldsack durch alle Medien mit vielerlei Lächeln und Volksverführung besticht, wenn er alle Künste der Frivolität verwendet, wenn er auch den hässlichen Geruch der Hedonie von seinen Händen wäscht – umsonst! Eines schönen Tages quält und verängstigt ihn sein Gewissen.

Wo liegt also die Lehre vom Glück? Ist diese Lehre von den Wegen die zwischen dem höchsten Glück, äußeren Glück und dem Unglück liegt, eine Wanderung auf der Mittelstraße unserer Wünsche? Und sind dann unsere Wünsche nie auf schwindelnder Höhe?

Robert erinnerte sich an das einzige überlieferte Werk des mittelasiatischen Dichters und Philosophen Jussup Balassagguni, die *Kutagdu Bilik*, die Erkenntnis, die das Glück bringt. Dieses Werk hatte er im Jahr 1070 in uigurischer Sprache geschrieben. Die kirgisische Übersetzung ist nun im kirgisischen Sprach- und Kulturmuseum zu sehen. Robert hatte sie nie gelesen, doch nun wünschte er sich zu erfahren, weshalb er sich im Augenblick so glücklich fühlte.

»Tschiep, tschiep«, ein kleiner Vogel riss Robert aus seinen philosophischen Gedankengängen. Die Regenperlenketten waren etwas dünner geworden, so stiefelte er weiter über den mit Rinnsalen übersäten Weg und fand etwa fünfhundert Meter weiter das Waldpädagogikzentrum am Ahrendsberg. Erneut begann es wie aus Kübeln zu gießen. Folgerichtig suchte Robert dort nach einem Unterschlupf und fand ihn auch.

Unter dem Dach einer Werkstatt arbeitete ein silberhaariger Mann in einem blauen Monteuranzug. Robert fragte dessen gekrümmten Rücken, ob er sich etwas unterstellen dürfte.

Ein faltiges Gesicht mit strahlend blauen Augen lächelte ihm entgegen, als sich der Mann zu ihm umwandte.

»Aber natürlich, kommen Sie herein und leisten Sie mir ein wenig Gesellschaft! Ich bin ohnedies allein. Das gibt mir Gelegenheit zu einer kleinen Pause und einem gemütlichen Pfeifchen. Ich bin übrigens Johann, der Hausmeister«, stellte er sich vor.

»Und ich bin Robert«, lachte der Wanderer zurück und schüttelte sich die Nässe vom Körper.

Johann stopfte genüsslich seine Pfeife. Kurze Zeit später erfüllte der süße Duft eines orientalischen Krautes den Raum. Alles tat er in bedächtiger Ruhe. Robert spürte seinen angenehm abwartenden Blick, der zu Fragen schien, ohne dass der Mann ein Wort aussprechen musste.

»Kein so toller Tag für eine Harzwanderung«, ergriff Robert das Wort, »doch was soll ich machen. Ich bin jetzt den dritten Tag unterwegs und habe noch zwei Tage vor mir. Der Wettergott ist wohl der Meinung, dass ich eine Dusche verdient habe, obwohl ich erst gestern ausführlich gebadet habe.«

»Vermutlich hat er in diesem Moment geschlafen«, zwinkerte Johann Robert zu.

„Das Heim wirkt so leer, ist niemand da?«, erkundigte sich der Wandervogel.

»Tja, ich bin gewissermaßen das Mädchen für alles und alle, der Hausmeister, der Lehrmeister, der Freund, der Großvater, je nachdem was gerade gefragt ist. Im Moment sind die Kinder in Bad Harzburg unterwegs«, beantwortete der Alte die Fragen und stieß eine Rauchwolke aus, wie eine fahrende Dampflokomotive.

»Landjugendheime sind meist alte Schlösser, Land- oder Forsthäuser wie dieses, oftmals in einer abgelegenen Gegend. Das macht sie für die Kinder so interessant. Es kann schon einmal passieren, dass sich die Klasse in ein Musikensemble verwandelt und ein Konzert gibt. Dann röhren die Boxen der Ghettoblaster, manche singen dazu englisch, berlinerisch oder ausländisch oder auch nur tutäteiteibäbä oder in einer ähnlich unbekannten Sprache. Dazu muss man trampeln und quietschen«, entwarf Robert sein eigenes Bild.

»Man vergisst zu leicht, wie man selbst die Klassenfahrten erlebt hat. Natürlich wollen die Kinder ihren Spaß haben. Das sollen sie auch. Wenn es abends völlig ruhig wäre, würde ich mir Gedanken machen. Die Kinder sind am Tage sinnvoll beschäftigt. Sie arbeiten täglich fünf Stunden, räumen den Wald auf, basteln Vogelhäuser, hängen sie auf und ähnliche Sachen. Dabei lernen sie sehr viel über die Natur, können Tiere beobachten und den Vögeln lauschen. Für viele ist das eine Expedition ins Unbekannte. Sie sind sehr aufgeschlossen und größtenteils lammfromm«, entgegnete der weise Mann, während dessen es weiter wie aus Gießkannen regnete.

»Das klingt sehr lehrreich. Wenn sie den Wald aufräumen und feststellen müssen, was manche Menschen achtlos in die Natur geworfen haben, dann werden sie beim nächsten Spaziergang mit ihren Eltern darauf achten, dass nichts im Wald liegen bleibt«, stimmte der Wandergeselle zu.

»Mich erstaunt immer wieder, mit welcher Begeisterung die Mädchen und Jungen ans Werk gehen. Für viele ist es das erste Mal, dass sie mit Holz werkeln. Sie tun es mit großem Geschick. Wenn es mal nicht so klappt, dann helfe ich ihnen dabei. Groß ist ihr Stolz, wenn das Werk vollbracht ist. Während wir arbeiten, erzähle ich ihnen Geschichten aus dem Wald oder Sagen aus dem Harz. Wir lachen viel miteinander. Niemand soll mir erzählen, wir hätten eine schlechte Jugend. Sie ist fleißig, wissbegierig und leidenschaftlich. Die junge Generation ist immer das Resultat unserer Lebensart«, Johanns Augen strahlten vor Begeisterung.

»Mir gefällt, dass Sie guten Mutes sind. Sicherlich gibt es viele aufrichtige und ehrliche Teenager. Wenn aber Jugendliche den Genuss als Lebensziel definieren, wenn sie zu Müßiggängern mutieren, dem Kaufrausch und anderen Süchten verfallen, rücksichtslos ihre Selbstsucht leben und alle menschlichen Werte vergessen, dann liegt die Schuld nicht bei ihnen, sondern bei uns allen, die Einfluss auf ihr Leben haben - bei den Vätern und Müttern, den Schulen, den Vereinen und Gemeinden und bei den Politikern. Wenn alle für alles verantwortlich sind, ist in Wahrheit niemand verantwortlich. Und wenn niemand mehr Verantwortung trägt, dann brauchen wir uns nicht zu wundern, wenn Ellbogenmentalität, Hemmungslosigkeit und Gewalt immer mehr zunehmen. Wir Älteren müssen gemeinsam als Wertevermittler fungieren, und dies nicht nur theoretisch, sondern ganz konkret. Haltungen wie Respekt, Toleranz, Achtsamkeit und persönliches Verantwortungsgefühl entstehen nicht aus dem Nichts, sie müssen vorgelebt und eingeübt werden. Daran mangelt es heute meinem Verständnis nach«, widersprach Robert nachdenklich dem freundlichen Hausmeister.

»Ich glaube, Sie sehen die Zukunft unserer Jugend zu schwarz! Glauben Sie mir, diese Kinder werden in der Mehrzahl die Zukunft meistern, genauso wie ich es in der Vergangenheit getan habe und wie Sie es heute tun«, hielt Johann erfahren dagegen.

Inzwischen hatte es aufgehört zu regnen. Robert verabschiedete sich und setzte seinen Weg fort. Von seinen Gesprächsort an war der Weg asphaltiert und führte fortwährend bergab. Noch immer tröpfelte es aus schiefergrauen Wolken, auf der einen Seite, vom blaugrünen Nadeldach der hochgewachsenen Fichten auf der anderen. Binnen kurzem erreichte er die ersten Ausläufer der Okertalsperre. Der regennasse Wald, die bleigrauen Wolken – diese düstere Stimmung wollte sich auch bei ihm ausbreiten. Doch er ließ es nicht zu. Robert spazierte auf dem Uferweg entlang, weiter, immer weiter in Richtung Staumauer. Auf den letzten Metern bis zur Mauer kam schlagartig die Sintflut über ihn. An dieser Stelle gab es kein schützendes Blätterdach, keine einladende Hütte, nicht den geringsten Unterschlupf. Bei heftigem Platzregen überquerte er die Staumauer und rettete sich an den trockenen Kiosk auf der gegenüberliegenden Seite. Eine heiße Erbsensuppe mit einer Riesenbockwurst war sein Lohn für diese Rippenstöße der Natur - und heißer Kaffee.

Beim Essen beobachtete Robert einen perlweißen Dampfer, der, mit Touristen beladen, auf dem blauschwarzen See vor der Staumauer im ununterbrochenen Landregen kreuzte. Er sah, wie der Steward einigen Damen in gesegnetem Alter Kaffee an den Tisch servierte. Der sich den Bauch Vollschlagende meinte, ihr Lachen zu vernehmen, ihr fröhliches Gespräch, als hätten sie eine Wette abgeschlossen, wer von ihnen mit dem jungen Kellner ein Tänzchen wagen dürfte. Die bejahrten Frauen von Welt trugen Hüte, die teils keck, teils würdevoll auf ihren Häuptern ruhten. Diese bunten Meisterwerke der Kopfbedeckung verursachten ein polychromes Flattern in dieser regengrauen Atmosphäre.

Das matte Grau der Landschaft, das düstere Gewässer, der bleierne Himmel erlebte mit dem weißen Ausflugsdampfer und den lebenslustigen Hüten die Auferstehung eines Gemäldes von William Turner. Gleichwohl verschwand dieses Bild wenig später im Dunst des verhangenen Nachmittags.

Einen Augenblick später sprach ihn ein verirrter Sommerfrischler an, der sich von seinem Auto durch den Regen unter das Dach der Imbissbude gerettet hatte, fragte nach dem Woher und Wohin und staunte Beifall zollend über Roberts bisherige Wanderleistung. Robert kostete die Lobeshymnen aus, gleichzeitig war er beschämt, denn er war der Meinung, dass seine Wanderung nur eine Bagatelle gegen die heroischen Wanderungen der großen Entdecker war. Er gab höflich Auskunft, wartete geduldig auf das Ende des Schauers, schöpfte noch einen Zeitraum Atem, studierte die Wanderkarte und fand eine Schutzhütte direkt am See, die für eine geruhsame Nacht geeignet wäre.

Nach seinem ausgiebigen Essen, einen wärmenden Topf Bohnenkaffee und der widerrechtlichen Aneignung von ein paar Metern Toilettenpapier stiefelte Robert wieder los. Zunächst schritt er im Uhrzeigersinn am Ufer des Sees entlang in Richtung Waldpädagogikzentrum, später schwenkte der patschnasse Weg nach Altenau ab. Nach einer Stunde hatte er die wasserdichte Schutzhütte am gegenüberliegenden Ufer von Altenau erreicht. Sie war wirklich sehr malerisch gelegen, direkt vis-a-vis der Brücke über den Eckerstausee und der Schiffsanlegestelle. Sollte er jetzt schon sein Nachtlager aufschlagen? Es war immer noch früher Nachmittag. Robert schob eine kurze Rast ein, stillte seinen Durst mit Mineralwasser und buchstabierte die geistreichen Epigramme, die in die Balken der Hütte geschnitzt worden waren. Nach wenigen Minuten entschloss er sich, weiter zu tappen. Konsequentermaßen marschierte er weiter am Ufer des Sees entlang. So gut wie gar niemand begegnete ihm. Nur zwei hastige Mountainbiker flitzen im

Nu an ihm vorüber. Vorerst folgte Robert einem sich ewig hinziehenden Seitenarm des Sees. An dessen Ende gab es erneut einen Kreuzweg, der den Eingang zum Kalbetal markierte. Roberts Darm verbreitete kolikartige Schmerzen, gegen die er etwas tun musste. Das Kauern unter einem tröpfelnden Holunderbusch war weder außerordentlich bequem noch besonders lauschig. Nichtsdestoweniger war die verspürte Erleichterung groß. Einige hundert Meter talaufwärts füllte Robert seinen Wasservorrat an einem der kristallklaren Bäche auf. Inzwischen war er verhältnismäßig abgekämpft. Auf seiner Karte konnte er keine Hütte entdecken. Auch auf seinem Wanderweg durch das romantische Tal zeigte sich keine geeignete Unterkunft. Das im Naturzustand befindliche Kalbetal zog sich hinauf bis nach Torfhaus. Ein Weg von etwa sieben Kilometern lag vor Robert. Und dieser Waldweg führte ihn unaufhörlich bergauf. Zum wiederholten Mal füllte er frisches Wasser in seine Flasche. Das Tal war wunderschön, wildwüchsig, ursprünglich, gleichzeitig gespenstisch und schwermütig. Links und rechts schienen die steilen Hänge mit ihren dunkelgrünen Tannen in die tiefliegenden, schweren Wolken zu flüchten. Ein Reh schaute verdutzt, als es Robert sah. Mit ein paar Sätzen war es im undurchdringlichen Dickicht verschwunden. Roberts Wunschträume fabrizierten sonderbare Halluzinationen – er meinte hinter der nächsten Biegung eine Hütte wahrzunehmen, dann wieder und wieder. Einmal offenbarte sie sich als ein paar gestapelte Baumstämme, ein anderes Mal als Futterraufe. Roberts heiterer und energischer Wanderschritt vom Morgen hatte sich längst in ein erbärmliches Tapsen verwandelt. Barbarische Wolkenbrüche und beharrlicher Fisselregen wechselten rhythmisch. Von Zeit zu Zeit musste der ausgelaugte Wandersmann unter einer der riesigen Fichten vor dem Unwetter Schutz suchen. Dann hockte das Männlein im Walde ganz still und stumm, wünschte sich bescheiden an einen warmen und trockenen Ort. Auf halber Strecke war er beträchtlich ausgepowert. Sein Schritt wurde zusehends schleppender, die Luft knapper. Weiterhin war keine Hütte weit und breit auszumachen. Verbitterung machte sich breit. Robert verfluchte sich selbst, seine Entscheidung, den Weg fortgesetzt zu haben, statt in der Hütte am

See zu liegen, er schickte die Kartenmacher zum Teufel und den Harzverein. Nach mehr als zwei Stunden erreichte er die Bundesstraße nach Torfhaus. Der Wegweiser bedrohte ihn mit dreieinhalb Kilometern bis zum Tagesziel. Das bedeutete noch eine knappe Stunde Kampf. Robert war gebrochen. Gequält setzte er ein Bein vor das andere, stumpf und gedankenlos, ohne ein Gefühl. Als der darauffolgende Wegweiser noch anderthalb Kilometer bis zum Ziel ankündigte, öffneten sich die himmlischen Schleusentore bis zum Anschlag. In diesem Augenblick verwandelte er sich in einen triefenden Waldschrat. Ihm war kalt, er war durchnässt bis auf die Haut, gestorben, kraftlos – trotz allem wankte er nach wie vor seinem Tagesziel entgegen. Der Weg schien kein Ende zu nehmen. Irgendwann langte er am großen Touristenparkplatz von Torfhaus an. Noch einmal fünfhundert Meter. Erste zaghafte Hoffnung! Das erste Restaurant war geschlossen, das zweite auch. Entsetzen? Er entdeckte eine Bushaltestelle am Parkplatz, die zur Übernachtung geeignet schien. Dahin konnte er sich in seinem Elend flüchten. Letztendlich fand er doch ein geöffnetes Wirtshaus. Einfach nur rein und sich setzen, die nassen Sachen ausziehen. Das Hundewetter hatte sich seinen Weg bis unter seine Unterwäsche gebahnt. Hier half nur noch ein Mittel: Bier! Robert zählte sein übrig gebliebenes Barvermögen und trank, was das Portemonnaie hergab.

Nach den ersten hastigen Schlucken hatte er Gelegenheit, sich in der Runde umzuschauen. Das Gasthaus war eines dieser typischen dörflichen Waldschenken. An den Wänden hingen alte Schinken mit röhrenden Hirschen. Das Geweih eines Zwölfenders thronte neben der Eingangstür, daneben hingen Bilder mit historischen Ansichten. Auf Wandbrettern ruhten eine Vielzahl von silbernen Pokalen der hiesigen Vereine. Aus der rechten Ecke ertönte das nervtötende Belübbelüb eines Spielautomaten. Ein Bilderrahmen präsentierte das Blatt eines Grand ouvert.

Mit der Zeit erwachten Roberts Lebensgeister noch einmal. Er beteiligte sich an der lebhaften Erörterung der politischen Lage am Tresen. Das Mädchen hinter der Bar, blond, schlank, grazil, ein weißes Seidentuch um den Hals, schaute ihn mit geneigtem Kopf, verwirrend blauen Augen und betörendem Lächeln an. Um die Wahrheit zu sagen, so schaute sie jeden seiner Gäste an.

Aber wenn Robert diesbezüglich auch frei von Illusionen war, empfand er es doch ein gewisses Wohlgefühl. Er war dreiundvierzig Jahre alt, machte sich in seiner elenden Verfassung keine Illusionen, und es gab im Grunde genommen nur eine Frau, die sich seinetwegen verausgabte.

Ziemlich groß, breit in den Schultern, robuste Fünfzig, die traurigen Augen hinter dicken Brillengläsern, die fleischige Nase nach vorne zu einer Kartoffel ausladend, das Gesicht rund und lachsfarben wie ein Kürbis, vom Weingeist gekennzeichnet, steckte der wuchtige Körper in einem Trainingsanzug eines Markenimitats. In einem Ton, der tief aus dem Keller zu kommen schien, palaverte er:

»Wenn es in diesem Land Idioten gibt, dann sind es unsere Politiker, und die noch größeren Idioten sind die, die sie gewählt haben. Ungeniert greift der Finanzminister in meine Taschen und bedient sich hemmungslos. Wenn ich den schon sehe ... Der kleine Mann hat immer weniger in der Tasche und die Herren da oben sacken die Kohle ein. Sieh dir diese Fettsäcke an!«

Ein kleiner Magerer mit tiefliegenden Augen und abgehackten Gesten entgegnete mit Feuereifer: »Ist doch völlig egal, wen man wählt, die Roten oder die Schwarzen. An unser Geld wollen sie alle! Dann guck dir doch mal die Beamtenärsche an! Die beschäftigen sich nur noch mit sich selbst. Kriegst du mal was vom Finanzamt zurück, dann dauert das ein halbes Jahrhundert. Erst fährt der Mann vier Wochen in Urlaub, dann erholt er sich vier Wochen mit einem gelben Schein. Und wenn die da oben nicht mehr weiterwissen, dann bilden sie einen Ausschuss. Ich sag es dir was, Ausschuss, das ist das, was wir in den Abfallbehälter werfen. Und sie sitzen und sitzen, und labern und labern, und saufen und saufen – und nichts kommt dabei heraus!«

Auf einem weiteren Barhocker saß ein Dritter, seine Miene blieb kühl, seine umränderten dunklen Augen beobachteten aufmerksam die Szenerie, der dichte, schwarze Schurbart stand streng und ernst in seinem Gesicht. Dann meldete auch er sich zu Wort:

»An allem sind die Ausländer schuld, dieses ganze Gesocks, was sich bei uns eingenistet hat, Türken, Itaker, Südländer und Russen. Die kriegen doch alles in den Arsch gesteckt. Uns nehmen sie die Arbeitsplätze weg und wir müssen stempeln gehen. Wenn ich das schon sehe! Da geht der Alte vorne weg, die Olle tippelt mit einer Horde Kinder hinterher, der Bauch ist schon wieder dick. Neuer Kühlschrank, neue Waschmaschine, neuer Fernseher, Videorecorder und was weiß ich noch alles holen die sich von unseren Steuergeldern. Oder nimm die Russlanddeutschen. Zweihundert Jahre wussten die nicht, wo Deutschland liegt, jetzt kommen die her, kassieren dicke Renten und unverschämte Geschenke. Und die Russenmafia haben sie gleich mitgebracht. In Moskau bestellen sie die deutschen Autos wie beim Händler. Ruckzuck werden die hier geklaut, zwei Tage später kassieren sie die dicke Marie.« Allgemeines Kopfnicken am Tisch.

Der Kartoffelnasige erwiderte in Fahrt kommend: »Vier Millionen Arbeitslose, Deutschland ist der letzte Wagen am europäischen Zug. Wenn die Wirtschaft liefe, dann wäre das mit den Ausländern gar nicht so schlimm. Es gibt ja auch Anständige. Das dachte ich jedenfalls von meinem Italiener noch bis vor einigen Wochen. Letzte Woche war ich in Bad Harzburg mit meiner besseren Hälfte zum Essen. Da wollte der Gauner plötzlich zwanzig Euro für eine Flasche Wein, die im letzten Jahr noch zwanzig Mark gekostet hat! Der denkt wohl auch, ich habe meine Hose mit der Kneifzange angezogen! Wir haben unsere Pizza verputzt und uns ein Fläschchen zu Hause gegönnt.«

»Teuro meinst du wohl, Teuro«, ergänzte der hitzköpfige Magere und er fügte hinzu, »wir Kleinen müssen die ganze Scheiße ausbaden. Die da oben machen ihre Weltreisen, lassen sich mit Millionen bestechen. Wir verleben unseren Urlaub auf Balkonien oder Terrassien und die fliegen um die halbe Welt. Wenn sie dann erwischt werden, treten sie nicht etwa zurück – nein, sie bedauern es. Es tut ihnen leid! Wenn mein Fernseher ihre Tränen ausspucken könnte, hätte ich heute eine Pfütze vor dem Gerät!«

»Sie predigen öffentlich Wasser und saufen heimlich Wein«, warf der Bärtige ein Heinezitat ein.

Die blauäugige Kellnerin verteilte lächelnd eine neue Runde honiggelben Gerstensaft. Der Hitzkopf hielt es nicht mehr aus und trompete:

»Wenn ich das Gelabere von den hohen Kosten höre, dann könnte ich schon kotzen. Krankenkassen und Renten. Schau dir doch mal die Glaspaläste an! Niemand spricht über die Kosten, die sie selbst verursachen! Und wenn du etwas brauchst, meinetwegen einen Zahnersatz, dann sollst du es selbst bezahlen. Dabei werden die Leute von unseren Beiträgen bezahlt. Und ihre Burgen bauen sie auch von unseren Geldern! Erzähl das mal einem, dann gucken sie wie ein Schaf aus der Wäsche!«

»Und jetzt schieben sie alles auf den elften September. Da haben sie einen Grund gefunden und denken, dass wir Vollidioten ihnen diesen Unsinn abnehmen«, warf der Schwarzbärtige dazwischen.

»Ja, ja, die Amis haben ein Problem und wir müssen es ausbaden. Manchmal denke ich, dass die Regierungsarmleuchter glauben, wir wären mit dem Klammerbeutel gepudert. Was geht uns Taliban und Afghanistan an? Die Amis bombardieren die Berge und die armseligen Hütten und wir schicken wieder Leute dahin, damit alles aufgebaut wird! Was weiß ich, wo dieses gottverdammte Land liegt? Grund genug für den Verteidigungsminister, dort erst einmal ein paar Tage Urlaub zu machen«, ergänzte er ärgerlich.

Nun mischte sich Robert ein:

»Ist es nicht zu verständlich, dass ein Teil der Welt auf den großschnäuzigen Erzieher und Polizisten Amerika sauer ist? Überall, wo ein Amerikaner auftaucht, wird dieses Gebiet als amerikanische Schutzzone erklärt. Auf der ganzen Welt möchten die Amis ihre Gesetze wirken lassen – auch außerhalb ihres Territoriums. Tja, da haben einige etwas dagegen. Diese amerikanische Überheblichkeit und Skrupellosigkeit stößt gerade in der arabischen Welt auf Ablehnung. Ich kann das verstehen. Mal ehrlich, wir sprechen hier deutsch. Wenn man manche Politikern, Wirtschaftsbosse und Werbespots so hört, könnte man meinen, wir sind Ausländer im eigenen Land.«

Zustimmung von allen Seiten. Robert führte fort: »Es ist doch eine Tatsache: die Reichen werden immer reicher, die Armen immer ärmer. Die kleinen Betriebe gehen reihenweise in die Pleite, die großen Weltkonzerne werden immer mächtiger. Ich habe gelegentlich das Gefühl, dass der olle Marx doch Recht hatte. Sagte er nicht, dass die Monopole immer größer würden und dass irgendwann niemand mehr da wäre, um deren Produkte zu kaufen? Die Riesen wie Daimler, Volkswagen, Deutsche Bank oder Bayer suchen sich ihren Standort nach den günstigsten Bedingungen aus. Und wenn sie die in Deutschland nicht bekommen, gehen sie dahin, wo sie billiger produzieren können. Die nehmen auf niemanden Rücksicht. Nur wenn sie in Deutschland einen Vorteil, eine Subvention, erhaschen, bleiben sie hier. Die haben mehr Macht als alle Politiker zusammen!«

»Alter Kommunist, was?«, hetzte der heißblütige Dürre.

»An den Tatsachen kommt niemand vorbei. Die Wirtschaftsbosse bestimmen die Richtung. Und sie sind in der ökonomischen Globalisierung den Politikern weit voraus. Während die Konzerne wirklich weltumspannend denken und arbeiten, zanken sich die Staatsoberhäupter wie die Fürsten im Mittelalter. Wenn das Geld stimmt, was kümmert das einen Aktionär, ob es dir hier gut geht?«

Robert ging auf die Provokation nicht ein.

»Wo er Recht hat, hat er Recht«, beruhigte die Knollennase die Gemüter, »Geld regiert die Welt! Ihr solltet nur an die letzten Korruptionsskandale denken, Millionen waren da im Spiel. Nun mal ehrlich, ab einer bestimmten Summe wird jeder bestechlich. Wer spendiert mir ein Bier?« Er grinste in die Runde wie ein Schmalzkuchen.

Robert fühlte sich allmählich zum Sitzen müde, dazu das Bier, der Qualm der Zigaretten, die Wärme und die Diskussion, die im Grunde zu nichts führte. Sein Geld war zudem aufgebraucht, so verabschiedete er sich und fand wenige Schritte weiter eine geschlossene Bushaltestelle – gleich neben der Bundesstraße. Er breitete seinen Schlafsack auf der Bank aus, telefonierte noch ganz kurz mit Ella, da sein Silbergeld den Beutel verlassen hatte. Dann kroch er in seinen mollig warmen Schlafsack und wünschte sich in den Schlaf.

Die Nacht war entsetzlich für Robert. Der Autoverkehr schien nicht abreißen zu wollen. Er träumte, die brummenden Transporte würden in seinen Schlafsack hineinfahren. So nah verspürte er die Vibrationen. Aus der Telefonzelle nebenan blendete die ganze Nacht Licht. Und von dem ungewohnt vielen Bier musste er auch noch ein paar Mal den wärmenden Schlafsack zum Wasser abschlagen verlassen.

Die morgendliche Dämmerung setzte sich nur schwer gegen den nächtlichen Dunst durch. Als sich der Nebel allmählich lichtete, schimmerte die Antennenspitze des Senders Torfhaus in der Sonne. Robert schnürte seine Sachen zusammen und protokollierte nach einem kurzen Frühstück die Erlebnisse des Vortages. Später walzte er auf dem Goetheweg in Richtung Brocken. Eine große Zahl Kinder aus den umliegenden Landschulheimen waren mit ihm unterwegs. Solch vergnügliche Lebendigkeit und solch zahlreiches Kindergewimmel hatte er seit Tagen nicht mehr gesehen.

Robert unternahm einen Exkurs in das große Torfhausmoor. Das Torfhaus Hochmoor entstand in diesem vom Niederschlag gesegneten Gebiet, weil auf dem schlecht durchlässigen Untergrund die natürliche Zersetzung von abgestorbenen Bäumen und Sträuchern nicht ablaufen konnte. Unter diesen Bedingungen sind die meisten Pflanzen in ihrer Entfaltung gehemmt, lediglich Moose gedeihen prächtig. Im Laufe der Jahrtausende war auf diese Weise ein Torfkörper entstanden, der sich uhrglasförmig aus seiner Umgebung heraushob. Hochmoore tragen ihren Namen nicht wegen ihrer Lage auf Hochebenen, sondern weil sie sich aus ihrer Umgebung hoch emporheben. Rechts und links des Holzsteges, der über das Moor führte, konnte Robert einen besonderen Überlebenskünstler des Hochmoores entdecken: den Sonnentau, ein fleischfressendes Moorpflänzchen. Den im Hochmoor fehlenden Stickstoff holt sich der Sonnentau aus tierischer Kost. Er lockt seine Beute mit speziell dafür ausgebildeten Blättern. Neben den Torfmoosen entdeckte Robert Heidelbeersträucher, Wollgras und Rasensimse, die das Moor zu jeder Jahreszeit in einen prächtig leuchtenden Farbenteppich verwandeln. Zwangsläufig begegneten Robert auch vielgestaltige Moorgeister.

Nach dem Hochmoor wechselte er vom Goetheweg zum Kaiserweg, der ihn auf die Route zum dreieckigen Pfahl führte. Mitten im Bergfichtenwald, wo viele Moose und Flechten ihre Heimat fanden und Gräser wie Drahtschmielen und Wollreitgras fast überall den Boden bedeckten, fand er einen wunderbar klaren Bach. Die urwüchsigen Harzer Fichten zeigten sich spitzkronig, ihre Äste wiesen nach unten. So können sie bei der winterlichen Schneelast besser an den Stamm anschmiegen. Phänomenal, wie die Natur sich verhielt. Ein in die Jahre gekommenes Stuttgarter Ehepaar sprach ihn an und erzählte ihm in beflügelnden Worten, wie schön sie den Harz fänden. Sie waren das erste Mal hier und fragten Robert tüchtig aus, nachdem sie erfahren hatten, dass er schon mehrmals in diesem kleinen Gebirge gewandert war.

Der Wald auf seinem weiteren Weg war besonders vielgestaltig und strukturreich. Dazu gehörten natürlich auch abgestorbene Bäume. Ihr totes Holz steckte voller Leben. Buntspechte hämmerten ihre Höhlen hinein, Insekten bauten darin ihre Gänge, Pilze zersetzten das Holz und kleine, unerfahrene Bäumchen streckten von den vermoderten Stämmen ihre Spitzen dem Himmel furchtlos entgegen. Vielleicht werden sie auch noch der Todesstunde der Menschheit sich neuen Räumen jung entgegensenden. Des Lebens Ruf wird niemals enden.

Das nährstoffarme, braune Wasser floss überall mit hüpfender Geschwindigkeit ins Tal, ein unermüdlicher Strom, der die Zeit mit einem leisen, beständigen Rauschen durchzog. Die Schwarzerle wurde in den letzten Jahren an vielen Stellen angepflanzt. Ihre glänzenden Blätter bildeten einen Kontrast zu den schlammigen Ufern, während ihre Wurzeln das Erdreich festigten. Robert beobachtete fasziniert eine Wasseramsel, die als einzige heimische Vogelart auf dem Bachboden ihre Nahrung suchte, indem sie mit untergetauchtem Oberkörper gegen die Strömung lief, ein kleiner, grauer Schatten, der sich mit erstaunlicher Geschicklichkeit bewegte. Nur wenige Schritte von ihm entfernt entsprang im Bodebruch einer der Bäche, der später sich später mit anderen vereint, um die majestätische Bode zu bilden, ein sanfter Ursprung, der inmitten von Moos und Farnen verborgen lag. Der frische Duft des Waldes erfüllte die Luft, während das Sonnenlicht in schmalen Streifen durch das Blätterdach brach und das Wasser in goldenen Reflexionen tanzen ließ. Robert spürte, wie die Ruhe dieses Ortes seine Gedanken beruhigte.

Die Prinzengarde

Es leben drei Prinzenbrüder
im Harz bis zur heutigen Zeit,
sie reiten vom Berg hernieder,
so bieten sie Schutz und Geleit.

Prinz Bodo, der Kalte,
geboren im düsteren Tann,
stürzt tief in die Spalte,
er wird mit viel Mute zum Mann.

Prinz Bodo, der Warme,
entsprungen am fürstlichen Berg,
verführt mit viel Charme
die Waldfee und auch einen Zwerg.

Prinz Bodo, der Rappe,
man nannte ihn nach einem Ross,
er machte nie schlappe,
dem purpurnen Bruch er entfloss.

Der Weg wurde wieder steiler und führte an den Hopfensäcken – einer Felsgruppe – vorbei. Zum dreieckigen Pfahl wollte Robert nicht, deshalb machte er an einer Hütte am Kaiserweg noch einmal Rast. Zum wiederholten Mal gab es Kümmelbrot, diesmal mit Leberwurst, und reines Quellwasser für den Durst. Auf dem weiteren Weg nach Oderbrück begegneten Robert drei liebenswürdige, knackige Mädchen, die ihn nach dem Wetter auf dem Brocken fragten. Leider konnte er ihnen nur das Wetter vom Dienstag sagen, da war es toll. Lachend zogen sie weiter.

In Oderbrück angelangt, ging Robert ins Hotel, sah sich sein Zimmer an und nahm es in Besitz. Bevor er mit der ausgiebigen Dusche begann, machte er noch eine Runde um den Oderteich. Mit fast zwei Millionen Kubikmetern Stauinhalt zählte er im Grunde zu den Talsperren, aber diesen Begriff gab es noch nicht, als man ihn Anfang des achtzehnten Jahrhunderts anlegte. Stillschweigend wanderte Robert um den Teich herum, betrachtete seinen Damm bis ins kleinste Detail. Dessen Wasserseite bestand nämlich aus riesigen Granitblöcken, die mit Eisenklammern verbunden und mit Blei fugendicht verstemmt wurden.

Der Oderteich versorgte einst den Bergbau um Sankt Andreasberg. Man sollte glauben, dass die Andreasberger damit auch das Recht auf sein Einzugsgebiet hatten. Weit gefehlt: Der Bergbau von Clausthal und Zellerfeld streckte seine Arme auch bis hier hin aus. Nördlich vom Teich zog der Flörichshaier Graben Wasser ab, an der Westseite tat der Clausthaler Flutgraben das Gleiche.

Zurück im Gasthaus kam die ausgiebige Dusche. Herrlich prickelte das warme Wasser an ihm herab. Robert wollte gar nicht aufhören. Dann folgte erst einmal ein treffliches Ruhen. Später las Robert dann in Bölls irischem Tagebuch. Am Abend setzte er sich ins Restaurant und speiste behaglich unter zahlreichen Jagdtrophäen. Als der Kellner kassieren wollte, musste er ihm gestehen, dass er kein Geld bei sich hatte und dass der Ober sich wohl gedulden müsste, bis seine Frau am nächsten Tag eintreffen würde, um die Rechnung zu begleichen. Das gab erst einmal einen ernüchternden Blick und dann ein langes Gesicht. Und schon wurden erste Sicherheitsvorkehrungen getroffen, was zumindest die Aufnahme von Roberts Personalien betraf.

Er ging früh zu Bett und fand es toll, wieder einmal auf einer Matratze zu liegen. Er verkroch sich unter seine Bettdecke und las noch einige Zeit in seinem Buch. Er bemerkte gar nicht, wie die Zeit verging. Bücher sind bessere Freunde als Menschen, denn sie reden nur, wenn wir wollen, und schweigen, wenn wir anderes vorhaben. Sie geben immer und fordern nie. Es war Roberts Vater, der ihn mit diesen Freunden bekannt gemacht hatte. Und dafür war er ihm heute noch dankbar. Robert liebte Bücher, er las sie, er hütete sie und er bewahrte sie als ein kostbares Gut. Er war stolz auf seine

Büchersammlung daheim. Ein Mensch ohne Bücher ist ein Körper ohne Seele. Ein seelenloser Mensch jedoch ist eher geneigt, Büchern keine Beachtung zu schenken, sie achtlos in den Müll werfen oder gar zu verbrennen. Dort, wo man Bücher verbrennt, verbrennt man am Ende auch Menschen, sagte Heinrich Heine. Und am Ende hatte er damit Recht behalten.

Das Frühstück war solide. Robert las danach weiter in seinem Buch. Heinrich Böll dankte mit diesen Aufzeichnungen einer Landschaft und ihren Menschen, denen er sich seit seinem ersten Besuch auf der Insel im Jahr 1954 wahlverwandtschaftlich verbunden fühlte. Das Geheimnis dieses Buches ist, dass kaum ein Wort über die verzwickte wirtschaftliche Lage und die noch verzwicktere Geschichte dieses kleinen Staates gesagt wird und dass dennoch das ganze Irland in diesem Tagebuch eingefangen schien. Robert sah zwischen den Zeilen ein verstecktes Deutschlandbuch, denn mit seinen Schilderungen strebte Böll eine indirekte Kritik der einheimischen Verhältnisse an: Irland wurde immer wieder in Kontrast zu Deutschland betrachtet. Dieses Buch ist nicht in althergebrachter Bedeutung ein Buch über Irland, es erhebt keinen Anspruch, über die komplizierte Geschichte, die ebenso komplizierte wirtschaftliche Situation dieses kleinen Staates westlich von England Auskunft zu geben oder als Reiseführer in die vielfältige Schönheit und landschaftliche Eigenart Irlands zu dienen. Es ist der Versuch, in unterschiedlichen Geschichten und mit wenigen Worten, ein Land darzustellen, in dem sich permanent das Süße mit dem Bitteren mischt, Gebet mit Fluch, ein Land, in dem die Poesie auf der Straße liegt und Resignation fast wie in einem Treibhaus gezüchtet wird. Ein Idyll, das mit den Tränen auswandernder Kinder bezahlt wird. Ein Land, wo das dreizehnte sich mit dem zwanzigsten Jahrhundert mischt und das neunzehnte mit der Zukunft. Der totale Gegensatz zu Deutschland wirkte auf den Verfasser wie eine Provokation, gerade dieses Land in die deutsche Sprache aufzunehmen, es in ihr zu porträtieren, etwa in der Form eines Mosaiks, keiner realistischen Nachbildung, da der porträtierte Gegenstand andere als realistische Sprachräume erforderlich machte.

Heinrich Böll ist bekannt für seine Erzählungen aus erster Quelle. Er machte Begebenheiten und Atmosphären nicht durch ewige Erörterungen deutlich, sondern durch den festgehaltenen Augenblick, durch das Blitzlicht auf eine bestimmte Situation. Robert zeigte sich überraschend eine Kette von Zusammenhängen, die er selbst entdeckte und aneinanderreihte. Das Irische Tagebuch ist kein Führer durch Stadt und Land, kein Streifzug durch Geschichte und Geologie, nicht einmal eine Charakterisierung des irischen Wesens. Und doch steigt aus diesen kleinen Kapiteln und Szenen mehr vom Wesen dieser eigenartigen Inselwelt auf als aus manchem ausführlichen Reisehandbuch. Große Poesie hinterließ Böll in diesem kleinen Reisebuch. Diese mit wunderbarer Anschaulichkeit geschriebenen kleinen Erzählungen vermitteln ein einprägsames Bild dieser eigenartigen Insel im Atlantik. Robert war begeistert von diesem Büchlein, speziell über Ausführungen zu Zeit und Humor. Reisewünsche wurden erweckt und gleich wieder fortgespült bei dem Gedanken an irischen Dauerregen.

Am Nachmittag wartete Robert auf seine Liebste. Aufgeregt tigerte er den Parkplatz auf und ab, marschierte noch einmal ein paar Schritte in den Wald und kam wieder zurück. Später half er ein paar Motorradfahrern, den Weg nach Altenau zu finden. Er war zu ungeduldig. Ihn bedrängte die Unruhe, etwas könnte geschehen sein, eine Panne oder gar ein Unfall. Allmählich kribbelte ihm die Angst in den Nerven, auf dem Waldweg, vor dem Gasthaus, auf dem Parkplatz. Den ganzen Nachmittag drückte eine schwüle, Nerven auslaugende Unruhe elektrisch auf seine ungeduldigen Sinne, kaum konnte er die Minuten des Wartens ertragen. Es war merkwürdig – je näher der Zeitpunkt ihrer Ankunft sich nahte, umso rascher und höher schlug sein Herz. Nach einer unendlich langen Wartezeit sah Robert den bekannten Roadster endlich herannahen. Schon von weitem wehte ihm der Gesang von Phil Collins entgegen.

»Endlich, ich warte schon die ganze Zeit auf dich!« Er schloss sie in seine Arme und küsste sie. Er roch ihr duftendes Haar, fühlte ihren warmen, weichen Körper und hörte ihre freie, beschwingte Stimme. Robert staunte, als hätte sie sich während seiner Abwesenheit verwandelt, und doch war alles vertraut. Was hat sie – staunte er –

so berauscht, was dermaßen betört, dass ihr diese selige Zwanglosigkeit mit einem Mal aus der Kehle brach? Sein erstes Gefühl war schwer zu erklären. Es war ein überwältigendes Entzücken, als ob er diese Frau zum ersten Mal im Arm hielte.

Auch die Wirtsleute erfreuten sich am Kommen seiner Liebsten. Sahen sie doch die Bezahlung der Zeche in unmittelbare Nähe rücken. Als Erstes erfolgte Ellas Begutachtung des Zimmers: das Zimmer war mit Holz ausgekleidet, bescheiden dekoriert, in Bad und WC war alles okay, die Betten kuschelig und behaglich. Ella wendete sich zu Robert, so dass er ihre zufriedenen Gesichtszüge wahrnehmen konnte.

»Hast du Hunger? Lass uns etwas essen«, schlug er vor.

»Einen Moment, ich muss mich etwas frisch machen, dann können wir los«, erwiderte sie.

Sie begaben sich in jene kleine Schankstube, entdeckten einen lauschigen Tisch im sentimentalen Erker mit einem leisen Stich von räuberischer Romantik. Rustikal war in diesem Lokal die Speisekarte, die bäuerliche Harzküche und deftige Landspeisen versprach, dazu noch eine Reihe würziger Weine und Gerstensäfte. Touristen saßen an schweren Holztischen beisammen und beredeten bei einigen Vierteln mehr oder minder die obligaten Weltangelegenheiten. Eine stattliche Kellnerin im Harzer Dirndl reichte die Speisekarte.

»Was darf ich Ihnen zu trinken bringen?«, erkundigte sie sich in Geduld übend.

Robert bestellte eine Flasche lieblichen Rotwein und eine dieser bäuerlichen Schlachteplatten.

»Meine Liebe, was für eine hübsche Überraschung. Schön, dass du hier bist. Ich habe dich wirklich vermisst«, eröffnete Robert das Gespräch.

»Ehrlich?«, entgegnete Ella mit einem Hauch von Ironie und sie ergänzte sich ernsthaft, mit einem Blick, der keine Zweifel zuließ, »Ich dich auch.« Ihr zartes Gesicht war im Lampenlicht poliert.

»Nun, wie hast du es die gesamte Woche ohne mich ausgehalten?«, erkundigte er sich.

»Dein Schnarchen hat mir nicht gefehlt«, sie griente, »nein, wir hatten viel zu tun auf der Arbeit. Der Chef machte wieder alle verrückt wegen des Sommerfestes. Der Junior verdünnisierte sich wie immer, das brachte mein Blut in Wallung. Du kennst ja den Junior, teilnahmslos, leidenschaftslos, interesselos – nichts los. Während sich die Arbeit auf meinem Schreibtisch stapelt, denkt der Arbeitsscheue den lieben langen Tag darüber nach, wie er sich am elegantesten in die Büsche schlagen kann«, ereiferte sich Ella.

»Hat sich unser Sohn einmal gemeldet?«

Ellas Augen leuchteten sofort auf, sie machten einen unglaublich glücklichen Eindruck, so, als ob es keine schönere Frage hätte geben können. Zu seiner Freude legte sie die Hand auf seinen Arm.

»Wir haben kurz nach seiner Prüfung miteinander telefoniert. Er hat ein sehr gutes Gefühl, meint er. Nächste Woche schreibt er seine letzte Prüfung, dann hat er es geschafft!«, berichtete sie voller Stolz.

»Ja, wir haben einen prächtigen Jungen. Am meisten freut mich, dass er so beliebt und anerkannt ist. Kannst du dich noch an das Basketballspiel erinnern, wo er als kleiner Junge wegen seines respektlosen Verhaltens aus der Halle geworfen wurde? Heute besänftigt er seine Mitspieler, er ist gewissermaßen der Ruhepol der Mannschaft, von seiner unglaublich lieben Art, auf Menschen einzugehen, schwärmen nicht nur seine Omas«, begeisterte sich Robert über den Jungen.

»Ja, er ist ein besonders Lieber. Nun berichte doch einmal, wie es dir ergangen ist«, forderte sie ihn auf zu erzählen.

In diesem Augenblick servierte die dralle Bedienung eine Platte mit würzig duftendem Schinken, köstlicher Sülze, geräucherten Leberwürsten, appetitlicher Rotwurst und einem Häuflein frischen Hackepeters.

»Ich halte es nicht aus«, sagte er, »ich muss erst schlingen.«

Er saß mit dem Rücken zur Gaststube. Er fühlte sich wohl so, er hatte den Mund voll und sah befriedigt seinem anschmiegsamen Kätzchen mit langer schwarzer Mähne und grünen Augen beim Essen zu.

»Du hast auf meine Frage nicht geantwortet«, sagte sie, während sie sich etwas von dem herrlichen Schinken gönnte. »Wie war es auf deiner Tour?«

»Die Tour, meine Liebe!«, rief Robert aus und schwang sein Brot feierlich durch die Lüfte, so dass sie ein wenig zurückwich. »Es war einfach unglaublich, ich habe die Natur lange nicht so intensiv erfahren. Es ist mir, als entdeckte ich die Vollkommenheit und Schöpferkraft der Natur unaufhörlich neu. Sie vereinte den unablässigen Widerstreit der Kräfte mit friedlicher Besinnlichkeit. Oder umgekehrt. Sie machte keine Halbheiten, ließ nicht mit sich handeln. Das Lied des Windes, das Bild einer Wolke, die Geschichte eines Zweiges, die sommerliche Stimmung an einem blauen See, der nächtliche Tanz der Geister auf dem Brocken oder der Zug der Zwerge durch das Labyrinth der Tropfsteinhöhle. Ich fühlte mich partout nicht als Fremdling in der Natur, sondern als ein Teil von ihr. Sie drang in mich ein und saugte das Zivilisationsgift aus meinem Körper. Mutter Natur zeigte mir deutlich meine eigene Unzulänglichkeit, unbemerkt führte sie mich an meine Grenzen und darüber hinaus. Allzu leicht vergessen wir unserer schnelllebigen Zeit die wichtigen Werte in unserer Welt. Alle Zeit, die vergangene und die zukünftige, fällt im heutigen Tag zusammen, und jeder Tag ist bloß ein heutiger.«

»Du beschreibst eine zauberhafte Märchenwelt, die es nicht mehr gibt, meine Lieber, du bist ein unverbesserlicher Romantiker«, warf sie ein.

»Ich weiß, das ist gerade einer der Gründe, weshalb du mich liebst«, zwinkerte er ihr zu. »Märchenwelten werden nicht nur von Kindern entdeckt, das ist eben die Freiheit der Erwachsenen. Märchenwelten spiegeln unser Leben mit all seinen Widersprüchen. Wenn du wach und hellhörig durch die Natur wandelst, wirst du im Nu fündig: tanzende Elfen, spukende Burgfräulein, glucksende Wassergeister, schrumpelige Zwerge, fürchterliche Riesen, kichernde Hexen, gehörnte Beelzebuben, quellendes Silber und leuchtendes Gold – du kannst es alles sehen, du musst nur ganz genau hinschauen!«

In der warm beleuchteten Nische breitete sich unversehens zwischen den beiden ein körperliches Verlangen aus, so dass sie eilends ihre Zeche bezahlten, um in ihr Liebesnest zu gelangen.

Kein heikler Augenblick war zu überstehen, als er sein Verlangen nach ihr zeigte. Er sagte lachend: »Ich finde es wunderbar mit dir. Es bindet uns fest aneinander. Schön, dass wir noch nicht vergessen haben, wie es geht.«

Sie lag auf dem weißen Laken, ihr schweißnasser Körper pulsierte nach und war vom Sternenlicht poliert. »Es ist wie im siebenten Himmel, wenn wir in Liebe zueinanderkommen.«

Robert streichelte und glättete ihr ausgebreitetes wirres Haar. »Ich liebe dich, mein Schatz.«

Inhaltsverzeichnis:

Weitere lieferbare Bücher von Roland Pöllnitz

Roland Pöllnitz
Inseln der Glückseligkeit
Verlag: Books on Demand 2024
316 Seiten, broschiert 22,90 €
ISBN-13: 9783758363306

Roland Pöllnitz
Wellenjahre
Verlag: Books on Demand 2024
160 Seiten, broschiert 22,90 €
ISBN-13: 9783769302356

Rajymbek (Roland Pöllnitz)
Der Schuh am Baikalsee
LULU 2012
326 Seiten, broschiert 21,35 €
ISBN 9781447674887

Rajymbek (Roland Pöllnitz)
Tian Shan
LULU 2013
464 Seiten, broschiert 26,70 €
ISBN 9781291299410

Roland Pöllnitz
Nepal – Im Land meines Bruders
BoD 2020
204 Seiten, broschiert 14,99 €
ISBN 9783751977319

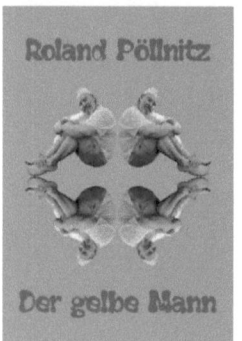

Roland Pöllnitz
Der gelbe Mann
Verlag: Books on Demand 2024
128 Seiten, broschiert 14,99 €
ISBN-13: 9783769302752

Roland Pöllnitz
Der Weiße Zyklus – Band 6 – Der Frieden
Books on Demand 2023
268 Seiten, broschiert 19,90 €
ISBN 9783757861735

Roland Pöllnitz
Der Weiße Zyklus – Band 5 – Die Liebe
Books on Demand 2023
268 Seiten, broschiert 19,90 €
ISBN 9783757860073

Roland Pöllnitz
Der Weiße Zyklus – Band 4 – Der Winter
Books on Demand 2023
268 Seiten, broschiert 19,90 €
ISBN 9783757845353

Roland Pöllnitz
Der Weiße Zyklus – Band 3 – Der Herbst
Books on Demand 2023
268 Seiten, broschiert 19,90 €
ISBN 9783757829230

Roland Pöllnitz
Der Weiße Zyklus – Band 2 – Der Sommer

Books on Demand 2023
262 Seiten, broschiert 19,90 €
ISBN 9783738624229

Roland Pöllnitz
Der Weiße Zyklus – Band 1 – Der Frühling

Books on Demand 2023
268 Seiten, broschiert 19,90 €
ISBN 9783750404175

Roland Pöllnitz
Liebe ohne Ende – Band 5
(Das längste Liebesgedicht der Welt)

Books on Demand 2022
358 Seiten, broschiert 19,99 €
ISBN 9783756851195

Roland Pöllnitz
Liebe ohne Ende – Band 4
(Das längste Liebesgedicht der Welt)

Books on Demand 2022
350 Seiten, broschiert 19,99 €
ISBN 9783756816118

Roland Pöllnitz
Liebe ohne Ende – Band 3
(Das längste Liebesgedicht der Welt)

Books on Demand 2022
350 Seiten, broschiert 19,99 €
ISBN 9783756815197

Roland Pöllnitz
Liebe ohne Ende – Band 2
(Das längste Liebesgedicht der Welt)

Books on Demand 2022
350 Seiten, broschiert 19,99 €
ISBN 9783756295296

Roland Pöllnitz
Liebe ohne Ende – Band 1
(Das längste Liebesgedicht der Welt)

Books on Demand 2022
350 Seiten, broschiert 19,99 €
ISBN 9783756212293

Roland Pöllnitz
Gedanken für das Seelenheil
(Gedichte)

Books on Demand 2022
290eiten, broschiert 19,99 €
ISBN 9783756837304

Roland Pöllnitz
Gedichte aus dem Zauberwald
(Gedichte)
Books on Demand 2021
238 Seiten, broschiert 14,99 €
ISBN 9783754310860

Roland Pöllnitz
Die Tänzerin im roten Kleide
(Gedichte)
Books on Demand 2021
122 Seiten, broschiert 14,99 €
ISBN 9783754330833

Roland Pöllnitz
Die Zeit kennt nur die Ewigkeit
(Gedichte)
Books on Demand 2020
162 Seiten, broschiert 14,99 €
ISBN 9783752894370

Roland Pöllnitz

Ein Schneeglöckchen zum Valentin
(Gedichte)
Cherusker Verlag Langwedel 2019
182 Seiten, broschiert 17,50 €
ISBN 978-0-2442-1198-1

Roland Pöllnitz

Das Geheimnis des Glücks
(Gedichte)

Cherusker Verlag Langwedel 2018
312 Seiten, broschiert 17,12 €
ISBN 978-0-2449-9932-2

Roland Pöllnitz

Buch der Liebe
(Gedichte)

Cherusker Verlag Langwedel 2017
254 Seiten, broschiert 17,12 €
ISBN 978-0-2446-3554-1